BERNHARD AICHNER • der fund

BERNHARD
AICHNER

der
fund

THRILLER

btb

Es ist der Moment, der alles verändert.

Das neue Leben, von dem sie schon so lange geträumt hat.
Es beginnt genau in diesem Augenblick.
Rita steht im Lager. Sie öffnet den Karton und schlägt die
Plastikfolie zurück. Sie wünscht sich, genau dort zu sein, wo
die Bananen herkommen. So lange träumt sie schon davon.
Rita möchte die Sonne auf sich spüren, irgendwo in Südame-
rika am Strand liegen, stundenlang in den Himmel schauen.
Sie möchte, dass ihr Leben laut ist und bunt und wild.
Doch das ist es nicht. Noch nicht.
Rita macht ihre Arbeit. Sie ist Verkäuferin in einem Super-
markt. Dreiundfünfzig Jahre ist sie alt. Schon seit einer Ewig-
keit packt sie Waren aus, schichtet sie in Regale, sitzt an der
Kasse.
Alles scheint wie immer.
Noch hat Rita keine Ahnung davon, was in den nächsten drei
Wochen passieren wird. Sie weiß noch nicht, dass sie sich
verlieben und beinahe den Verstand verlieren wird. Dass sie
Dinge tun wird, die sie nie für möglich gehalten hätte.
Rita wird jemanden töten.
Und dann wird jemand sie töten.
Weil sie diesen Karton geöffnet hat, wird Rita sterben.
Bald schon.

Elfriede Wallner (53), Landwirtin

– Was Sie mir da erzählen, schockiert mich.
– Das tut mir alles sehr leid, Frau Wallner. Trotzdem bitte ich Sie darum, mir weiterzuhelfen. Ich will verstehen, wer Rita Dalek war. Ich möchte wissen, wie sie aufgewachsen ist, wie ihre Kindheit war, ihre Jugend. Für die Ermittlungen ist es wichtig, dass ich ein Bild vom großen Ganzen bekomme.
– Ich kann es nicht glauben, dass sie tot ist.
– Es wundert mich, dass Sie es von mir erfahren haben. Ehrlich gesagt dachte ich, es hätte sich hier im Dorf bereits herumgesprochen, dass sie ermordet wurde.
– Nein. Wir hatten keinen Kontakt mehr zu Rita. Sie war nie wieder hier seit damals. Wenn Sie nicht aufgetaucht wären bei uns, hätten wir es wahrscheinlich nie erfahren. Oder in ein paar Monaten erst. Traurig ist das. Weil ich wirklich dachte, dass es ihr gut geht. Dass Rita es geschafft hat. Sie war so ein lieber Mensch. Wer kann ihr das nur angetan haben? Und warum?
– Genau das möchte ich herausfinden.
– Das hat sie nicht verdient.
– So ein Ende hat niemand verdient.
– Rita hat nie etwas Falsches gemacht. Sie war eine von den Guten.

– Ich kann auch ein anderes Mal wiederkommen, wenn Ihnen das lieber ist.

– Nein.

– Brauchen Sie ein Taschentuch?

– Geht schon. Es ist nur so, dass mich das alles sehr betroffen macht. Ich finde es schade, dass ich sie nie besucht habe in der Stadt. Obwohl sie mich mehrmals eingeladen hat.

– Das ist der Lauf der Dinge. Freundschaften enden irgendwann. Lebenswege trennen sich. Sie sollten sich keine Vorwürfe machen.

– Trotzdem tut es weh.

– Lassen Sie sich Zeit. Mir läuft nichts davon.

– Sollten Sie nicht Ritas Mörder suchen, anstatt hier Ihre Zeit zu vergeuden? Bei uns werden Sie garantiert nichts erfahren, das Ihnen weiterhilft.

– Sagen Sie das nicht. Oft ergeben sich die entscheidenden Hinweise genau aus solchen Gesprächen. Deshalb erzählen Sie mir doch bitte einfach, was Ihnen in den Sinn kommt. Erinnerungen, die Sie haben. Wie war Rita Daleks Kindheit?

– So wie man sich eine gute Kindheit auf dem Land eben so vorstellt.

– Sie waren Nachbarn. Beste Freundinnen, nicht wahr? Man sagte mir, Sie hätten jede freie Minute miteinander verbracht.

– Ja, das haben wir.

– Der Hof der Daleks stand dort drüben, ist das richtig?

– Ja, dort, wo jetzt das Einfamilienhaus ist. Rita und ich sind zusammen zur Schule gegangen, wir haben Kartoffeln geerntet und die Äpfel von den Bäumen geholt. Wir haben unseren Eltern geholfen. Barfuß zusammen auf dem Feld, bei den Kühen im Stall, unbeschwert war alles. Wir haben uns nie Gedanken darüber gemacht, was einmal passieren könnte. Es war eine heile Welt, in der wir lebten. Wir haben fest daran geglaubt, dass es für immer so bleibt. Dass dieses Glück nie aufhören wird. Wir haben nicht daran gedacht, dass jemand sterben könnte.

– Sie sprechen von Rita Daleks Eltern, oder?

– Ja.

– Wie war das Verhältnis zu ihnen? Haben sie sich gut verstanden?

– Sehr sogar. Ich habe Rita darum beneidet, dass ihre Eltern so anders waren als meine. Dass sie sie ernst genommen haben. Die Daleks waren überzeugt davon, dass aus ihrer Tochter mehr werden kann als nur eine Bäuerin. Sie haben daran geglaubt, dass Rita sich ihre Träume erfüllen kann.

– Welche Träume?

– Rita wollte Schauspielerin werden.

– Schauspielerin?

– Mit fünfzehn hat sie sich das in den Kopf gesetzt, und eine ganze Zeit lang hat sie sich nicht davon abbringen lassen. Obwohl es ein unmöglicher Berufswunsch war, hat sie daran festgehalten. Anfang der Achtzigerjahre auf dem Land. Sie können sich ja vorstellen, dass das nicht einfach war. Als junge Frau hatte man damals keine große Wahl.

– Sie beide haben bei Ihren Eltern auf dem Hof mitgearbeitet?

– Ja. Aber Rita ist ausgebrochen, sie wollte sich nicht damit zufriedengeben. Weil ihre Eltern sie dazu ermuntert haben. *Dir stehen alle Türen offen*, hat der alte Dalek zu ihr gesagt. Sie solle einen Beruf ergreifen, der ihr Freude macht, hat er gesagt. Keine Sekunde lang hat er an sich und den Hof gedacht. Daran, dass niemand mehr da sein würde, um ihn weiterzuführen, wenn Rita weg ist. Sie hatte wirklich großes Glück. Zumindest, was das betrifft.

– Sie wissen, dass Rita Dalek in den letzten achtzehn Jahren als einfache Verkäuferin in einem Supermarkt gearbeitet hat?

– Ja, davon habe ich gehört. Trotzdem hätte sie die Möglichkeit gehabt, ein anderes Leben zu führen, im Gegensatz zu mir. Alles hat danach ausgesehen, dass sie es schaffen würde. Ihr Vater hat sie sogar persönlich an der Schauspielschule angemeldet, er hat alles bezahlt. Obwohl das Geld bei den Daleks genauso knapp war wie bei uns.

– Haben sich Rita Daleks Erwartungen erfüllt? Hat sie sich wohlgefühlt an der Schauspielschule?

– Sie hat mir stundenlang davon vorgeschwärmt, wenn sie am Wochenende nach Hause kam. In einer völlig anderen Welt hat sie plötzlich gelebt. Von *Romeo und Julia* hat sie mir erzählt. Sie war so aufgeregt, so voller Freude. Während sie den Stall ausgemistet hat, hat sie den Kühen ihre Texte vorgetragen. Tag und Nacht ging es nur um das Theater. Ich denke, sie wäre wirklich glücklich geworden in diesem Beruf.

– Warum hat es nicht geklappt?

– Weil sie die Ausbildung abgebrochen hat, noch bevor das erste Jahr um war. Der Tod ihrer Eltern hat sie völlig aus der Bahn geworfen. Sie hat damals aufgehört, an Wunder zu glauben.

– Erzählen Sie mir, was passiert ist.
– Ein Erdrutsch hat den Hof der Daleks weggewischt. Ich war damals zufällig hier in der Stube und habe aus dem Fenster gesehen. Im einen Moment war der Hof noch da, im anderen war er plötzlich weg. Das Wirtschaftsgebäude, die Kühe auf der Wiese, das Wohnhaus. Und Ritas Eltern. Alles wurde von den Erdmassen und dem Geröll begraben.
– Sie haben das tatsächlich mitansehen müssen?
– Ja. Ich habe lange davon geträumt. Schrecklich war das alles. Man hat ewig gebraucht, um sie zu bergen. Das ganze Dorf hat mitgeholfen.
– Ihr Hof war nicht betroffen?
– Nein. Alle anderen Häuser sind stehen geblieben. Wir wurden verschont, nur Ritas Eltern nicht.
– Das ist tragisch.
– Und ungerecht.
– Wie hat Frau Dalek es aufgenommen?
– Es muss furchtbar für sie gewesen sein. Sie saß gerade in ihrer Küche in der Wohnung und hat Kuchen gegessen, als ich sie angerufen habe. Sie hat mich zuerst gar nicht zu Wort kommen lassen. Dass sie gerade gebacken hat, hat sie gesagt. Und dass ich endlich in die Stadt kommen müsse, weil sie mir so vieles zeigen möchte. Sie hat sich so über meinen Anruf gefreut. Ich konnte es ihr zuerst nicht sagen. Es ging einfach nicht. Ich wollte ihr nicht wehtun, verstehen Sie. *Du musst nach Hause kommen*, habe ich irgendwann gemeint. *So schnell du kannst, Rita. Es ist etwas passiert.*
– Sie erinnern sich noch so genau daran?

- Das werde ich nie vergessen. Wie sich Ritas Träume mit einem Schlag in Luft aufgelöst haben. Es waren nur ein paar Worte, die alles kaputt gemacht haben.
- Welche Worte waren das?
- *Sie sind tot.*
- Sie ist nach dem Telefonat sofort nach Hause gekommen?
- Ja. Sie stand da und starrte vor sich hin. Dort, wo sie früher zu Hause war, da war überall nur noch Schutt und Asche. Sie hörte mich nicht mehr, ließ sich nicht davon abhalten, selbst beim Suchen mitzuhelfen. Drei Tage lang. Dann erst hat man ihre Eltern gefunden. Zumindest das, was noch von ihnen übrig war.
- Sie hat dann bei Ihnen gewohnt in diesen Tagen?
- Meine Eltern haben ihr gesagt, dass sie bleiben kann, solange sie will. Wir haben versucht, uns um sie zu kümmern. Aber irgendwie funktionierte es nicht. Rita hat schon damals aufgehört, da zu sein.
- Wie meinen Sie das?
- Etwas in ihr war gestorben. Sie hat nicht mehr an die Zukunft geglaubt. Diejenigen, die ihr immer Mut gemacht hatten, waren nicht mehr am Leben. Sie hat das mit der Schauspielschule bleiben lassen und wurde Krankenschwester.
- Der Kontakt zwischen Ihnen ist damals abgebrochen?
- Ja. Nach der Beerdigung ist sie verschwunden und nie wieder zurückgekommen.
- Das tut mir leid.
- Mir auch.

Bis zu diesem Moment hat Rita nicht geatmet.

Es fühlt sich plötzlich so an, als wäre in den letzten zwanzig Jahren alles stillgestanden, als wäre sie wie ferngesteuert durch die Welt gerannt. Als hätte ihr Leben nichts mit ihr zu tun gehabt. Einen Schicksalsschlag nach dem anderen hat sie ertragen. Sie hat es hingenommen, dass das Glück in ihrem Leben immer ein Ablaufdatum hatte.

Alles Schöne endete irgendwann.

Rita hat irgendwann damit aufgehört, sich danach zu sehnen. Sie funktionierte einfach. Wie eine Puppe aus Plastik gab sie Geräusche von sich, bewegte sich, tat, was man von ihr erwartete. Arbeit, Ehe, Haushalt, sie hat kaum Luft bekommen.

Jetzt aber atmet sie.

Tief ein und aus.

Ritas Herz rast.

Weil sie sofort begreift, was da in diesem Karton ist.

Versteckt unter den Bananen aus Kolumbien, in Plastik eingeschweißte Päckchen. Der erste Blick auf ihren Fund ist wie ein Blitz, der Rita trifft. Etwas in ihr brennt plötzlich. Gedanken schießen ihr durch ihren Kopf.

Sofort erinnert sie sich an diesen Zeitungsartikel, den sie vor ein paar Monaten gelesen hat. Über den sie mit ihren Kolleginnen gesprochen hat während einer Rauchpause.

Warum passiert so etwas Spannendes nicht in unserem Supermarkt?

So viel Glück haben wir nicht.

Ich will auch mal in die Zeitung.

Verkäuferinnen finden Koks.

Das ist so, als würde man im Lotto gewinnen.

Was man damit alles anstellen könnte.

Was würdest du tun, wenn dir das passieren würde, Rita?

Rita hat geschwiegen damals. So wie sie auch jetzt wieder schweigt. Weil sie die Antwort noch nicht kennt. Weil sie noch damit beschäftigt ist zu begreifen, was sie gefunden hat.

Dass das alles wirklich passiert.

Kokain aus Südamerika.

Geschmuggelt in Bananenkartons.

Eine Lieferung, die nicht dort angekommen ist, wo sie hätte ankommen sollen. Drogen, die nicht rechtzeitig abgefangen wurden.

Etwas Außergewöhnliches passiert. Rita weiß es. Sie ist ganz allein im Lager. Nur sie sieht es. Etwas, das da nicht sein sollte.

Sie dreht sich um. Schaut in alle Richtungen. Jeden Moment könnte jemand kommen. Sie dabei beobachten, wie sie die Bananen zur Seite schiebt und eines der Päckchen in die Hand nimmt.

Rita starrt es an.

Sie hat Angst.

Legt es wieder zurück.

Weil ihr Herz immer lauter schlägt.

Rita überlegt. Sie muss es dem Geschäftsführer sagen. Kamal. Sie muss ihn holen, die Polizei rufen, sie muss Alarm schlagen.

Doch Rita rührt sich nicht. Sie weiß, dass sie eine Entscheidung treffen muss. Dass sie das Richtige tun muss. Aber sie weiß plötzlich nicht mehr, was richtig ist und was falsch. Sie weiß nicht, was mit ihr passiert, warum sie zögert.

Kurz noch steht alles still.

Dann schließt Rita den Karton und stellt ihn in eine Ecke. Sie darf sich nicht in Schwierigkeiten bringen. Pflichtbewusst wird sie alle Fragen beantworten, wenn die Polizisten kommen. Sie wird die brave und zuverlässige Mitarbeiterin sein, die sie schon seit achtzehn Jahren ist.

Ich habe nur gemacht, was ich immer gemacht habe.
Viele Tausende Male vorher.
Ich habe mir nichts dabei gedacht.
Ich habe den Karton geöffnet und es zufällig gesehen.
Natürlich habe ich es sofort gemeldet.
Was hätte ich auch sonst tun sollen?

Rita hört sich reden.

Sie kann jetzt wieder tun, was man sich von ihr erwartet. Doch aus irgendeinem Grund tut sie es nicht. Diesmal nicht. Sie wird es nicht melden. Zumindest nicht sofort, später erst. Sie braucht mehr Zeit. Sie muss zuerst die anderen Kartons durchsuchen, überprüfen, ob da noch mehr ist, noch mehr Päckchen unter den Bananen. Einen Karton nach dem anderen öffnet sie, durchwühlt alles. Und sie redet in Gedanken weiter auf sich ein.

Bist du wahnsinnig, Rita, lass die Finger davon.
Die Leute, die das hier reingepackt haben, sind gefährlich.

Das ist kein Spiel, Rita.
Du musst jetzt endlich die Polizei rufen.
Bring dich nicht in Schwierigkeiten.
Beeil dich, Rita.
Es kann doch nicht sein, dass es nur ein Karton ist.
Nur einer.

Doch sie ist sich sicher. Da sind keine weiteren Päckchen. In den anderen Kartons sind nur Bananen, die nach der langen Reise endlich wieder Luft bekommen. Nur in einem Karton sind Drogen. Nur in dem Karton, den sie in die Ecke gestellt hat.
Und nur sie weiß davon.
Es ist ihr Geheimnis.
Ganz leise flüstert sie es vor sich hin.

Du wirst jetzt einfach deinen Mund halten, Rita.
Du wirst so tun, als wäre nichts passiert.
Du wirst jetzt die anderen Kartons raus in den Laden bringen.
Und dann wirst du weiter deine Arbeit tun.
Dieser Karton wird in der Ecke stehen bleiben.
Bis du weißt, was du machen wirst.
Reiß dich zusammen, Rita.

Kurz hält sie die Luft an.
Dann rollt sie die Bananenkartons aus dem Lager in die Obstabteilung.
So als wäre nichts passiert.
Ihr Herz pocht.

Manuela Reiner (57), Krankenschwester

– Und wie sind Sie auf mich gekommen?
– Ich habe auf der Station nachgefragt, auf der Rita Dalek gearbeitet hat. Ich wollte wissen, ob da noch jemand ist, der sie gekannt hat. Jemand, der mir mehr über sie erzählen kann. Eine Kollegin von damals, die immer noch im Dienst ist.
– Und man hat Sie zu mir geschickt?
– Man sagte mir, dass Sie die Ausbildung zusammen gemacht haben, ist das richtig? Dass Sie viel Zeit miteinander verbracht hätten.
– Ja. Obwohl ich vier Jahre älter war als Rita. Trotzdem haben wir uns gut verstanden.
– Sie haben aber nicht mit ihr gearbeitet?
– Nein, Rita wollte auf die Trauma-Intensiv, ich an die Kinderklinik. Aber wir haben uns mittags in der Kantine getroffen, oft nach der Arbeit etwas zusammen unternommen. Ich mochte sie.
– Sie waren sich vertraut?
– Ja.
– Dann wussten sie auch, dass ihre Eltern verunglückt sind?
– Natürlich wusste ich das. Das war kurz, bevor wir uns kennengelernt haben. Es ging ihr nicht besonders gut in der Zeit. Über ein halbes Jahr lang hat Rita getrauert, sie

hat niemanden von uns an sich herangelassen. Erst als sie Manfred kennenlernte, ging es ihr langsam wieder besser.

– Woher kannte sie ihn?

– Aus der Kneipe um die Ecke. Wir haben öfter mal das eine oder andere Glas Wein dort getrunken. Manfred hat sie angesprochen irgendwann, sie kamen sofort ins Gespräch. Ohne Umwege haben sich die beiden ineinander verliebt. Man konnte ihnen förmlich dabei zusehen. Es war wie in Zeitlupe. Schön war das.

– Haben Sie heute noch Kontakt zu ihm?

– Nein. Ich habe dann auch Rita nicht mehr gesehen. Nachdem das mit Theo passiert ist, ist sie wieder aus meinem Leben verschwunden. Sie wollte keinen Kontakt mehr. Oder besser, sie konnte es nicht. Mich sehen. Das mit Theo hat sie endgültig fertiggemacht. Noch mehr als das mit ihren Eltern.

– Theo. Rita Daleks Sohn, richtig?

– Ja.

– Wären Sie so freundlich, mir noch ein wenig mehr über Manfred Dalek zu erzählen, bevor wir über Theo reden?

– Was wollen Sie wissen?

– Das, was nicht im Protokoll steht. Gab es Geheimnisse? Dinge, die er mir verschweigen würde? Wie war er so?

– Am Anfang war er ein Engel, aber dann wurde aus dem Engel ein Arschloch. Anders kann ich es leider nicht sagen.

– Können Sie das ein bisschen genauer ausführen?

– Als er und Rita sich kennenlernten, hat er ihr jeden Wunsch von den Augen abgelesen, er hat sie glücklich gemacht, es geschafft, dass sie nicht mehr den ganzen Tag an ihre Eltern gedacht hat. Er hat ihr ein Lachen ins Gesicht gezaubert. Sie waren das perfekte Paar, haben schnell geheiratet. Er war selbstständiger Bodenleger, sie machte die Ausbildung zur Krankenschwester. Rita sah wieder eine Zukunft. Gemeinsame Wohnung, gemeinsame Freizeit und dann das Kind, das sie sich gewünscht hatten.

– Was war mit dem Leben, das sie vorher hatte?
– Wie meinen Sie das?
– Hat sie Ihnen von ihrer Kindheit erzählt, vom Leben auf dem Land, von ihren Eltern?
– Nein. Sie hatte alle Brücken zu ihrer Vergangenheit abgebrochen.
– Warum?
– Das weiß ich nicht. Sie hat nur ihren Namen behalten, alles andere hat sie abgestreift. Es war auch niemand von früher auf ihrer Hochzeit. Keine alten Bekannten, keine Jugendfreunde. Rita und Manfred haben ganz von vorne begonnen.
– Sie wollte seinen Namen nicht annehmen?
– Sie wollte ihren eigenen nicht aufgeben. Ich nehme an, wegen ihren Eltern. Aber das war kein Problem für Manfred. Er hat einfach ihren angenommen. Für die damalige Zeit war das etwas Besonderes.
– Wussten Sie, dass Rita Dalek ursprünglich Schauspielerin hatte werden wollen?
– Nein, das wusste ich nicht.
– Hat sie das wirklich nie erwähnt? Dass sie davon geträumt hatte, auf der Bühne zu stehen und in irgendwelche Rollen

zu schlüpfen? Dass sie es anscheinend geliebt hatte, eine andere zu sein?

– Das höre ich zum ersten Mal. Mir gegenüber hat sie immer davon gesprochen, dass es ihr darum gehe, ein sicheres Einkommen zu haben. Ein ganz normales Leben wollte sie führen, keine Experimente, keine waghalsigen Aktionen. Rita war keine Draufgängerin. Deshalb hat sie ja auch so früh geheiratet. Sie war gerade mal zwanzig damals.

– Man sagt, dass sie Talent hatte. Der Leiter der Schauspielschule, auf der sie war, hat von ihr geschwärmt. Er hat sich noch gut an Rita Dalek erinnert, er meinte, dass er selten jemanden kennengelernt hätte, der von Anfang an so für diesen Beruf gebrannt hat. Als ich ihm erzählt habe, dass sich Rita nach ihrem Abgang von der Schauspielschule dazu entschlossen hatte, Krankenschwester zu werden, hat er das sehr bedauert. Er meinte, sie hätte es bis ganz nach oben schaffen können.

– So wie es aussieht, hat sie das aber leider nicht.

– Ein wirklich tragisches Schicksal. Auch dass sie das mit Theo durchmachen musste.

– Ja.

– Würden Sie so freundlich sein und mir nun von ihm erzählen?

– Er war ein sehr netter Junge, er hat das Glück der Daleks perfekt gemacht.

– Wie hat das funktioniert, die Ausbildung und das Baby?

– Ihre Schwiegermutter hat sich um das Kind gekümmert, solange Rita auf der Schule war. Manfreds Mutter und seine Schwester. Sie haben Theo vergöttert. War für Rita nicht immer einfach mit den beiden, aber es hat funktioniert. Dann hat sie ihr Diplom gemacht und sich als Mutter wirklich Mühe gegeben. Dreizehn Jahre lang war alles in bester Ordnung. Theo, Manfred und Rita. Die große Liebe war das. So habe ich mir immer die perfekte Familie vorgestellt. Wäre Theo nicht gestorben, gäbe es dieses Bilderbuchglück wahrscheinlich immer noch. Rita wäre nicht depressiv geworden, und Manfred hätte nicht mit dem Saufen angefangen.

– Was genau ist mit Theo passiert?

– Ein Unfall. Er ist mit dem Skateboard die Straße hinunter, hat kurz nicht aufgepasst, ein Auto hat ihn überfahren. Knochenbrüche, innere Verletzungen, Schädel-Hirn-Trauma. Wochenlang saß Rita an seinem Bett und hat gebetet. Sie und Manfred hielten Theos Hand, sie wollten an ein Wunder glauben. Doch genützt hat es nichts.

– Theo lag auf der Station, auf der sie auch gearbeitet hat? Die Trauma-Intensiv im siebten Stock, ist das richtig?

– Ja. Das Schicksal hat sich ordentlich ausgetobt. Zuerst das mit ihren Eltern, dann Theo. Ich denke, das ist mehr, als man ertragen kann.

– Wie lange hat er noch gelebt?

– Vier Tage. Dann hat man den Hirntod festgestellt und die Geräte abgeschaltet. Sie haben Theo in einen Sarg gelegt, und Rita ist zusammengebrochen auf dem Friedhof vor all den Leuten. Sie hat geschrien, um sich geschlagen, der Krankenwagen musste kommen, man stopfte sie mit Beruhigungsmitteln voll.

– Das klingt alles sehr grausam. So etwas sollte niemand auf der Welt durchmachen müssen.

– Und trotzdem ist es ihr passiert.

– Es heißt, dass sie sich lange nicht davon erholt hat.

– Rita ist nicht mehr aus dem Bett herausgekommen. Sie hat die Wand angestarrt, sie hat geweint, vor sich hin geflüstert wie eine Irre. Und Manfred hat mit dem Schnaps angefangen. Er wollte es nicht akzeptieren, dass sein Junge in einem Loch am Friedhof verschwunden ist. Und er ertrug es nicht, dass Rita nicht mehr mit ihm sprach. Da war nichts Gutes mehr. Keine Hoffnung. Jedes Mal, wenn ich sie besucht habe, waren die beiden noch ein Stück tiefer gesunken. Ich dachte, dass es nicht mehr schlimmer kommen kann, aber da hatte ich mich getäuscht.

– Sie sprechen von Manfred Daleks Sucht?

– Ja. Sie haben ihn doch sicher schon gesprochen. Ich wette, dass er sich in den letzten Jahren nicht groß verändert hat. Er säuft bestimmt immer noch, oder?

– Ja.

– Bis zum Umfallen hat der Kerl den Schnaps in sich hineingeschüttet. Und als ob das nicht genug wäre, hat er auch noch mit dem Spielen angefangen. Jeden Euro, den er verdient hat, hat er in irgendwelche Automaten geworfen, während Rita sich alles vom Mund absparen musste. Kein Entzug und keine Motivation, etwas an der Situation zu ändern. Er hat sich gehen lassen, hat nichts getan, um es aufzuhalten, er hat es nicht einmal versucht. Ich konnte da irgendwann nicht mehr zusehen, dass Rita sich nicht gewehrt hat, dass sie ihn nicht gezwungen hat, mit dem Saufen aufzuhören.

– Wie lange hatten Sie schon keinen Kontakt mehr zu ihr?

– Keine Ahnung, vielleicht zwölf oder dreizehn Jahre.

– Sie haben sie nie wieder getroffen?

- Nein.
- Auch nicht zufällig irgendwo in der Stadt?
- Warum fragen Sie mich das?
- Haben Sie nie dort eingekauft, wo sie gearbeitet hat?
- Doch, natürlich, am Anfang. Weil ich mich gefreut habe, dass sie sich wieder erholt hat. Dass sie diesen Job im Supermarkt angenommen hat, war ein Hoffnungsschimmer. Wobei ich es nie wirklich verstanden habe.
- Was meinen Sie?
- Rita war Krankenschwester und keine Verkäuferin. Sie war eine von den besten, verstehen Sie? Sie hat diesen Beruf ernst genommen.
- Warum hat sie dann achtzehn Jahre lang im Supermarkt gearbeitet?
- Sie wollte wahrscheinlich keine Verantwortung mehr tragen. Und sie wollte niemandem mehr zusehen, wie er stirbt. Kein Leid mehr, hat sie gesagt. Sie dachte wirklich, dass es besser wird, aber in Wahrheit wurde alles noch schlimmer. Sie hat sich nur noch um dieses Arschloch gekümmert. Ich weiß nicht, wie oft ich ihr gesagt habe, dass sie ihn verlassen soll. Aber sie wollte es nicht hören. Hat es nicht fertiggebracht. *Wir haben uns doch geliebt*, hat sie immer gesagt. Rührend hat sie für ihn gesorgt, obwohl er sie behandelt hat wie Dreck. Ich denke, Rita hat sich aufgegeben damals. Sich und alles andere auch. Ich konnte ihr nicht mehr helfen. Sie nicht vor ihm beschützen.
- Hätte man sie beschützen müssen?
- Ja. Manfred war ein Geschwür, er hat Rita ausgesaugt, ihr alles genommen. Wenn Sie mich fragen, hat er sie auf dem Gewissen.

– Trauen Sie ihm einen Mord zu?
– Der Mann ist unberechenbar.
– Denken Sie, dass er zu so etwas fähig wäre?
– Keine Ahnung. Aber es würde mich nicht wundern.

Früher hätte sie Manfred angerufen.

Bevor Theo aus ihrem Leben verschwunden ist. Sie hätte ihren Mann gefragt, was sie machen soll. Rita denkt daran, dass er Antworten für sie gehabt hätte, dass sie gemeinsam einen Weg gefunden hätten, das Richtige zu tun. Der Manfred von damals hätte es verhindert, dass Rita sich in Gefahr bringt. Liebevoll hätte er ins Telefon geflüstert.

Sag es Kamal, hätte er gesagt.
Warum überlegst du überhaupt? Bist du verrückt geworden?
Das sind Drogen, Rita. Damit haben wir nichts zu tun.
Hör auf, darüber nachzudenken, und ruf endlich die Polizei.

Er hätte ihr geraten, das Richtige zu tun.
Jetzt aber sagt er nichts mehr. Rita kann ihn nicht mehr hören.
Während sie die Waren über die Scannerkasse schiebt, verlegt Manfred vierhundert Kilometer weiter nördlich einen Nussholzfußboden und wartet wie jeden Tag darauf, bis es dunkel wird und er sich in irgendeiner Kneipe betrinken kann. Manfred macht, was er immer macht. Während Rita nur noch an diesen Bananenkarton im Lager denkt. Ununterbrochen. Weil sie plötzlich Licht sieht.
Rita wird ihr Geheimnis behüten.

Sie wird schweigen. Sie wird es vor ihrem Mann geheim halten. Weil er alles verderben würde, noch bevor es begonnen hat. Er würde sich gierig auf das Gefundene stürzen, es zu Geld machen und es aus dem Fenster werfen. Manfred würde nichts davon übrig lassen, er würde Ritas Träume einfach ausradieren. Diese Träume von einem anderen Leben. Von einem Leben ohne ihn. Rita stellt es sich vor.

Wie es wäre. Einfach zu gehen.

Weg von Manfred.

Weg von seiner Mutter und seiner Schwester.

Auch sie werden nichts von alldem erfahren. Weil sie nur zugesehen haben all die Jahre. Wie Manfred von der Straße abgekommen, wie er die Böschung hinuntergerast und in einen Abgrund gestürzt ist.

Wie gut, dass du dich um ihn kümmerst, haben sie gesagt.

Sie haben Rita die Verantwortung übertragen und sich zurückgezogen.

Wenn ihn jemand retten kann, dann du, Rita.

Sie haben so getan, als wäre alles in bester Ordnung. Sie haben ignoriert, dass er spielt. Sie wollten es nicht sehen, dass Rita diejenige ist, die alle Rechnungen bezahlt. Dass Manfred lügt, wenn er den Mund aufmacht, dass er süchtig ist. Süchtig nach allem, was dieses gemeinsame Leben kaputt macht.

Rita weiß es.

Nichts wird sich jemals ändern.

Manfred wird weitertrinken. Weiterspielen. Münzen in Automaten werfen. Rita wird weiter die Regale im Supermarkt befüllen, sie wird an der Kasse sitzen, und sie wird nach Dienstschluss weiterhin putzen gehen. Frühmorgens, noch bevor sie im Supermarkt anfängt. Oder nach Dienstschluss. Damit sie die Miete bezahlen können, den Strom, das Essen. Nie wird sie damit aufhören, diese deprimierte Frau zu sein, die vor zwanzig Jahren ihr Kind verloren hat.

Für immer wird alles so bleiben, wenn sie jetzt Alarm schlägt. Wenn sie jetzt sagt, was sie gefunden hat.

Das ist meine letzte Chance, denkt sie.

Rita schaut sich um. Sie fragt sich, ob jemand anders den Karton entdecken könnte, ihn vielleicht gerade in diesem Moment hochnimmt und öffnet, während sie weiter an der Kasse sitzt. Jeden Augenblick rechnet sie damit, dass ein Schrei durch den Supermarkt hallt, dass alle aufgeregt zusammenlaufen, dass man den Laden schließen wird.

Aber nichts passiert.

Der Karton ruht an seinem Platz. Unberührt.

In der Mittagspause wirft Rita unauffällige Blicke darauf. Kurz vor fünfzehn Uhr ist es immer noch ihr Geheimnis.

Und so soll es auch bleiben, das wünscht sie sich den ganzen Nachmittag lang. Rita träumt davon. Und sie denkt an Theo. Daran, dass er jetzt dreißig Jahre alt wäre, dass er ihr bestimmt helfen könnte. Dass er ihr die Angst nehmen würde.

Freu dich doch, Mama, würde er sagen.
Aber es gibt keinen Grund zur Freude, würde Rita sagen.
Doch, sagt Theo in ihrem Kopf. *Doch, den gibt es.*

Seine Stimme hat sich verändert. Der Junge von damals ist erwachsen geworden, er klingt selbstsicher jetzt. In Ritas

Vorstellung ermutigt er sie, er will sie überreden, etwas Unvernünftiges zu tun. Etwas Verbotenes.

Was er sagt, ist verrückt.

Du hast doch nichts zu verlieren, oder?
Hör endlich auf, dich so gehen zu lassen.
Mach endlich etwas aus deinem Leben.
Raff dich auf, verdammt noch mal.
Du hast es in der Hand.

Theo schreit sie an.

Und plötzlich schämt sie sich.

Dafür, dass sie hier ist.

Dass sie die Schauspielschule abgebrochen hat.

Dass sie Manfred nie verlassen hat.

Ihre Träume begraben hat.

Und in diesem Moment fällt es ihr wieder ein. Etwas vom Schönsten, das sie je erlebt hat. Rita muss lächeln. Weil sie wieder alles genau vor Augen hat, weil sie sich erinnert. An der Schauspielschule hatten sie dieses wunderbare Stück geprobt, Rita in der Hauptrolle. Zum Abschluss des ersten Semesters schlüpfte sie in die Rolle der Johanna von Orleans. Sie war Heerführerin, Ketzerin, ein Engel, von Gott geleitet. Rita zog in die Schlacht, besiegte Engländer und Burgunder. Für ein paar Wochen war Rita Jeanne d'Arc, diese leidenschaftliche Wahnsinnige, die Stimmen hörte. Johanna, die Kämpferin, geplagt und getrieben von ihren Visionen, eine Märtyrerin, die am Ende auf dem Scheiterhaufen brannte.

Rita hatte es geliebt.

Groß und weit war damals alles gewesen. Sie hatte sich ausgemalt, was sie noch alles spielen würde, ein Stück nach dem anderen hatte sie gelesen, Hunderte Seiten von Text auswendig gelernt. Für kurze Zeit hatte sie daran geglaubt, dass alles möglich wäre.

Doch sie hatte sich geirrt.

Seit langer Zeit schon stellte sie nichts mehr in Frage. Sie hatte keine Ambitionen, mehr zu sein als eine einfache Verkäuferin. Die Filialleitung, die man ihr anbot, hatte sie ausgeschlagen.

Nur mehr die nötigsten Gedanken wollte sie denken. Über Wasser bleiben, nur nicht untergehen. Überleben. Auch wenn sie ganz oft nicht weiß, warum. Und ob sie das alles überhaupt noch einen einzigen Tag länger ertragen kann. Die Arbeit im Supermarkt. Den Putzjob im Haus eines reichen Mannes.

Seit so vielen Jahren immer das Gleiche.

Alles steht am selben Platz. Obst und Gemüse beim Eingang, dann Wurst und Fleisch, die Milchprodukte, Säfte, Tiefkühlwaren, Dauerwaren, dazwischen Katzen- und Hundefutter, Putzmittel, Alkohol, Süßigkeiten, Kaugummi. Und die Zeitschriften neben Kasse drei, an der sie jetzt sitzt und die Minuten zählt, bis endlich Feierabend ist. Hundertzwanzig sind es. Zwei lange Stunden noch.

Rita scannt weiter.

Dann geht sie rauchen.

Und kommt vom Rauchen wieder zurück. Kamal winkt sie zu sich. Er will mit ihr sprechen. Der gebürtige Inder, der an ihrer Stelle Geschäftsführer geworden ist. Hat er etwas gemerkt? Ist es jetzt vorbei? Doch nein, er fragt sie nur, ob sie heute den Schlussdienst übernehmen kann.

Das mach ich gerne für dich, sagt sie. Weil sie froh ist, dass die anderen gehen und sie alleine zurückbleiben kann. Weil der Moment immer näherkommt, vor dem sie sich den ganzen Tag gefürchtet hat. Aber an den sie sich auch klammert wie an einen Strohhalm.

Da ist plötzlich etwas, an das sie glauben will.

Ein Neuanfang in einem Bananenkarton.

Und niemand ahnt etwas.

Keiner denkt, was Rita denkt.

Niemand malt sich aus, was sie sich ausmalt.

Bis morgen, sagt sie schließlich zu Kamal und ihren Kolleginnen. Sie macht den Abschluss, legt das Geld aus den Kassen in den Tresor, schaltet das Licht aus und geht ins Lager.

In den letzten Stunden hat sie sich eingeredet, dass sie nicht weiß, was sie tun wird, doch in Wirklichkeit hat sie sich längst entschieden.

Rita aktiviert die Alarmanlage. Nimmt den Karton. Sperrt ab.

Sie ist ganz allein auf dem Parkplatz. Niemand sieht, wie sie mit dem Karton zu ihrem Auto geht. Wie sie ihn in den Kofferraum stellt, einsteigt und losfährt. Vom Parkplatz auf die Umgehungsstraße.

Rita schwitzt. Jeden Moment rechnet sie damit, dass jemand sie aufhält. Sie betet dafür, dass sie keinen Unfall haben, dass keine Verkehrskontrolle sie stoppen wird. Sie hält sich an alle Regeln, geht kein Risiko ein. Sie will niemandem begegnen, kein Wort sagen müssen. Weil man es ihr sofort anmerken würde, dass etwas nicht stimmt. Man würde hören, wie ihr Herz schlägt, sie würde es nicht verbergen können, dass sie etwas verheimlicht. Man würde Drogen in ihrem Wagen finden. Man würde sie einsperren.

Doch nichts passiert.

Nur noch fünfzehn Minuten sind es, bis sie zu Hause ist. Bis sie den Wagen vor dem schäbigen Hochhaus parken wird, in dem sie wohnt.

Ruhig bleiben, denkt sie.
Du bist bald in Sicherheit, Rita.
Du schaffst das.
Alles wird gut.

An einer roten Ampel bleibt sie stehen. Dann wird es grün, sie schaut nach links, nach rechts, gibt wieder Gas. Noch sechs Minuten, bis sie in Sicherheit ist. Sie versucht sich zu beruhigen. Noch nie ist sie angehalten worden. Warum also heute? Keiner weiß, was sie im Kofferraum hat. Rita ist völlig harmlos, eine unbescholtene Bürgerin von der Arbeit auf dem Weg nach Hause. Nur zwei Strafzettel für falsches Parken hat sie bekommen in dreißig Jahren. Niemand rechnet damit, dass sie etwas so Verrücktes tut. Dass sie alles aufs Spiel setzt, was sie noch hat.

Rita fährt weiter.

Zwei Minuten noch.

Ihr ist übel.

Sie kommt an.

Parkt den Wagen.

Steigt aus.

Holt den Karton aus dem Kofferraum, öffnet die Haustür, schaut zu Boden, weil ihr jemand entgegenkommt. Günther, der Hausmeister. Sie wird sich heute nicht mit ihm unterhalten. Kurz angebunden wird sie sein, sich nicht auf ein

Gespräch mit ihm einlassen. Günther wird sie nicht aufhalten. Sie wird nicht kurz vor dem Ziel scheitern.

Was für ein Tag, sagt sie und lächelt ihn an. *Ich bin hundemüde. Muss ins Bett.*

Günther nickt mitfühlend. Er ist freundlich und zuvorkommend wie immer. Weil er Rita mag. Er will ihr helfen, ihr den Karton mit den Lebensmitteln abnehmen. Ihn für sie nach oben tragen.

Lass mich das machen, sagt er.

Doch Rita wehrt ab. Sie bemüht sich, freundlich zu bleiben, sie verbirgt ihre Panik, sie will, dass er geht, sie in Ruhe lässt.

Nicht nötig, Günther.
Bin ja keine alte Frau.
Aber lieb von dir. Wünsch dir noch einen schönen Abend.

Dann steigt sie in den Lift.

Drückt auf den Knopf.

Fährt nach oben.

Elfter Stock.

Der Schweiß steht ihr auf der Stirn.

Sie steigt aus.

Und endlich fällt die Wohnungstür ins Schloss. Rita ist in Sicherheit.

Den Bananenkarton stellt sie auf den Küchentisch. Leise geht sie durch die Wohnung, vergewissert sich, dass Manfred nicht da ist. Er ist auf Montage, das weiß sie, und kommt erst in ein paar Tagen zurück, aber sie will auf Nummer sicher gehen.

Manfred, ruft sie.

Doch Manfred kann sie nicht hören und auch nicht fragen,

was sie mit all den Bananen will. Er ist weit weg. Kennt ihr Geheimnis nicht.

Rita entspannt sich. Sie hat es geschafft. Ist in Sicherheit.

Sie macht sich einen Kaffee.

Dann nimmt sie die Bananen aus dem Karton und legt sie auf den Tisch. Dann die Päckchen. Zwölf Stück sind es.

Rita holt eine Flasche von Manfreds Schnaps aus dem Schrank und leert ein bisschen davon in die Kaffeetasse. Weil sie nicht glauben kann, was sie getan hat. Weil sie es plötzlich vor sich sieht, wie ein Sondereinsatzkommando die Tür aufbricht, weil sie Drogenhunde bellen hört. Rita fürchtet sich. Vor der Polizei. Und vor den Männern, denen die Drogen gehören. In Gedanken schreit sie vor Angst.

Doch in ihrer Wohnung ist es still.

Nur das leise Ticken der Küchenuhr ist zu hören.

Rita trinkt. Obwohl sie sonst nie trinkt.

Schnaps aus der Tasse.

Sie versucht nachzudenken, sich abzulenken, sie holt die Küchenwaage aus der Vorratskammer. Ein Geschenk, das ihr Manfred vor mehr als fünfundzwanzig Jahren zum Geburtstag gemacht hat. Ein Päckchen nach dem anderen nimmt sie hoch und legt es auf die Waage.

Weißes Pulver. Eingeschweißt in Plastikfolie.

Sie will wissen, wie viel es ist.

Wiegt es ab. Addiert.

Ganz leise spricht sie es aus.

Zwölfkommafünfundsiebzig Kilogramm.

Rita nimmt ihr Handy und tippt die Fragen in die Suchmaschine, die sich plötzlich aufdrängen. Schlagwörter. Dinge, die sie unbedingt wissen will. Jetzt sofort.

Drogen in Bananenkartons.
Kokain.
Was kostet ein Gramm Kokain?
Was ist reines Kokain?
Wie wird es gestreckt?
Schwarzmarktpreis für ein Kilo im Großhandelsverkauf.
Einzelverkauf pro Gramm.
Aus welchen Ländern kommen die Drogen?

Containerschiffe, Kaffeelieferungen, Bananen aus Südamerika. Über riesige Kokainplantagen liest sie, über Kartelle, Mafia, Drogenhandel, Dealer, Vertriebswege. Es klingt so unwirklich. Das alles hat nichts mit ihr zu tun, es passiert alles in einer anderen Welt, nicht in ihrer.
Rita nimmt noch einen Schluck. Liest weiter.
Langsam begreift sie wirklich, was da auf ihrem Küchentisch liegt.
Kokain. Hergestellt aus der Kokapflanze. In Laboren werden die Blätter zu einer Paste verarbeitet, vermengt mit Kalk, Dünger, Benzin und anderen Chemikalien. Kokainhydrochlorid, verpackt und verschifft. Importiert aus Bolivien, Ecuador, Kolumbien oder Peru.
Reines, unverschnittenes Kokain. Zu neunundneunzig Prozent. Noch kein Zwischenhändler hat die Ware gestreckt.
Vom Großhändler kam die Ware direkt zu ihr. Ein Missgeschick muss es gewesen sein, ein Millionenverlust für die Händler, ein Wink des Schicksals für Rita.
Noch sieht sie es so.
Zwölfkommafünfundsiebzig Kilogramm.
Eineinhalb Millionen schätzt sie, wenn man es streckt.

Aus einem Kilo reinem Kokain werden durchschnittlich zweieinhalb Kilogramm für den Verkauf. Drogenlatein. Rita hat alles in sich aufgesogen. Und sie liest weiter, über ähnliche Fälle, über pflichtbewusste Verkäuferinnen in Supermärkten, die die Funde gemeldet haben. Über Menschen, die verurteilt wurden, weil sie es nicht getan haben.

Rita trinkt.

Aus der Flasche jetzt.

Sie hat Angst, dass ihr Herz platzt. Dass es kaputtgeht. Noch mehr, als es ohnehin schon ist. Aber noch ist sie in Sicherheit. Rita redet es sich ein. Rita will daran glauben, dass das hier alles ein Ausweg aus ihrem traurigen Leben ist. Eine Fahrkarte ins Glück vielleicht, die einzige Chance, die sie in diesem Leben noch bekommen wird.

Rita malt es sich schön.

Verdrängt die Angst.

Noch glaubt sie an ein gutes Ende.

Deshalb nimmt sie die Päckchen und die Bananen und packt alles wieder in den Karton. Weil sie jetzt weiß, was sie als Nächstes tun wird. Rita wird nicht mehr zurückschauen.

Nur noch nach vorn.

Angelika Sicheritz (78), Pensionistin

– Ich weiß gar nicht, was Sie von mir wollen. Warum sprechen Sie nicht mit meinem Sohn?
– Das habe ich schon. Trotzdem denke ich, dass es sehr aufschlussreich für mich sein könnte, mit Ihnen zu reden.
– Worüber denn? Über seine jämmerliche Ehe vielleicht? Darüber kann ich Ihnen gerne etwas erzählen.
– Das wäre sehr freundlich von Ihnen.
– Erwarten Sie nicht, dass ich hier die trauernde Schwiegermutter spiele. Ich sage Ihnen gerade heraus, was ich denke.
– Deshalb bin ich hier.
– Rita hat meinem Sohn nicht gutgetan. Ich habe von Anfang an gewusst, dass er mit dieser labilen Person nicht glücklich wird.
– Aber wie ich gehört habe, war es über viele Jahre doch eine gute Beziehung. Eine ehemalige Arbeitskollegin von Rita Dalek hat von einem perfekten Paar gesprochen, sie sollen sehr gut miteinander harmoniert haben.
– Das kann schon sein. Aber am Ende zählt doch nur, ob man zusammenhält oder nicht. Ob man auch die schwierigen Zeiten miteinander übersteht. Ob man dazu charakterlich überhaupt im Stande ist. Und das war Rita nicht, glauben Sie mir. Sie hat meinen Sohn kaputt gemacht.

- Das Kind, das sie dann bekommen haben, soll sie sogar zu einer Vorzeigefamilie gemacht haben.
- Ach, hören Sie mir doch endlich auf damit. Ein Desaster war das. Alles. Sie war noch in der Ausbildung, hatte keine Zeit für ein Kind. Ich war es, die sich Tag und Nacht um Theo kümmern musste. Unverantwortlich, so schnell ein Kind zu bekommen. Rita hat meinem Jungen den Kopf verdreht und ihn am Ende ins Unglück gestürzt.
- Wenn ich richtig gerechnet habe, waren die beiden dreizehn Jahre glücklich zusammen.
- Theo war das Glück, von dem Sie vielleicht reden. Ganz allein er hat diese Ehe zusammengehalten. Und als er gestorben ist, hat sich gezeigt, was diese Frau wirklich wert ist. Gar nichts nämlich. Sie hat sich völlig gehen lassen, ist monatelang im Bett herumgelegen. Sie hat meinen Manfred im Stich gelassen, hat sich ihrem Selbstmitleid hingegeben.
- Ich würde in diesem Fall eher von einer Depression sprechen.
- Na, Sie machen mir ja Spaß. Depression, wenn ich das schon höre. Einfach zusammenreißen hätte sie sich sollen. Wir waren alle traurig, sehr traurig sogar. Wir haben Theo geliebt. Aber wir haben nicht so getan, als wäre es das Ende der Welt. Menschen sterben nun mal. Das Leben geht weiter.
- Für manche vielleicht nicht. Ich kann mir durchaus vorstellen, dass man keinen Sinn mehr sieht, wenn einem das Liebste im Leben genommen wird.
- Sind Sie Polizist, oder arbeiten Sie bei irgendeiner dieser Frauenzeitschriften? Was Sie da sagen, klingt jämmerlich.

Sie und meine Schwiegertochter hätten sich bestimmt sehr gut verstanden.

– Vielleicht hätten wir das, ja.

– Drei Jahre lang ist sie nicht mehr auf die Beine gekommen. Und als hätte sie nicht ohnehin alles schon ruiniert, hat sie dann auch noch in diesem verdammten Supermarkt angefangen. Anstatt etwas Ordentliches zu arbeiten und Geld nach Hause zu bringen, hat sie für einen Hungerlohn Regale befüllt. Wenn ich daran denke, was sie früher in der Klinik verdient hat, wird mir ganz schlecht. Mit all den Nachtdiensten ist da ganz schön was zusammengekommen. Sie aber hat auf alles geschissen. Verzeihen Sie mir die Ausdrucksweise. Aber das alles macht mich immer noch wütend.

– Ihr Sohn ist Alkoholiker, oder?

– Wie bitte?

– Er hat zu trinken begonnen damals. Und bis heute nicht damit aufgehört. Das war ganz bestimmt nicht immer leicht für Ihre Schwiegertochter. Sie hat einiges mitgemacht mit Ihrem Sohn. Das größere Problem war, dass er auch noch spielsüchtig geworden ist und alles, was er verdiente, verspielt hat.

– Wer hat Ihnen das erzählt? Das ist eine bodenlose Frechheit. Manfred war immer ein guter Ehemann, er hat sich nichts zuschulden kommen lassen.

– Als Mutter will man das wahrscheinlich nicht wahrhaben, oder? Tut bestimmt weh, zuzusehen, wie das eigene Kind den Boden unter den Füßen verliert.

– Sind Sie deshalb hier? Um ihn schlechtzumachen? Vielleicht wollen Sie ja sogar ihm die Schuld dafür geben, dass

alles so gekommen ist? So ist es doch, oder? Sie wollen ihn
für alles verantwortlich machen.

– Das will ich nicht.

– Was wollen Sie dann?

– Ich möchte, dass Sie mir noch etwas über Rita Dalek
erzählen. Etwas, das ich noch nicht weiß. Etwas, das mir
weiterhilft, diesen Mord aufzuklären.

– Soll ich jetzt Ihre Arbeit machen?

– Ich bitte Sie nur, mir noch etwas über die Beziehung der
beiden zu verraten. Wie waren die letzten Jahre?

– Ein Elend war das.

– Warum?

– Ich weiß, was Sie denken. Aber es ist nicht so. Die Bezie-
hung ist nicht gescheitert, weil mein Sohn manchmal ein
Glas zu viel getrunken hätte. Sie ist zu Ende gegangen, weil
Rita aufgehört hat, ihre Pflichten zu erfüllen.

– Pflichten?

– Anstatt für ihn da zu sein, hat sie sich um die Alte aus dem
dritten Stock gekümmert.

– Welche Alte?

– Gerda Danner. Eine ehemalige Richterin, zwanzig Jahre
älter als sie. Ich weiß nicht, was Rita sich davon erwartet
hat. Sie hat für diese Frau gekocht, für sie eingekauft und
geputzt, sie hat ihre Freizeit mit ihr verbracht. Um eine
Fremde hat Rita sich Sorgen gemacht, aber nicht um ihren
Mann, meinen Sohn. Das werde ich ihr nie verzeihen.

– Warum hat sie sich so um diese Frau gekümmert?

– Weil sie krank ist. Todkrank. Ich muss zugeben, das ist
eine sehr tragische Geschichte, aber noch lange kein
Grund, alles andere zu vernachlässigen.

– Erzählen Sie mir davon.
– Kurz vor ihrer Pensionierung hat die Frau ihr Todesurteil bekommen. Hirntumor im Endstadium. Ein Geschenk zum Abschied sozusagen, das man nicht will. Sie hat wohl nicht mehr lange zu leben. Aber ich frage Sie, was hat das mit Manfred zu tun? Wer um Himmels willen hat Rita gesagt, dass sie diese Frau pflegen muss? Wenn es etwas zu erben gegeben hätte, dann hätte ich es ja verstanden. Aber nichts dergleichen. Sinnloserweise hat sie ihre Zeit verschwendet.
– Gibt es nichts Gutes, das sie über Rita Dalek sagen können?
– Nein. Und es tut mir auch nicht leid, dass sie tot ist.
– Dann sind wir hier wohl fertig miteinander.
– Nein, das sind wir nicht. Eines muss ich Ihnen noch sagen.
– Ich denke, dass ich das jetzt nicht mehr hören möchte.
– Warten Sie. Sie können doch nicht so einfach gehen.
– Doch, das kann ich.

Niemand kann ihr helfen.

Nur Gerda. Mit niemandem sonst will Rita jetzt reden. Sie ist der einzige Mensch auf der Welt, dem sie sagen kann, was passiert ist. Was sie gemacht hat. Worauf sie sich eingelassen hat. Rita will es mit ihr teilen, sie um Rat fragen, um Hilfe bitten. Weil sie weiß, dass Gerda sie nicht verurteilen wird. Dass sie ihr nicht sagen wird, was jeder normale Mensch sagen würde. Gerda wird sie nicht zurechtweisen, ihr keinen Vortrag über Gesetz und Moral halten. Rita wird von ihr bekommen, was sie am meisten braucht.

Freundschaft.

Deshalb wird Rita sie jetzt anrufen. Fragen, ob sie noch wach ist. Sie wird mit dem Bananenkarton hinunter in den dritten Stock fahren. Sie wird klingeln, und Gerda wird ihr die Tür öffnen.

Jetzt kannst du mal etwas für mich tun, wird Rita sagen.

Gerda wird freundlich nicken und für Rita da sein.

So wie sie für Gerda da ist. Die Krankenschwester in Rita hat sich zu Wort gemeldet, als die ältere Frau vor drei Jahren im Lift umgekippt ist. Rita fing sie auf, stützte sie, brachte sie in ihre Wohnung.

Gerda hatte den ganzen Tag nichts gegessen, ihr Kreislauf war zusammengebrochen. Rita gab ihr Wasser, lagerte ihre Beine hoch, redete mit ihr. Und Gerda war ihr dankbar.

Sie bot Rita sofort das Du an.

Und kam danach ohne Umschweife zur Sache.

Ich habe Krebs, sagte sie.
Von mir aus, sagte Rita.

Sie verstanden sich vom ersten Augenblick an. Rita hat keine Angst vor Gerdas Krankheit, geht sogar humorvoll damit um, behandelt sie nicht wie eine Aussätzige. Keiner von beiden macht ein Geheimnis daraus, dass Gerda bald sterben wird. Spätestens in einem halben Jahr, haben die Ärzte gesagt. Chemotherapien bringen nichts mehr, operieren kann man nicht. Nur Morphium hält Gerda noch auf den Beinen. Den Rollstuhl, den man ihr bereitgestellt hat, benutzt sie nicht.
Da setz ich mich erst rein, wenn gar nichts mehr geht, sagt sie.
Sie vertraute sich Rita an.
Alles, was sich Gerda für den Ruhestand vorgenommen hatte, war hinfällig geworden. Sie hatte reisen und die Welt sehen wollen, nachdem sie fast dreißig Jahre lang nur von einem Verhandlungssaal in den anderen gelaufen war, von einer tragischen Geschichte zur nächsten. Gerda war Familienrichterin gewesen.
Um Scheidungen war es gegangen, um Unterhaltsstreitigkeiten, Sorgerecht, zerbrochene Ehen und Beziehungen. Immer war es um die Liebe gegangen, die plötzlich nicht mehr da war, um Verantwortung, die niemand übernehmen wollte. Es ging darum, ein halbwegs guter Vater zu sein, eine halbwegs gute Mutter. Es ging um Verletzungen, Kränkungen, um die Kinder, die darunter litten, dass ihre Eltern keinen Weg mehr zueinander fanden. Was irgendwann laut und schön geblüht hatte, zeigte sich ihr verwelkt und vertrocknet. Gerda erzählte von Müttern, die weinten, von Vätern, die sich mit

allen Mitteln wehrten. Männern und Frauen, die logen, sich beschimpften, sich hassten.

Ich habe das immer alles sehr bedauert, hatte sie zu Rita gesagt.

An vielen Abenden hat sie ihr davon erzählt.

Am liebsten hätte ich manche Geschichten einfach umgeschrieben.
Meistens blieb am Ende nur noch Asche.
Väter, die den Kontakt zu ihren Kindern abbrachen.
Mütter, die den Vätern den Kontakt zu ihren Kindern untersagten.
Dreißig Jahre lang Enttäuschung und Hilflosigkeit.

Dann erfuhr Gerda, dass sie sterben muss.
Sie konsultierte Spezialisten, weil sie es nicht glauben wollte. Sie zweifelte, leugnete, sie tat so, als hätte die Krankheit nichts mit ihr zu tun. Eine Zeit lang hoffte sie noch. Jetzt nicht mehr.
Immer öfter redet sie nun davon, dass sie schon bald nicht mehr aufwachen wird am Morgen, dass sie tot im Bett liegen wird, dass man sie abholen und eingraben wird.
Gerda hat es akzeptiert.

Es wird wohl nicht mehr lange dauern, Rita.
Ein paar Monate noch. Ein paar Wochen vielleicht.
Kauf dir schon mal ein hübsches Kleid für die Beerdigung.
Und ich möchte, dass ihr feiert.
Trinkt einen auf mich.
Du und Agnes.

Gerdas Tochter. Erst vor ein paar Wochen hat sie von ihrer Mutter erfahren, dass sie krank ist. Rita hat Gerda regelrecht dazu gezwungen, ihr gesagt, dass Agnes ein Recht darauf hat, es zu wissen. Egal was irgendwann einmal vorgefallen war, egal aus welchem Grund sie sich schon so lange nicht mehr gesehen haben.

Unser Verhältnis war immer schwierig, hatte Gerda gesagt.

Sie hat Rita davon erzählt, dass Agnes in London lebt. Dass sie dort ihr eigenes Leben hat. Erfolgreich und glücklich ist. Sie wolle Agnes nicht damit belasten, hat sie gesagt. Doch Rita hat darauf bestanden, dass sie Agnes' Nummer wählt, sie hat Gerda das Telefon in die Hand gedrückt und gesagt, dass sie so lange nicht mehr für sie kochen wird, bis Gerda es endlich hinter sich gebracht hat.

Ich lasse dich knallhart verhungern, hat Rita gesagt.

Gerda hat gelacht und am Telefon gesagt, was zu sagen war. Sie hat ihre Tochter getröstet, obwohl sie es ist, die sterben muss.

Gerda war stark. Und sie ist es immer noch. Eine ungewöhnliche Frau, die genau weiß, was sie will. Sie hat eine Lebenseinstellung, die Rita fremd ist. Auch wenn ihr das Wasser bis zum Hals steht, glaubt sie immer noch daran, dass das Leben etwas Gutes bereithält. Sie bleibt optimistisch, obwohl der Krebs sie beinahe schon aufgefressen hat. Immer lächelt sie freundlich, bedankt sich, wenn Rita kommt, um ihr zu helfen, ihr Lebensmittel aus dem Supermarkt mit nach Hause bringt, die Wohnung für sie aufräumt. Den Staub wischt, die Wäsche wäscht, kocht, das Geschirr spült.

Gerda weiß es zu schätzen.

Weil es so viel ist, was Rita sonst noch zu schaffen hat.

Die Arbeit im Supermarkt, der Putzjob nach der Arbeit.
Das Leben mit Manfred.

Du hast ein Helfersyndrom, hat Gerda irgendwann einmal gesagt.
Erzähl's deinem Krebs, hat Rita geantwortet.

Beide Frauen hatten sich gebogen vor Lachen, sie hatten es genossen, sich immer mehr angenähert, sich auf besondere Weise angefreundet. Rita hatte immer versucht, auf emotionaler Ebene Distanz zu wahren, doch auf Dauer war es ihr nicht gelungen. Rita wollte niemanden mehr in ihr Leben lassen, den sie bald schon wieder verlieren würde, doch am Ende konnte sie sich nicht mehr wehren.
Gerda ist wichtig für sie geworden.
Wichtiger als alle anderen.
Deshalb ruft sie jetzt an.

Ich komme kurz vorbei.
Muss mit dir reden.
Ist wichtig.
Danke, Gerda.

Egal ob es spät ist.
Ihr Bauchgefühl sagt, dass Gerda es verstehen wird. Dass sie es für sich behalten wird. Die kranke Frau, die drei Minuten später ihre Tür für Rita öffnet. Sie wird Ritas Geheimnis mit ins Grab nehmen.

Was willst du denn noch so spät, Rita?
Ich habe Bananen für dich, Gerda.

Ohne zu zögern, geht Rita ins Wohnzimmer. Schaut sich um. Überlegt, wo sie die Päckchen verstecken kann, während Gerda in ihrem Bademantel vor ihr steht und sie mit fragenden Augen anstarrt, sich wundert, warum Rita zu dieser Zeit noch zu ihr kommt.

Suchst du etwas?
Was willst du mit den vielen Bananen?
Kannst du mir bitte erklären, was das hier soll?
Bist du betrunken, Rita?

Rita stellt den Karton auf den Boden, setzt sich auf das Sofa im Wohnzimmer und hält die Schnapsflasche hoch, die sie mitgebracht hat. *Lass uns einen trinken,* sagt sie.
Gerda zögert.

Ich denke, dafür bin ich zu alt, Rita.
Ich sollte schlafen und nicht mit dir den Fusel deines Mannes saufen.
Schlafen kannst du, wenn du tot bist, sagt Rita.
Gerda grinst und nickt.
Wenn du darauf bestehst, dann trinken wir eben.
Schnaps statt Kamillentee zum Einschlafen.

Worauf trinken wir eigentlich, fragt sie.
Auf alles, was noch kommt, antwortet Rita.

Sie füllen Gläser und trinken.

Und Rita beginnt zu erzählen. Es bricht förmlich aus ihr heraus. Alles, was heute passiert ist. Wie sie in den Supermarkt gekommen ist und den Karton geöffnet hat. Was sie gefunden hat, wie sie überlegt und gezögert hat. Wie sie den Karton nach Dienstschluss in ihren Wagen geladen hat, zu Hause angekommen ist und gegoogelt hat.

Gerda sitzt wortlos da.

Rita öffnet den Karton.

Sie schiebt die Bananen zur Seite und nimmt die Päckchen heraus.

Sie stapelt sie, eins nach dem anderen, behutsam auf das Sofa.

Gerda starrt auf die Päckchen.

Du verarschst mich doch, oder?
Nein, sagt Rita. *Das hier passiert wirklich.*
Trink noch einen Schnaps. Das hilft, glaub mir.

Gerda trinkt.

Und hört Rita weiter zu.

Sie stellt Fragen, schüttelt den Kopf.

Zwischendurch grinst sie wieder, dann schweigt sie erneut.

Es sieht so aus, als könnte sie nicht glauben, was Rita noch sagt.

Darf ich das Zeug hierlassen?
Bei dir wird niemand danach suchen, Gerda.
Ich muss erst überlegen, wie ich das hier zu Geld machen kann.
Danke, dass du mich nicht verurteilst, Gerda.

Du bist die Einzige, mit der ich darüber reden kann.
Ich würde so gerne noch einmal von vorne anfangen.

Gerda lächelt.
Das kannst du, sagt sie.
Neu anfangen. So als wäre es das Einfachste auf der Welt,
als müsste Rita nur mit den Fingern schnippen, damit ihr
Wunsch in Erfüllung geht. Gerda macht Rita Mut, anstatt sie
anzuklagen, sie amüsiert sich, anstatt entsetzt zu sein. Gerda
scheint sich von Minute zu Minute mehr damit anzufreun-
den, dass ihre Nachbarin fast dreizehn Kilogramm Kokain
gestohlen hat und damit in ihre Wohnung gekommen ist.
Rita schießt Raketen ab, zündet ein Feuerwerk.
Und Gerda schaut mit leuchtenden Augen zu.
Es ist so, als würde alles andere um sie herum unwichtig werden. Ihre Krankheit, die Gedanken an ihre traurige Tochter
in London, der bevorstehende Tod. Alles dreht sich nur noch
um das, was Rita gefunden hat. Darum, was da vor ihr auf
dem Sofa liegt.

Natürlich darfst du das Zeug hierlassen, sagt sie.
Hier wird garantiert niemand danach suchen.
Außerdem wird es Zeit, dass ich dir endlich mal etwas
zurückgebe.
Du kannst dich auf mich verlassen.
Könnte außerdem lustig werden.

Sie tauschen Blicke aus.
Rita füllt noch einmal die Gläser.
Sie sprechen es nicht aus. Doch in diesem Moment ist es so,

als würden sich ihre Gedanken miteinander verweben, als wäre da ein festes Band, das zwischen ihnen gespannt ist. Gerda und Rita.

Sie haben dieselbe Idee zur selben Zeit.

Rita nimmt das oberste Päckchen vom Stapel. Vorsichtig reißt sie die Folie auf und öffnet es. Gerda steht auf und nimmt ihre Kreditkarte und einen Schein aus ihrer Geldtasche. *Man hat das ja oft genug im Fernsehen gesehen*, sagt sie.

Dann nimmt sie die Kreditkarte und schabt ein bisschen von dem weiß gepressten Pulver ab, sie lässt es auf den Couchtisch fallen, schiebt es hin und her. Formt zwei weiße Linien. Rollt den Geldschein zusammen.

Vielleicht macht mich das Zeug ja wieder gesund, sagt sie.

Ohne zu zögern, beugt sie sich nach unten.

Sie zieht das Kokain in ihre Nase.

Und jetzt du, sagt sie.

Sie gibt Rita den zusammengerollten Geldschein und sieht zu, wie die andere Linie in Ritas Nase verschwindet. Rita macht es genau so, wie Gerda es gemacht hat. Wenn jemand sie beobachtet hätte, würde er sagen, dass die beiden Frauen Übung darin hätten. Und doch ist da zum ersten Mal dieser Schmerz.

Verdammte Scheiße, tut das weh.

Gerda stöhnt. Berührt ihre Nase.

Was, wenn das zu viel war, fragt Rita.

Dann sterben wir eben, antwortet Gerda.

Die beiden Frauen lachen. Weil es ein bisschen wie Fliegen ist.

Ganz leicht fühlt sich plötzlich alles an.

Rita und Gerda laufen im Regen durch die Straßen.

Sie springen mit ausgestreckten Armen von einer Brücke in den Fluss.

Sie tauchen unter, tauchen auf, sie schwimmen zum Ufer.

Sie steigen in ein schnelles Auto, fahren los, das Verdeck steht offen.

Sie singen laut, die Musik ist an. Wind weht.

Sie lassen das Auto irgendwo am Straßenrand stehen.

Sie laufen einen Berg hinauf. Gehen durch einen Herbstwald.

Sie sitzen auf einer Bank in der Abendsonne nebeneinander.

Sie sind glücklich.

Und ahnungslos.

Weil sie noch nicht wissen, dass sich Erdplatten verschieben, während sie sich dem Rausch hingeben, dass sie Lawinen lostreten, die alles Vergangene zuschütten, es ausradieren. Sie wissen noch nicht, dass sie in dieser Sekunde bereits die Zukunft verändert haben.

Dass mit Wucht alles anders wird.

Aaron Martinek (58), Staatsanwalt

– Aber das ist doch selbstverständlich, dass ich mir Zeit für Sie nehme. Es ist, wie gesagt, auch in meinem Interesse, die ganze Sache so schnell wie möglich aufzuklären.
– Das ist sehr freundlich von Ihnen, Herr Martinek. Sie können sich ja vorstellen, dass mir das alles sehr unangenehm ist. Wenn es nach mir ginge, würde ich gerne darauf verzichten, Ihnen diese Fragen zu stellen.
– Ist doch halb so schlimm, bringen wir es einfach hinter uns.
– Es geht ja schließlich darum, eine Beteiligung Ihrerseits so rasch wie möglich auszuschließen.
– Eine Beteiligung meinerseits?
– Ja.
– Ich verstehe nicht ganz. Sie haben am Telefon kein Wort darüber verloren, dass ich unter Verdacht stehe.
– Natürlich handelt sich hier um ein informelles Gespräch, Sie müssen sich vorerst keine Sorgen machen. Ich möchte nur Klarheit, was bestimmte offene Punkte betrifft.
– Ich habe nichts mit Rita Daleks Tod zu tun.
– Um das herauszufinden, bin ich hier. Als Staatsanwalt wissen Sie ja über das Prozedere Bescheid. Auch Sie stehen im Zentrum unserer Ermittlungen.
– Ich? Warum denn?

– Weil es so aussieht, als wären Sie ihr sehr nahegestanden.
– Wie kommen Sie denn darauf? Ich denke, Sie vergeuden hier Ihre Zeit.
– Das denke ich nicht. Deshalb würde ich sagen, Sie lassen mich jetzt einfach meine Fragen stellen. Vielleicht können Sie mich ja im Laufe unseres Gesprächs davon überzeugen, dass Sie nichts mit der ganzen Sache zu tun haben.
– Ihnen ist schon klar, wen Sie hier vor sich haben, oder?
– Für mich sind Sie nur ein Verdächtiger in einem Mordfall, mehr nicht.
– Es gefällt mir nicht, in welche Richtung sich das hier entwickelt.
– Eine Frau ist tot. Und meine Aufgabe ist es, herauszufinden, wer sie ermordet hat. Ich bin Kriminalbeamter, Sie Staatsanwalt. Wir wollen doch beide, dass die Wahrheit ans Licht kommt.
– Nichts von dem, worüber wir reden, wird an die Öffentlichkeit gelangen, ist das klar?
– Das kann ich Ihnen nicht versprechen.
– Ich will, dass Sie mir Diskretion zusichern. Sie wissen, was ein öffentlich ausgesprochener Verdacht für einen Mann in meiner Position bedeutet.
– Ich verspreche Ihnen, dass ich alles dafür tun werde, Ihren Ruf nicht zu beschädigen, sofern es sich bewerkstelligen lässt. Und sofern Sie mich davon überzeugen können, dass Sie nichts mit dem Tod dieser Frau zu tun haben.
– Das kann ich.
– Sehr gut. Dann erzählen Sie mir doch einfach, wann Sie Rita Dalek zum ersten Mal gesehen haben. Wie haben Sie sich kennengelernt?

– Es war bei einem Empfang des Innenministers. Es war eine kleine Geburtstagsfeier für seine Gattin, ein Gartenfest. Dreißig bis vierzig Leute waren da, Freunde, sehr privat alles, nichts Offizielles. Rita war in Begleitung eines alten Freundes gekommen, Ferdinand Bachmair, der Kaufhauserbe. Aber das wissen Sie doch sicher schon.

– Ich möchte es gerne von Ihnen hören.

– Bachmair hat uns einander vorgestellt, wir haben uns unterhalten, es war ein schöner Abend.

– Hatten Sie den Eindruck, dass die beiden ein Paar waren?

– Nein. Sie waren alte Bekannte, mehr nicht. Rita war zu Besuch in der Stadt, Gast in Bachmairs Haus. Er wollte sie einigen Leuten vorstellen, ihr die Zeit in der Stadt so angenehm wie möglich gestalten.

– Sie hatten Rita Dalek noch nie zuvor gesehen?

– Nein.

– Bachmair hat sie also zu einem sehr privaten Geburtstagsfest mitgenommen. Haben Sie sich nicht gewundert? Waren Sie nicht neugierig?

– Doch, natürlich war ich das. Bachmairs Freunde kennenzulernen ist immer sehr spannend. Deshalb habe ich mich auch mit ihr unterhalten. Ich wollte mehr wissen. Ich hatte anfangs die Vermutung, dass Ferdinand uns allen etwas verschweigt. Dass da doch mehr zwischen den beiden ist.

– Aber da war nicht mehr?

– Nein. Sie war deutlich älter als er. Gut zwanzig Jahre, würde ich sagen. Rita sagte mir, dass sie ihn schätzt, seine Gesellschaft genießt. Aber das war es dann auch schon.

– Sie haben an diesem Abend also den Vorzug bekommen?

– Wie meinen Sie das?

- Sie haben in dieser Nacht mit ihr geschlafen.
- Was erlauben Sie sich.
- Ich mache nur meine Arbeit. Deshalb habe ich auch mit einigen Leuten gesprochen, die auf diesem Fest waren, und ich muss Ihnen sagen, dass nicht alle so diskret waren, wie Sie sich das vielleicht wünschen würden. Wir wissen, dass Sie und Rita Dalek sich nähergekommen sind. Dass Sie mit ihr noch in dieser Bar in der Innenstadt waren. Und dass Sie gemeinsam in diesem Hotel eingecheckt haben.
- Ich bin verheiratet.
- Das ist mir bekannt. Auch dass Ihre Frau damals auf Kur war. Sie hat es mit den Bandscheiben, habe ich mir sagen lassen.
- Lassen Sie bitte meine Frau aus dem Spiel. Sie können sich vorstellen, dass das Ganze sehr delikat ist.
- Das kann ich, ja. Trotzdem muss ich Sie bitten, mir nichts zu verschweigen.
- Um Himmels willen, ich verschweige Ihnen ja nichts. Jedenfalls nichts für den Fall Relevantes.
- Wie gesagt, wenn sich herausstellt, dass Sie nichts mit der Sache zu tun haben, dann wird niemand erfahren, dass Sie Ihre Frau betrogen haben.
- Ich bin mir nicht sicher, wie lange ich mir Ihre Frechheiten noch gefallen lasse.
- Sie haben sich verliebt, oder?
- Ich darf Sie doch sehr bitten. Mein Gefühlsleben geht Sie nun wirklich nichts an.
- Ich denke, Ihr Gefühlsleben ist ausschlaggebend für die ganze Sache. Liebe war doch immer schon ein starkes

Motiv für ein Verbrechen. Fest steht, dass Sie eine Beziehung mit dieser Frau hatten. Sie haben sich regelmäßig mit ihr in diesem Hotel getroffen, Sie haben sogar einen Ausflug nach Paris mit ihr gemacht. Sie wissen wahrscheinlich mehr über Rita Dalek als alle anderen, mit denen ich bisher gesprochen habe.

– Ich hatte keine Beziehung mit ihr. Wir hatten ein paarmal Sex, eine kleine, schöne Affäre, aber das war es dann auch schon.

– Keine Liebe?

– Nein.

– Schade. Ich hatte nämlich gehofft, dass sie Licht ins Dunkel bringen können. Ich versuche, mir ein Bild von Rita Dalek zu machen, zu rekonstruieren, was in den Wochen vor ihrem Tod passiert ist. Ich will wissen, wer diese Frau war. Und ich will auch wissen, warum sie sterben musste.

– Alles, was ich Ihnen sagen kann, wissen Sie doch bestimmt schon. Dass sie in Brüssel gelebt hat, dass sie Rechtsanwältin war, dass sie hier ihren Freund Bachmair besucht hat und länger blieb, als sie vorhatte.

– Wegen Ihnen ist sie länger geblieben, oder?

– Ja. Trotzdem war es nichts Bedeutsames. Wie gesagt, es war nur eine flüchtige Bekanntschaft mit einer zugegebenermaßen sehr beeindruckenden Frau. Aber das war es dann auch schon. Meine Familie liegt mir sehr am Herzen, meine Frau, meine Kinder.

– Trotzdem haben Sie mit einer völlig Fremden geschlafen. Bereits am ersten Abend. So wie es aussieht, haben Sie Ihre Ehe sehr leichtfertig aufs Spiel gesetzt.

– Was wollen Sie denn hören? Dass es berauschend war?

Dass ich völlig hingerissen von dieser Frau war? Dass sie mich ein paar Wochen um den Verstand gebracht hat? Ja, das hat sie. Ich war fasziniert von ihr, bin ihr verfallen an diesem Abend, ich konnte nichts dagegen tun.

– Was war so besonders an ihr?

– Alles an ihr war perfekt. Wie sie sich bewegt hat, was sie gesagt hat, ihr Lächeln. Vielleicht haben Sie ja recht, und ich hatte mich tatsächlich ein bisschen in sie verliebt. Wenn das in meinem Alter überhaupt noch möglich ist. Mit sechzig sind solche Gefühle keine Selbstverständlichkeit mehr.

– Stimmt es, dass Sie es waren, der die Beziehung beendet hat?

– Ja.

– Warum?

– Wie ich bereits gesagt habe, bin ich verheiratet. Wo hätte das denn hinführen sollen? Rita lebte in Brüssel. Ich hatte nicht vor, wegzuziehen, das alles hier aufzugeben. Wenn Sie so wollen, bin ich Gott sei Dank noch rechtzeitig zur Vernunft gekommen.

– Sie hatten also tatsächlich keine Ahnung?

– Wovon?

– Wer diese Frau wirklich war.

– Was meinen Sie damit?

– Es fällt mir wirklich sehr schwer, das zu glauben. Sie sind doch Staatsanwalt, oder? Sie wissen doch normalerweise sofort, wenn jemand lügt. Wollen Sie mir wirklich ernsthaft weismachen, dass Sie es nicht gewusst haben?

– Jetzt hören Sie auf, es so spannend zu machen. Was wollen Sie mir sagen? Reden Sie endlich.

– Rita Dalek hat nicht in Brüssel gelebt, und sie hat auch nicht für die Europäische Kommission gearbeitet.

– Wie meinen Sie das?

– Haben Sie nie mit ihr über ihre Arbeit gesprochen?

– Natürlich habe ich das. Aber darum ging es nicht.

– Sie wollten nicht wissen, in welcher Abteilung sie arbeitet? Wofür sie zuständig ist, was sie als Rechtsanwältin so verhandelt? Sie haben sich nie gefragt, ob an ihrer Geschichte etwas nicht stimmen könnte?

– Ich weiß nicht, worauf Sie hinauswollen. Natürlich haben wir auch über unsere Arbeit gesprochen, aber wir sind nicht ins Detail gegangen.

– Sie haben ihr die Rolle der Anwältin also zu jedem Zeitpunkt abgekauft?

– Selbstverständlich habe ich das. Warum hätte ich das nicht tun sollen?

– Weil sie keine Anwältin war.

– Was reden Sie denn da?

– Rita Dalek war Verkäuferin in einem Supermarkt.

– Wie bitte?

– Achtzehn Jahre war sie dafür verantwortlich, dass die Regale gefüllt sind. Sie war eine dieser Frauen, die die Scannerkasse bedienen, wenn Sie Ihren Wocheneinkauf erledigen. Sie war eine kleine unbedeutende Regalbetreuerin, keine Anwältin.

– Was reden Sie da für einen Unsinn?

– Und um dem Fass den Boden auszuschlagen, hat sie sich nebenbei noch als Putzfrau etwas dazuverdient. Und jetzt raten Sie mal, bei wem? Bei Ihrem guten Freund Ferdinand Bachmair.

- Drehen Sie jetzt völlig durch?
- Das sind Fakten.
- Diese Frau war nie und nimmer eine Putzfrau, auch keine Verkäuferin. Rita war eine Klassefrau. Jeder hat sich nach ihr umgedreht. Eine elegante Erscheinung, gebildet, charmant, witzig.
- Sie bestehen also darauf? Ich soll Ihnen tatsächlich glauben, dass Sie bis vor einer Minute völlig ahnungslos waren?
- Ja, das sollen Sie, verdammt noch mal. Außerdem bin ich davon überzeugt, dass Sie hier einem fatalen Irrtum unterliegen.
- Bachmair hat alles bestätigt. Auch ihre Arbeitskollegen und ihr Ehemann.
- Ihr Ehemann?
- Ja. Sie war verheiratet. Seit dreißig Jahren. Ihr Mann war genauso entsetzt wie Sie, als er feststellen musste, dass seine Frau für ein paar Wochen eine Art Doppelleben geführt hat.
- Ich verstehe nicht. Wie kann das sein?
- Das ist genau die Frage, die mich umtreibt. Wie kann das sein? Warum führt ein Milliardär wie Bachmair seine Putzfrau in die feine Gesellschaft ein? Warum macht er so etwas? Und wie ist es möglich, dass niemand etwas merkt? Wie konnte diese Frau alle täuschen? Und warum hat sie es getan?
- Das glaube ich Ihnen nicht.
- Das sollten Sie aber.
- Ich bin sprachlos.
- Und ich traue Ihnen nicht. Ich frage mich, ob Sie sich nicht seit Wochen auf dieses Gespräch vorbereitet haben.

Der Staatsanwalt, der aus allen Wolken fällt, als er erfährt, dass er an der Nase herumgeführt wurde. Vielleicht haben Sie ja vor dem Spiegel geübt. Diesen Blick, das Entsetzen in Ihren Augen. Ich muss zugeben, Sie machen das wirklich gut.

– Ich möchte diese Unterhaltung jetzt beenden.

– Aber warum denn? Als Staatsanwalt sollten Sie doch größtes Verständnis dafür haben, dass ich das Ganze hinterfrage. Vor allem das mit Ihrem Freund Bachmair. So wie Sie die Sache darstellen, hat er Sie angelogen. Er hat die Tatsache verheimlicht, dass Ihre Geliebte eine seiner Angestellten war. Warum hat er Sie so getäuscht? Das Verhältnis zwischen Ihnen beiden ist doch ein hervorragendes, wie man hört. Sie gehen in Bachmairs Haus ein und aus, da nimmt man doch an, dass kein Blatt zwischen Sie beide passen sollte. Irgendetwas stimmt hier also nicht. Und ich bin mir sicher, Sie können mir sagen, was.

– Jetzt überlegen Sie doch mal. Wenn ich gewusst hätte, dass Rita Bachmairs Putzfrau ist, hätte ich mich wohl kaum auf sie eingelassen, oder?

– Sie schlafen nicht mit Putzfrauen?

– Sie lehnen sich sehr weit aus dem Fenster. Ich werde mich über Ihre Unverfrorenheit bei Ihrem Vorgesetzten beschweren.

– Tun Sie, was Sie nicht lassen können. Das ändert aber nichts daran, dass Sie einer meiner Lieblingsverdächtigen sind.

– Hören Sie endlich auf damit. Ich habe nichts mit Ritas Tod zu tun. Ich hatte ein Verhältnis mit ihr, mehr nicht. Aber ob Putzfrau oder Anwältin, ich habe sie nicht umgebracht.

- Wann haben Sie sie zum letzten Mal gesehen?
- Ein paar Tage, bevor sie ums Leben kam.
- Aber Sie sagten doch, Sie hätten die Beziehung beendet.
- Das habe ich auch, wir sind uns nur zufällig über den Weg gelaufen.
- Wo war das?
- Ich habe mir damals nichts dabei gedacht. Jetzt aber macht es Sinn.
- Was macht Sinn?
- Es war auf dem Parkplatz eines Supermarkts. Ich war mit meiner Frau da. Und da war Rita plötzlich. Sie sah anders aus.
- Wie?
- Die Frisur, wie sie angezogen war. Ich habe sie kaum wiedererkannt.
- Sie haben mit ihr geredet?
- Nein. Ich sagte doch, dass ich mit meiner Frau unterwegs war.
- Wo genau war das?
- Draußen im Industriegebiet, gegenüber von diesem großen Kino.
- Genau da hat Rita Dalek gearbeitet. Was Sie aber natürlich nicht gewusst haben, richtig?
- Natürlich nicht, wäre ich sonst mit meiner Frau dort gewesen? Ich habe zwar den Fehler gemacht, sie zu betrügen, aber ein völliger Idiot bin ich nun auch wieder nicht.
- Und vor diesem Zusammentreffen hatten Sie keinen Kontakt mehr zu ihr?
- Nein, für mich war die Sache erledigt. Und ich denke, das sollte es auch für Sie sein bezüglich Ihrer Anschuldigun-

gen mir gegenüber. Was ich gerade erfahren musste, erschüttert mich zutiefst. Die Tatsache, dass diese Frau eine ganz andere war, als ich gedacht habe, bringt mich völlig aus der Fassung. So wie es aussieht, habe ich nicht nur meine Ehe gefährdet, sondern auch mein Ansehen, meine Karriere. Diese Frau hat mich zum Narren gehalten. Ich bereue es, ihr je begegnet zu sein.

– Man soll nicht schlecht über die Toten reden.

– Es schockiert mich, was passiert ist. Ich bedaure das zutiefst, aber glauben Sie mir, ich bin zugleich auch froh, dass ich rechtzeitig den Absprung geschafft habe.

– Es geht um Ihre Ehe, oder?

– Was ist damit?

– Man munkelt, dass sich Ihre Frau von Ihnen trennen will.

– Hören Sie auf, in meinem Privatleben herumzuwühlen, Sie werden es sonst bereuen.

– Ihre Frau handelt mit Kunst, richtig? Sie soll Millionen verdient haben in den letzten dreißig Jahren, man sagt, sie hätte ein goldenes Händchen, hat zur richtigen Zeit die richtigen Bilder gekauft und sie später für ein Vermögen weiterverkauft.

– Es geht hier nicht um meine Frau.

– Ihr gehört das wunderschöne Haus, in dem Sie leben, sie ist im Gegensatz zu Ihnen steinreich. Sie ist eine sehr erfolgreiche Geschäftsfrau, und es gibt auch einen wasserdichten Ehevertrag. Ich habe mir sagen lassen, dass Sie völlig leer ausgehen würden, wenn es zur Scheidung käme.

– Scheidung ist kein Thema. Mit unserer Ehe ist alles in Ordnung, Sie müssen sich also keine Sorgen machen.

– Das kleine Gehalt eines Staatsanwalts würde kaum ausreichen, um Ihren sehr illustren Lebenswandel zu finanzieren. Ich bin mir also sicher, Sie haben alles getan, um die Beziehung zu Rita Dalek endgültig zu beenden. Für immer, meine ich.

– Was wollen Sie damit sagen?

– Sie müssen ganz schön in der Klemme gesteckt haben. Diese Affäre muss Sie sehr belastet haben, genauso wie die Vorstellung, auf all den Luxus verzichten zu müssen. Und dann noch Ihr kostspieliges Hobby.

– Welches Hobby? Ich habe nicht die geringste Ahnung, wovon Sie reden.

– Kokain.

– Dieses Gespräch ist an dieser Stelle beendet.

– Ich kann es mir zwar nicht vorstellen, dass Sie sich als Staatsanwalt tatsächlich dazu haben hinreißen lassen. Aber Drogen halten sich bekanntlich an keine Regeln.

– Schluss jetzt. Gehen Sie und kommen Sie nicht wieder.

– Das kann ich Ihnen leider nicht versprechen.

Warmes Licht weckt sie auf.

Rita liegt auf dem Sofa in Gerdas Wohnung, die Sonne kommt durch das Fenster. Knapp fünf Stunden lang hat sie geschlafen, kurz nach Mittag ist es jetzt. Ihr Mund ist trocken. Rita setzt sich auf.

Und erinnert sich.

Der Karton, das weiße Pulver. Bis in die Morgenstunden haben sie und Gerda gelacht und getrunken, haben geträumt mit offenen Augen.

Eine lange, schöne Nacht war es.

Ich muss zur Arbeit, hat Rita gesagt, als es hell wurde.

Doch Gerda hat sie nicht gehen lassen, sie überredet, dazubleiben.

Rita hat eine Kurznachricht an Kamal geschickt.

Ich bin krank.

Kann nicht kommen.

Habe nicht geschlafen.

Erbrechen, Bauchschmerzen.

Es tut mir leid, Kamal.

Dann haben sich die beiden Frauen wieder hingelegt.

Gerda schläft immer noch tief und fest. Rita beobachtet, wie sie daliegt. Wie zufrieden sie aussieht. Die Mundwinkel, die leicht nach oben zeigen. Fast ist es so, als würde sie im Schlaf schmunzeln. Gesund schaut sie aus. Man sieht in diesem

Moment nicht, wie krank sie eigentlich ist. Glücklich und zufrieden schaut sie aus.

Rita geht ins Wohnzimmer.

Sie packt die Drogen wieder in den Karton.

Dann legt sie mit den Bananen eine Spur durch die Wohnung, eine Banane nach der anderen platziert sie auf dem Boden, vom Wohnzimmer in die Küche, von der Küche in die Vorratskammer. Dort stellt Rita den Karton ab. In ein Regal neben Mehl, Reis und Konservendosen. Gut verborgen wie ein Schatz.

Zwölfkommafünfundsiebzig Kilogramm Kokain.

Leise zieht sie die Wohnungstür hinter sich zu.

Sie fährt mit dem Lift wieder nach oben.

Duscht sich.

Liest weiter im Internet.

Rita will noch mehr über diese Droge wissen, mehr über Abhängigkeiten, Wirkungsweisen. Sie will die Kontrolle behalten, obwohl sie sie längst verloren hat. Sie weiß, wie hilflos sie ist, sie spürt es. Weil die Wirkung der Droge in ihrem Blut nachgelassen hat. Sie ist nicht mehr so mutig wie in der Nacht zuvor, sie ist klein und unbedeutend. Sie ist Rita Dalek, dreiundfünfzig Jahre alt. Ehefrau, Hausfrau, Putzfrau. Keine Wünsche, keine Träume, kein Aufbegehren in all den Jahren, unsichtbar ist sie. Nie hat sie ein Risiko eingehen wollen. Bis gestern nicht.

Rita muss lachen. Über sich selbst.

Weil sie unbedingt das Falsche tun will.

Sie zweifelt nicht mehr, sie bleibt dabei. Rita könnte zwar noch alles rückgängig machen, niemand würde etwas bemerken.

Aber sie will nicht.

Weil sie endlich eine Grenze überschritten hat. Leichtfüßig.

Es ist, als hätte jemand einen Schalter umgelegt.

Rita geht in die Küche und holt eine Flasche Weißwein aus dem Kühlschrank. Eine Doppelliterflasche, weil Manfred nie genug davon bekommt. Fusel, aber sie trinkt ihn.

Sie googelt.

Liest.

Es wird Nachmittag.

Irgendwann steht sie vor dem Spiegel und schaut sich an.

Du bist immer noch schön, flüstert sie.

Rita Dalek.

Völlig nackt jetzt. Ein Glas Wein in ihrer Hand.

Sie trinkt und denkt an Kamal.

Daran, dass er sich vielleicht geärgert hat am Morgen, weil sie nicht zur Arbeit gekommen ist. Daran, dass er in sie verliebt ist und sie seine Gefühle vom Tisch gewischt hat, als er es ihr vor einigen Wochen gesagt hat.

Ich bin verheiratet, Kamal.
Du bist fünfzehn Jahre jünger als ich.
Schlag dir das aus dem Kopf, Kamal.
Entweder du hörst auf damit, oder ich kündige.
Ich will nie wieder etwas davon hören.

Rita wollte ihr Leben nicht komplizierter machen, als es ohnehin schon war. Manfred, seine Trinkerei, das ganze Unglück, das sich angesammelt hat. Sie wollte den Weg auf keinen Fall verlassen, keine unbetretenen Pfade gehen. Sie sagte Nein, obwohl alles in ihr Ja schrie.

Sie mag Kamal. Redet gerne mit ihm, sie freut sich, wenn sie zur Arbeit kommt und mit ihm über das Geschäft sprechen kann. Er ist eine gute Seele, nie verliert er ein hässliches Wort, er trinkt keinen Alkohol, ist zuvorkommend, respektvoll. Kamal ist ein Glücksfall. Obwohl sie ihn zurückgewiesen hat, würde er alles für Rita tun. Das weiß sie.

Sie fragt sich, was er sagen würde, wenn er von dem Kokain erfahren würde. Ob sie ihm vertrauen könnte?

Rita verwirft den Gedanken sofort.

Stattdessen stellt sie sich vor, dass er sie von hinten berührt. Sie umarmt, dass er sie in den Nacken küsst.

Rita trinkt.

Auch Kamal ist nackt in ihren Gedanken.

Nicht zum ersten Mal. Still und heimlich in ihrer Wohnung hat sie sich das schon oft vorgestellt. Wenn Manfred unterwegs war, hat sie ihn in Gedanken mit Kamal betrogen. Jedes Mal hatte sie ein schlechtes Gewissen. Doch heute nicht. Vielleicht ist es der Wein, der sie antreibt, vielleicht ist es immer noch das Kokain. Sie weiß es nicht. Sie weiß nur, dass sie es zum ersten Mal genießt, anstatt sich schlecht zu fühlen.

Rita und der unsichtbare Kamal vor dem Spiegel.

Und wie er sie küsst und schöne Dinge zu ihr sagt.

Wie er ihre Brüste berührt.

Ganz nah ist seine Stimme plötzlich.

Weil er sie anruft. Genau in diesem Moment.

Ein schöner Zufall. Und vielleicht noch viel mehr als das. Kamal.

Er erkundigt sich nach ihr, fragt, wie es ihr geht. Ob sie etwas braucht. Dass sie ein gutes Gewissen haben und zu Hause bleiben soll.

Werde gesund, sagt er. Und Rita bedankt sich.

Legt auf und lächelt.

Schließt ihre Augen.

Ein paar Sekunden lang.

Minuten.

Nur dieses schöne Gefühl, das sie festhalten will.

Doch plötzlich fällt ihr Gerda wieder ein.

Von einem Augenblick zum anderen macht sie sich Sorgen.

Sie hätte längst nach ihr schauen müssen. Gerda hätte sich längst melden müssen, ein Anruf, ein kurzes Gespräch über diese Nacht. Doch nichts. Rita redet sich ein, dass sie immer noch schläft, doch sie weiß, dass das nicht sein kann.

Irgendetwas muss passiert sein, sagt sie sich.

Rita muss wissen, ob sie sich nach wie vor auf Gerda verlassen kann, ob sie vielleicht Angst bekommen hat. Sie hätte sie nicht allein lassen dürfen, sie hat der alten Frau mehr zugemutet, als vielleicht gut für sie war. Unverantwortlich war es, was sie getan haben. Wer weiß, was das Kokain in dem kaputten kranken Körper angerichtet hat. Vielleicht hatte Gerda einen Herzanfall, konnte gerade noch die Rettung rufen, vielleicht hat man sie ins Krankenhaus gebracht. Die Sanitäter haben die Bananen am Boden entdeckt, die Spur zur Vorratskammer, den Karton. Die Polizei ist vielleicht schon da, durchsucht alles, nimmt Fingerabdrücke.

Rita rennt die Treppe nach unten. Irgendjemand hat den Lift blockiert.

Irgendetwas stimmt nicht. Von Stockwerk zu Stockwerk werden die schlimmen Fantasien in ihrem Kopf größer. Beinahe panisch ist sie, als sie im dritten Stock ankommt.

Sie klingelt, sie klopft, sie schlägt mit der Handfläche gegen die Tür.

Aber nichts rührt sich. Zehn Sekunden lang, zwanzig. Kein Geräusch dringt aus der Wohnung. Dann klingelt sie wieder. Sie ruft Gerdas Namen. Immer wieder, eindringlich, es ist Rita egal, was die anderen Mieter im Haus denken. Sie befürchtet das Schlimmste.

Was, wenn Gerda tot ist? Was, wenn sie nicht mehr aufgewacht ist? Was wird Rita zum Hausmeister sagen? Wie wird sie ihn dazu bringen, ihr die Tür zu öffnen? Kann sie die Bananen rechtzeitig verschwinden lassen, bevor die Polizei kommt? Ist das jetzt schon das Ende?

Rita trommelt jetzt mit ihren Fäusten gegen die Tür.

Auch wenn sie Gerda noch vor ein paar Stunden friedlich schnarchend in ihrem Bett gesehen hat, je länger sie vor ihrer Tür steht, desto weniger glaubt sie an ein gutes Ende. Gerda braucht zu lange vom Bett bis zur Tür, sie müsste das Telefon gehört haben, das Klopfen und Klingeln. Rita schreit.

Um Himmels willen, mach doch bitte endlich diese verdammte Tür auf.

Rita betet dafür, dass es ihr gut geht.

Bitte. Du darfst nicht sterben, Gerda. Nicht tot sein. Noch nicht.

Rita flüstert es vor sich hin.

Dann geht die Tür auf.

Mit einem verschlafenen Lächeln steht Gerda vor ihr.

Bist du auf Entzug, fragt sie.
Du kannst nicht mehr genug von dem Zeug bekommen, oder?

Von mir aus kann die Party gleich weitergehen.
In Kombination mit dem Morphium ist das Zeug richtig
gut. Ich fühle mich wie neu geboren.
Also, rein mit dir, meine Schöne.

Rita atmet erleichtert aus.
Nimmt Gerda in den Arm.
Ich dachte schon, du hättest den Löffel abgegeben, sagt sie.
Ihr fällt ein Stein vom Herzen.
Gerda lebt.
Die Bananen liegen immer noch am Boden.
Der Karton steht neben dem Mehl und dem Reis.
Die beiden Frauen gehen in die Küche, sie reden über die
letzte Nacht, sie erinnern sich gemeinsam daran, wie schön
es war. Sie schwärmen. Rita macht Kaffee und brät Eier.
Gerda sagt, dass es sich so angefühlt hätte, als wäre sie nicht
mehr krank. Sie sagt, dass sie dieses Gefühl noch einmal
haben will. Voller Vorfreude geht sie und holt das aufge-
rissene Päckchen vom Vorabend aus dem Bananenkarton.
Gerda reißt es auf und schüttet das ganze Kokain in eine
leere Vorratsdose mit Blumenmuster.
Es muss alles seine Ordnung haben, sagt sie.
Rita grinst.
Auch weil Gerda vorschlägt, Tee zu trinken, anstatt es zu
schnupfen.
Wie wir das Zeug in uns reinbekommen, ist am Ende egal.
Sie essen die Eier, dann gießt Rita das Wasser auf.
Lapacho-Tee aus Südamerika, eine schöne Kanne voll.
Rita will es auch. Das Kokain hat etwas mit ihr gemacht.
Plötzlich war sie so mutig, sie hat sich gefühlt, als könnte sie

alles schaffen. Stark hat sie sich gefühlt. Und das möchte sie wieder.

Gerda gibt einen kleinen gestrichenen Löffel Kokain in den Tee.

Die Frauen kichern wie kleine Kinder. Mit der Kanne, einer Packung Butterkekse und zwei Tassen Tee setzen sie sich auf den Balkon.

Es ist lau. Rita zündet zwei Zigaretten an, eine für Gerda, eine für sich selbst. Sie ziehen daran und trinken einen großen Schluck Tee. Und noch einen. Übermütig jagen sie dem Rausch der Nacht hinterher.

Zwei Verlierer, die plötzlich gewinnen.

Warum hilfst du mir, fragt Rita.
Weil ich dich mag, sagt Gerda.
Und weil ich noch ein bisschen Spaß haben will, bevor ich sterbe.
Außerdem muss dir ja jemand helfen, das Zeug hier zu Geld zu machen.
Für uns beide ist das nämlich definitiv zu viel.

Sie stoßen mit ihren Tassen an.

Rita und Gerda. Sie spinnen Ideen, verwerfen sie wieder. Sie erinnern sich an alte Filme, die sie gesehen haben, planen einen Ausflug ins Rotlichtmilieu, sie stellen sich ganz genau vor, wie es sein wird.

Sie werden das Büro irgendeines schmierigen Dealers betreten, das Kokain auf einen Tisch stapeln und das Büro kurze Zeit später mit einem Koffer voller Geld wieder verlassen. Sie werden in einen Zug nach Spanien steigen, in Liegestühlen gemeinsam nebeneinander am Strand liegen, dann an Bord eines Schiffes gehen.

Wir werden die Welt sehen, Rita.
Ich möchte nach Namibia, Löwen sehen und Elefanten.
Marabus und Nilpferde, die sich im Fluss baden.
Eine Safari mit dir. Und auch nach Südamerika will ich.
Mit dem Kanu den Amazonas hinunterfahren.
Davon habe ich immer geträumt.
Lass es uns einfach tun, Rita.

Alles fühlt sich wieder so leicht an. Alles trauen sie sich zu. Und doch ist da etwas in Rita, das sie bremst. Eine Stimme, die ihr sagt, dass es nicht ganz so einfach sein wird. Nicht so schön, wie sie es sich ausmalen. Marabus und Elefanten aus Kokain.

Aber wie soll das gehen, fragt Rita.
Wie können wir die Drogen zu Geld machen?
Hast du dir das schon überlegt?

Ritas Zweifel werden lauter. Zu gefährlich ist es, das Kokain einfach zu verkaufen. Es jemandem anzubieten. Rita redet und denkt nach. Gleichzeitig. Dass es zu gefährlich ist, sagt sie. Die Mafia, die Polizei, alle würden in kürzester Zeit auf sie aufmerksam werden, ihr gemeinsames Abenteuer wäre zu Ende, bevor es begonnen hat. Man würde sie verhaften, verurteilen, einsperren.
Ritas Gedanken überschlagen sich.
Es gibt da aber einen anderen Weg, sagt sie.

Gerda schaut verwundert. Hört zu.
Und Rita ist sich plötzlich sicher.
Sie hat die Lösung.

Wir werden das Zeug verschenken, sagt sie.
Es gibt da Menschen, sie sich über so ein Geschenk freuen.
Das wird funktionieren.
Du wirst sehen, Gerda.

Kamal Arun (38), Supermarktleiter

– Sie kommen zu spät.
– Wie meinen Sie das?
– Rita ist tot. Dieses Gespräch können wir uns sparen.
– Ich möchte Ihnen nur ein paar Fragen stellen.
– Diese Fragen werden Rita nicht zurückbringen.
– Das weiß ich. Trotzdem ist es wichtig, dass wir miteinander sprechen. Es gibt noch so viele Dinge, die ich nicht verstehe.
– Ich habe bereits ausgesagt. Mehrmals. Es hat niemanden interessiert. Die Polizei hat nichts unternommen, Rita nicht beschützt. Man hätte es verhindern können.
– Es tut mir wirklich sehr leid, was mit Rita Dalek passiert ist. Aber niemand hätte damals ahnen können, dass so etwas geschieht. Das lässt sich nicht voraussehen. Vor allem dann nicht, wenn die Fakten nicht auf dem Tisch liegen, wenn man die Zusammenhänge nicht erkennen kann. Meine Kollegen haben alles getan, was möglich ist.
– Sie wissen, dass das nicht stimmt. Nach dem, was mir passiert ist, hätten bei Ihnen die Alarmglocken klingeln müssen. Ich wurde fast totgeschlagen. Sie haben gesehen, wozu diese Männer fähig sind. Sie hätten auf meine Mitarbeiter aufpassen müssen.

- Ich verstehe, dass Sie wütend sind.
- Ich bin nicht wütend. Ich bin traurig.
- Wie gesagt, das tut mir alles sehr leid. Aber wir gehen nicht zwingend davon aus, dass es sich um dieselben Täter handelt.
- Sie haben also nach wie vor keine Ahnung? Sie treten auf der Stelle, und diejenigen, die mir das angetan haben, rennen immer noch frei herum?
- Ganz so düster sehe ich das Ganze nicht.
- Sie haben die beiden davonkommen lassen. Und jetzt kreuzen Sie hier auf und stellen mir Fragen.
- Warum hätten diese Männer Rita Dalek töten sollen? Können Sie mir das erklären?
- Ich muss Ihnen gar nichts erklären. Es ist Ihre Aufgabe herauszufinden, was passiert ist, nicht meine. Ich weiß nur, dass Rita niemandem etwas getan hat, sie war der friedlichste Mensch, den ich kenne. Sie war pünktlich, zuverlässig, sie hat sich nie beschwert, keinen Streit vom Zaun gebrochen, die Kollegen haben sie gemocht.
- Und trotzdem hat irgendjemand sie umgebracht.
- Nicht irgendjemand.
- Dann erzählen Sie mir bitte noch einmal, was an dem Abend passiert ist, als Sie überfallen wurden.
- Lesen Sie die Protokolle. Ich bin es hundert Mal mit den Beamten durchgegangen, wir haben Phantombilder gezeichnet, ich habe alles getan, um Ihnen zu helfen. Was soll das jetzt noch bringen, wenn wir es noch einmal durchkauen?
- Es ist wirklich wichtig, dass Sie mit mir reden.
- Was wollen Sie denn hören? Das war das Schlimmste, das

mir in meinem Leben passiert ist. Ich erinnere mich nur sehr ungern daran.

– Auch das verstehe ich.

– Sie haben mir das Gesicht zu Brei geschlagen. Der Kiefer war gebrochen, die Nase, fünf Zähne haben sie mir ausgeschlagen. Drei Rippen waren gebrochen, die Milz war gerissen, ich hatte Prellungen und Blutergüsse am ganzen Körper. Wollen Sie noch mehr hören?

– Warum haben Sie die Tür geöffnet? Der Supermarkt war doch bereits geschlossen.

– Die beiden haben an die Scheibe geklopft. Sie haben mich freundlich angelächelt. Ich dachte, sie wollen nur eine Auskunft.

– Sie hatten keine Angst, dass es ein Überfall sein könnte?

– Nein. Es war noch hell. Ich habe mir nichts Böses dabei gedacht. Dann wurde ich niedergeschlagen. Es ging alles so schnell. Sie haben mich getreten. Ich dachte, dass es um das Geld aus den Kassen geht. Aber das interessierte sie nicht. Sie wollten mit mir nur über die Bananen reden.

– Was wollten sie wissen?

– Die beiden haben die Kartons durchsucht. Alle, die im Laden standen, und auch alle im Lager. Sie wollten wissen, wer die Ware angenommen hat, wer dafür zuständig war. Ich habe ihnen gesagt, dass alles so wie immer gewesen ist. Die Bananen sind angekommen, und wir haben sie verkauft.

– Sie haben gewusst, worum es ging?

– Natürlich. Aber in unserem Supermarkt sind keine Drogen gelandet.

– Was macht Sie da so sicher?

– Niemand von meinen Leuten wäre so wahnsinnig gewesen und hätte einen solchen Fund nicht gemeldet. Und keiner von ihnen hätte einen Karton voller Drogen mit nach Hause genommen.

– Vielleicht ja doch.

– Unsinn.

– Ich kann mir vorstellen, dass die Versuchung groß ist, wenn etwas so Wertvolles vor einem liegt. Die Vorstellung, dass man plötzlich reich sein kann, wenn man nur zugreift, ist bestimmt reizvoll.

– So etwas passiert nur im Fernsehen.

– Ach, wenn Sie wüssten. Ich habe da schon so einiges erlebt. Unbescholtene Bürger begehen Verbrechen, einfach nur, weil sich die Gelegenheit bietet. Vielleicht hat einer Ihrer Mitarbeiter ja von einer goldenen Zukunft geträumt. Wäre doch nachvollziehbar, oder?

– Ich verstehe nicht, worauf Sie hinauswollen.

– Sie haben sich doch mittlerweile bestimmt die Frage gestellt, wer von Ihrem Team dazu in der Lage wäre, so etwas durchzuziehen.

– Gar nichts habe ich.

– Sie haben den Männern damals die Namen aller Angestellten genannt, ist das richtig?

– Nur von denen, die an dem Tag Dienst hatten.

– Wie viele waren das?

– Sechs.

– Rita Dalek war auch dabei, richtig?

– Ja. Aber Rita hatte bestimmt nichts damit zu tun. Da bin ich mir ganz sicher.

– Aber warum hätten sie sie dann umbringen sollen?

– Weil sie auch mich einfach so verprügelt haben. Rita hätte sich doch niemals mit diesen Albanern angelegt.

– Warum sind Sie so sicher, dass es Albaner waren?

– Weil ich etwas Albanisch spreche. Ich habe Verwandte in Tirana.

– Sie haben sich auf Albanisch mit den beiden unterhalten?

– Nein, auf Deutsch. Wenn sie sich aber miteinander unterhalten haben, haben sie das auf Albanisch getan.

– Worüber haben die beiden geredet?

– Sie waren sich absolut sicher, dass eine ihrer Drogenlieferungen in meinem Supermarkt gelandet ist.

– Wenn sie sich so sicher waren, dann muss der Karton ja wohl irgendwo abgeblieben sein, oder?

– Ich lege für meine Mitarbeiter die Hand ins Feuer.

– Bitte denken Sie daran, was mit Rita Dalek passiert ist. Könnte es nicht doch sein, dass sie sich hat hinreißen lassen? Dass sie den Karton mitgenommen hat? Vielleicht hat sie nicht nachgedacht, nicht überlegt, was das für Konsequenzen haben wird.

– Rita war nicht dumm.

– Haben Sie ihr dabei geholfen?

– Wie bitte?

– Vielleicht haben diese Männer damals ja nicht ganz ohne Grund zugeschlagen. Könnte es sein, dass Sie vielleicht doch etwas vom Verbleib des Bananenkartons gewusst haben? Könnte es sein, dass Rita Dalek Sie um Hilfe gebeten hat? Dass sie nach dem Angriff auf Sie kalte Füße bekommen und sich Ihnen anvertraut hat?

– Wie kommen Sie nur auf so etwas?

– Das ist mein Job. Im Gegensatz zu Ihnen glaube ich nicht

an das Gute im Menschen. An einem bestimmten Punkt im Leben kann jeder zum Verbrecher werden. Auch Sie und ich.

– Weil Sie verzweifelt sind und im Dunklen tappen, beschuldigen Sie also eine Tote?

– Ich sage nur, dass sich Rita Dalek mit den falschen Leuten angelegt hat und dass ihr das am Ende das Leben gekostet hat.

– Sie haben keine Beweise für das, was Sie sagen. Außerdem widersprechen Sie sich gerade selber.

– Das mit den Beweisen wird schon, Sie werden sehen.

– Ich sage es Ihnen gerne noch einmal. Was Sie da machen, bringt Rita nicht zurück. Und es macht auch mein Gesicht nicht wieder heil. Also lassen wir das.

– Kennen Sie Ferdinand Bachmair?

– Nicht persönlich. Ich weiß nur, dass das der Mann ist, für den Rita in ihrer Freizeit geputzt hat.

– Es könnte sein, dass er etwas mit ihrem Tod zu tun hat.

– Es wird ja immer besser. Der Milliardär hat also seine Putzfrau umgebracht.

– Vielleicht hat er das, ja.

– Suchen Sie die Albaner, und Sie haben Ihre Täter.

– Auch ein Staatsanwalt steht unter Verdacht. Rita Dalek hat sich auf eine Affäre mit ihm eingelassen in den Wochen, bevor Sie gestorben ist.

– Was hat sie?

– Sie hatte ein Verhältnis mit einem Staatsanwalt namens Aaron Martinek. Wissen Sie davon?

– Nein, davon weiß ich nichts.

– So wie es aussieht, hat Rita Dalek die feine Gesellschaft in

80

dieser Stadt ganz schön aufgemischt. Ich muss zugeben, es fasziniert mich, wie sie das geschafft hat. Sie hat auf gewisse Weise die Seiten gewechselt. Sie hat ihren Putzkittel ausgezogen und ist in ein schönes Kleid geschlüpft. Rita Dalek hat einigen Menschen ganz schön was vorgespielt, sie hat gelogen und betrogen. So wie es aussieht, sind die Reichen dieser Stadt auf eine Hochstaplerin hereingefallen.

– Ich habe keine Ahnung, wovon Sie da reden.
– Wie ein Komet ist Rita Dalek am roten Teppich der Gesellschaft aufgeschlagen. Sie hat allen den Kopf verdreht. Ministern, Millionären, Staatsanwälten. Vielleicht haben Sie Rita Dalek doch nicht so gut gekannt, wie Sie glauben.
– Was Sie da sagen, kann nicht sein.
– Sie hat mit den Mächtigen der Stadt Champagner getrunken.
– Mit solchen Leuten hatte Rita bestimmt nichts am Hut.
– Doch, hatte sie. Leider.

Er kommt aus einer völlig anderen Welt.

Rita ist ihm nie zuvor begegnet. Seit über fünf Jahren arbeitet sie hier in seiner Villa am See. Seine Angestellten lieben und hassen ihn. Rita ist eine von vielen, die sich darum kümmern, dass die Welt von Ferdinand Bachmair funktioniert.

Der Milliardär, der nur damit beschäftigt ist, sein Geld auszugeben. Auch seine Angestellten bezahlt er fürstlich, doch er erwartet auch, dass sie seine Launen ertragen, dass er sich gehen lassen kann, wann immer er will. Alle sollen springen für ihn, wenn er pfeift, alles soll so sein, wie er es sich vorstellt, wie sein Hausmanager es für ihn plant. Ein streng organisiertes System ist es. Rita ist nur ein winzig kleiner Teil davon.

Bis jetzt war sie unsichtbar für Bachmair. Dieses Leben, das er führt, findet unendlich weit weg von ihrem statt. Sie hält sich zwar in seinem Haus auf, doch es fühlt sich so an, als wäre er Hunderte Kilometer weit weg. Er ist nur derjenige, für den sie sauber macht, derjenige, der ihr jeden Monat das zusätzliche Geld überweisen lässt, das Manfred und sie so dringend zum Leben brauchen.

Bachmair ist ein Phantom.

Nur einmal hat sie kurz mit ihm telefoniert. Sie war in der Küche gewesen, hatte Pause gemacht, als es klingelte. Die Köche waren beim Rauchen, Rita war allein. Sie nahm den Hörer ab und hörte ihn brüllen.

Was ist hier los, warum meldet sich niemand?
Ich will ein verdammtes Butterbrot mit Kresse.
Ihr habt fünf Minuten.
Ich werde alle, die in dieser verfickten Küche arbeiten,
entlassen.

Rita weiß noch, wie sehr sie Bachmair in diesem Moment verachtet hat. Schnell war sie zu den Köchen gerannt, hatte Bescheid gegeben. Sie war sprachlos, weil die Köche fast panisch das Butterbrot zubereiteten, sie rannten durcheinander, überschlugen sich, um Bachmair wieder zufriedenzustellen. Sie hatten Angst. Erwachsene Männer. Wegen eines lächerlichen Butterbrots. Bachmair war gnadenlos. Er ist es immer noch. Die Küche muss Tag und Nacht besetzt sein. Wenn er nach einem fünfgängigen Menü schreit, muss gekocht werden. Egal zu welcher Uhrzeit. Wenn er Hunger hat, muss in kürzester Zeit serviert werden. Sollte das nicht passieren, wird jemand entlassen. Köche, Servicekräfte, Putzpersonal. Schon viele hat Rita kommen und gehen sehen. Aber sie hat es nie kommentiert, hat sich nicht eingemischt. Sich nie daran beteiligt, sich das Maul über ihn zu zerreißen, Gerüchte in die Welt zu setzen.
In den Zigarettenpausen hat sie den anderen nur zugehört, wenn sie über Bachmairs ausschweifendes Leben sprachen, darüber dass er sich hemmungslos dem Rausch hingibt. Alkohol, Drogen, Frauen.
Das war ihr immer egal. Berührte sie nicht.
Rita macht einfach ihre Arbeit.
Sie redet nicht viel, sie putzt.
Die Hausdame vertraut ihr.

Deshalb kümmert sie sich auch um Bachmairs Salon. Sie macht in seinem Schlafzimmer sauber, in seinem Badezimmer. Und genau dort treffen sie auch zum ersten Mal aufeinander.

Warum im Badezimmer, hat Gerda gefragt.
Weil er dort nackt ist, hat Rita geantwortet.

Rita geht die Treppen nach oben.
Den Gang entlang, sie betritt das Ankleidezimmer.
Sie hört, wie das Wasser in der Dusche nach unten fällt.
Rita steht an der Tür zum Bad.
So oft hat sie hier schon geputzt, sie kennt jede Fliese, jede Fuge, den Inhalt jeder Lade. Immer war sie alleine hier, die Hausdame legt Wert darauf, dass Bachmair dem Reinigungspersonal nicht begegnet. Er soll nicht sehen, wie saubergemacht wird, die kleinen Putzfeen sollen zaubern, wenn er nicht da ist.
Bachmair singt.
Sie darf jetzt nicht zögern.
Sie wird es genau so machen, wie sie es sich ausgedacht hat.
Die Putzfrau überrascht ihn. Sie trägt ihre Schürze, hat den Kübel mit den Putzmitteln in der Hand. Es ist völlig egal, wie er reagieren, was er sagen wird. Ob er stehen bleiben oder wütend auf sie zukommen wird. Ob er brüllen oder sie aus dem Badezimmer werfen wird.
Sie wird es jetzt einfach tun.
Rita atmet noch einmal tief durch.
Dann schaut sie durch den Türspalt.
Er hat fertig geduscht. Stellt das Wasser ab.

Rita sieht, wie er sich vor den Spiegel stellt, wie er sich mit beiden Händen durch die Haare fährt. Er dreht sich hin und her. Nicht in hundert Jahren würde er damit rechnen, dass ihn jetzt jemand stören würde. Dass eine unbekannte Frau sein Bad betritt.

Mit einem Lächeln im Gesicht.

So wie Gerda es gesagt hat.

Du wirst dich unvergesslich machen, Rita.
Es wird ihm die Sprache verschlagen.
Und bevor er irgendwie reagieren kann, bist du wieder weg.
Du wirst so schnell wie möglich aus dem Haus verschwinden.
Mach dir keine Sorgen, Rita.
Das wird schon.

Rita zwingt sich, ihre Mundwinkel nach oben zu ziehen. Sie versucht, entspannt zu wirken. Sie blinzelt. Dann nimmt sie die Vorratsdose mit dem Blumenmuster aus ihrem Putzkübel und stellt sie neben das Waschbecken. Bachmair greift nach einem Handtuch. Da sieht er sie. Sein Gesicht läuft rot an vor Scham.

Schockiert und wütend.

Wer sind Sie verdammt noch mal?
Was wollen Sie hier?
Sie sind doch nicht wirklich die Putzfrau, oder?
Sind Sie wahnsinnig?
Verschwinden Sie sofort aus meinem Badezimmer.

Rita rührt sich nicht vom Fleck.

Mit einer Gelassenheit, die ihn noch mehr verunsichert, macht sie weiter. Unbeirrt, sie bleibt in ihrer Rolle. Sie kann alles sein, sie ist unverwundbar, sie muss keine Konsequenzen fürchten.

Auf der Bühne ist alles möglich.

Ich möchte dir das hier schenken, sagt sie.

Sie zeigt noch einmal auf die geblümte Dose, lächelt ihn an.

Sie dreht sich um und geht. Die Putzfrau, die es gewagt hat, ihn im Bad zu überraschen, die dreiste Person, die ihn nackt gesehen und angelächelt hat, während er die Fassung verloren hat.

Rita verschwindet.

Die Vorratsdose bleibt zurück.

Sie hört ihn immer noch brüllen, während sie langsam das Haus verlässt. So als wäre nichts passiert, geht sie auf direktem Weg zum Parkplatz. Sie steigt in ihren Wagen. Rita schaut nicht zurück. Sie hat nicht auf seine Rufe reagiert, die durch das Haus hallten, sie ignoriert, dass sich irgendwo oben ein Fenster öffnet und er sie verflucht.

Man soll diese Person aufhalten, hat er geschrien.

Man soll sie verfickt noch mal davon abhalten, das Grundstück zu verlassen. Bachmair ist außer sich. Und Rita fährt zufrieden die Einfahrt hinauf. Weg von Bachmair. Nach Hause.

Sie wird nichts von dem Drama mitbekommen, das sich gleich abspielt. Der Hausmanager, die Hausdame, das Securitypersonal, alle wird er antanzen lassen. Es wird Konsequenzen hageln, Bachmair wird kochen vor Wut. Er will wissen, wer diese Frau ist, die in seine Privatsphäre eingedrungen ist, die sich ihm so dreist widersetzt hat. Er will, dass man sie zurückholt, dass sie bestraft wird. Er will sie demütigen, ein Exempel statuieren. Keiner dringt einfach so in Ferdinand Bachmairs Badezimmer ein.

Bachmair rotiert, während Rita gemütlich durch die Stadt fährt.

Rita sieht es vor sich. Alles, was in den nächsten dreißig Minuten passieren wird, wie in einem Film. Bachmair in der Hauptrolle. Schimpfwörter werden aus seinem Mund kommen, er wird toben, die Angestellten werden in Deckung gehen. Dann wird Bachmair sich wieder beruhigen.

Er wird zurück in sein Badezimmer gehen. Er wird kurz zögern.

Dann aber wird er die Vorratsdose in die Hand nehmen, die Rita für ihn zurückgelassen hat. Bachmair wird die Dose öffnen und das weiße Pulver sehen. Er wird überrascht sein. Dann wird er daran riechen, seinen Zeigefinger ablecken und in das Weiß tauchen. Er wird den Finger wieder herausziehen und ihn abschlecken. Bachmair wird sofort wissen, was los ist.

Er wird sich das Pulver auf sein Zahnfleisch reiben. Er wird die Dose hochheben. Das Gewicht schätzen. Und er wird spüren, wie alles taub wird in seinem Mund.

Ach du heilige Scheiße, wird er sagen.

Bachmair wird zur Kommode im Schlafzimmer gehen und die Hausdame anrufen. Er wird sie anweisen, in der Sache mit der durchgeknallten Putzfrau vorerst doch nichts zu unternehmen.

Ich werde mich selbst darum kümmern, wird er sagen.

Er wird sich Ritas Telefonnummer geben lassen.

Er wird noch eine Zeit lang überlegen und zögern. Wird mit der Dose in der Hand in seinem Salon auf und ab spazieren. Dann wird er sie anrufen.

Pamela Suttner (39, arbeitslos)

– Sie bezahlen das Bier, wenn ich mit Ihnen rede?
– Richtig. Sie können trinken, so viel Sie wollen.
– Sie werden bereuen, dass Sie das gesagt haben.
– Die Informationen, die ich von Ihnen bekomme, sind bestimmt ein paar Biere wert, da bin ich mir sicher.
– Sie glauben also wirklich, dass Bachmair die Dalek auf dem Gewissen hat?
– Noch glaube ich gar nichts.
– Von mir aus können Sie diesen Drecksack ans Kreuz nageln.
– Im Moment sammle ich noch Informationen. Ich rede mit allen, die mit der Sache irgendwie zu tun haben.
– Sie sind also ein Spürhund?
– Könnte man so sagen, ja.
– Und jetzt schnüffeln Sie bei mir herum?
– Genau.
– Tun Sie sich keinen Zwang an, Sie können ruhig ein bisschen näher heranrutschen. Was wollen Sie wissen?
– Wie lange haben Sie für Bachmair gearbeitet?
– Acht Jahre. Niemand hat so lange durchgehalten wie ich. Alle anderen sind davongelaufen oder wurden entlassen. Keiner hat ihn so lange ertragen. Sogar die Hausmanager wurden alle eineinhalb Jahre ausgetauscht.

– Sie und Rita Dalek haben sich gekannt?

– Was für eine blöde Frage. Natürlich haben wir uns gekannt. Ich habe die Dalek angelernt. Alles, was sie wissen musste, habe ich ihr beigebracht. Wie der Laden funktioniert, was sie tun darf und was nicht, wie man durchkommt, ohne aufzufallen. Die Dalek hatte mir einiges zu verdanken.

– Sie waren befreundet?

– Nein. Wir haben nur für dasselbe Arschloch gearbeitet.

– Was noch?

– Manchmal haben wir die Dienste getauscht. Am Anfang waren wir ein paar Mal was trinken, aber das hat dann aufgehört.

– Warum?

– Man kann nicht alle Menschen mögen, oder? So funktioniert diese Welt nun mal nicht. Vor allem nicht in so einem Haus, mit so einem Chef. Da muss jeder auf sich selbst schauen.

– Und trotzdem sind Sie unter die Räder gekommen.

– Ja. Und die Dalek war nicht ganz unschuldig daran.

– Wenn ich das richtig verstanden habe, hat Bachmair Sie nach acht Jahren einfach entlassen. Warum?

– Weil ich gewusst habe, was los ist.

– Was haben Sie gewusst?

– Dass er *Pretty Woman* mit ihr gespielt hat.

– Was kann ich mir darunter vorstellen?

– Kann ja nicht sein, dass Sie den Film nicht kennen. Julia Roberts und Richard Gere. Den müssen Sie doch gesehen haben, ist ein Klassiker. Ein Milliardär holt eine Prostituierte aus der Gosse und kleidet sie ein, bringt ihr Manieren bei, führt sie in die bessere Gesellschaft ein. Voll das

Märchen. Das hat Bachmair beinhart durchgezogen. Weiß
der Himmel, warum er sie dafür ausgesucht hat.

– Vielleicht waren die beiden ja intim?

– Natürlich waren sie das, was glauben Sie denn? Sie hat es
sich von ihm besorgen lassen, ganz klar. Warum hätte er
sie denn sonst überhaupt in seine Nähe lassen sollen? Das
war bestimmt so ein schräges sexuelles Ding.

– Was meinen Sie damit?

– Die Dalek war zwanzig Jahre älter als Bachmair. Die haben
ganz sicher irgendwelche kranken Rollenspiele durchgezogen. Sie wissen doch, wie das ist, je abartiger, desto
besser. Wenn man so viel Geld hat, kann man auch seine
Putzfrau ficken.

– Sie können aber nicht mit Sicherheit sagen, dass die beiden ein Verhältnis hatten, oder?

– Ist doch scheißegal. Es geht darum, dass er aus der Dalek
eine Prinzessin gemacht hat. Und dass ich mehr oder
weniger die Einzige bin, die davon weiß.

– Wann hat das angefangen?

– An dem Tag, an dem er sie rausgeworfen hat. Da ist er
völlig durchgedreht, weil sie in seinem Badezimmer aufgetaucht ist, während er geduscht hat. Niemand, der bei
Verstand gewesen wäre, hätte so etwas gewagt.

– Er hat mit Konsequenzen gedroht?

– Er ist durchs Haus gelaufen und hat so laut geschrien, dass
diejenigen, die ihn noch nie zuvor gesehen hatten, richtig
Angst vor ihm bekamen. Er wollte alle entlassen, wenn die
Dalek noch einmal das Haus betreten würde. Er war wirklich außer Kontrolle, ich dachte damals, dass es das war
mit ihr. Aber kurze Zeit später war sie wieder da.

- Sie ist wieder zur Arbeit gekommen?
- Nein. Sie war sein Gast. Ich habe sie nur zufällig gesehen. Ich war in der Tiefgarage, habe heimlich dort geraucht, als sie aus seinem Wagen stieg. Der Chauffeur hat sie gebracht, er hat ihr sogar die Tür aufgehalten. Damit hätte ich in hundert Jahren nicht gerechnet.
- Vielleicht wollte er ihr einfach noch eine zweite Chance geben?
- Wie reden hier von Bachmair. Der gibt niemandem einfach noch eine zweite Chance. Er kann sich Putzfrauen kaufen, so viele er will.
- Zuerst hat er sie also entlassen, und dann hat er sie von seinem Chauffeur abholen lassen und sie in seinen Privaträumen empfangen.
- Ja. Und die wenigen, die davon wussten, haben Geld bekommen, damit sie es für sich behalten.
- Er hat Sie dafür bezahlt, dass Sie schweigen? Und trotzdem reden Sie jetzt mit mir darüber?
- Bachmair ist ein Arschloch.
- Sie wollten mehr Geld, und er hat es Ihnen nicht gegeben, richtig?
- Richtig. Anstatt mich ordentlich zu bezahlen, hat er mich entlassen und mir gedroht. Wenn ich jemandem etwas von ihm und der Dalek erzähle, würde er mich verklagen. Das würde mich ein Vermögen kosten. Von einer Verschwiegenheitsklausel in meinem Arbeitsvertrag hat er geredet.
- Ich möchte Sie darauf aufmerksam machen, dass Sie diese Verschwiegenheitsklausel gerade brechen.
- Aber Sie sind doch Kriminalbeamter, oder? Ich bin praktisch gezwungen, Ihnen die Wahrheit zu sagen. Sie ermit-

teln in einem Mordfall. Ich kann gar nicht anders, als Ihnen den ganzen Scheiß zu erzählen. Ist doch korrekt? Und Sie wollen es doch, oder?

– Das könnte man durchaus so sehen, ja.

– Ich möchte, dass Bachmair seine Strafe bekommt.

– Wofür?

– Ich war zwar keine Freundin von der Dalek, aber so einen Tod hat niemand verdient.

– Haben Sie irgendwelche Beweise dafür, dass Bachmair etwas damit zu tun hat?

– Wenn ich Beweise hätte, wäre ich jetzt reich. Ich weiß nur, dass die Dalek nicht nur einmal bei ihm oben war, sondern öfters. Er hat sie sogar zu einer seiner Partys eingeladen. So gut hat sie sich gar nicht verkleiden können, dass ich sie nicht erkannt hätte.

– Waren Sie neidisch?

– Auf die Dalek? Wie kommen Sie denn darauf?

– Sie war keine Putzfrau mehr. Vielleicht wären Sie ja gerne an ihrer Stelle gewesen? Das wäre durchaus verständlich. Wer wäre nicht gerne plötzlich eine Prinzessin?

– Ich bin froh, dass ich mit dem Psychopathen nichts mehr zu tun habe. Außerdem haben wir ja gesehen, wo das hinführt, wenn man glaubt, dass man das Nest einfach so verlassen kann. Aber niemand fliegt einfach so davon. Bachmair hat die Dalek wieder runter auf den Boden geholt. Oder noch besser, das Schwein hat sie unter die Erde gebracht.

– Dass er Rita Dalek an sich heranlässt, macht ihn aber noch nicht zum Mörder.

– Vielleicht ja doch. Ich habe ein Gespräch zwischen den

beiden belauscht. An dem Tag, an dem er sie zuerst kündigen wollte und sie dann in seinem Salon empfangen hat.

– Und worum ging es?

– Ich weiß es nicht genau, aber er hat ihr Geld angeboten. Viel Geld.

– Wofür?

– Auch das weiß ich nicht. Ich weiß nur, dass er ihr fünfzigtausend Euro gegeben hätte, sie aber lieber Kleider wollte, wenn ich das richtig verstanden habe. Und eine schöne neue Frisur. Bachmair sollte dafür sorgen, dass aus dieser Kröte ein Schwan wird. Können Sie sich das vorstellen? Irgendetwas ganz Großes war da im Busch. Völlig abgefahren, was die Dalek da abgezogen hat.

– *Pretty Woman.*

– Sag ich doch die ganze Zeit.

– Möchten Sie noch ein Bier?

– Unbedingt.

– Wissen Sie, ob Bachmair Drogen genommen hat?

– Woher soll ich das wissen?

– Sie haben acht Jahre lang für ihn gearbeitet, Sie haben bestimmt so einiges mitbekommen, oder?

– Man sagt, dass er kokst. Aber wer weiß, ob das stimmt. Im Gegensatz zur Dalek war ich zu seinen Partys ja nie eingeladen.

– Dafür leben Sie noch.

– Das stimmt allerdings. Es hätte der Dalek klar sein müssen, was passiert, wenn sie sich mit solchen Leuten einlässt.

– Sie haben kein Mitleid?

– Nein.

96

- Warum waren Sie dann bei ihrem Begräbnis? Ich habe Sie dort gesehen. Ich dachte, man geht nur zu Beerdigungen von Menschen, die man gemocht hat.
- Ihr Mann tat mir leid.
- Sie kennen ihn?
- Aus der Kneipe, ja. Dort, wo ich gerne abhänge, trinkt auch er seine Bierchen. Hat sich zufällig so ergeben.
- Zufällig?
- Die Dalek hat uns vorgestellt irgendwann. Ich sage doch, dass wir am Anfang gerne ab und zu was miteinander getrunken haben.
- Sie haben den privaten Kontakt zu Rita Dalek abgebrochen, aber sich mit ihrem Mann weiterhin getroffen?
- Ist ja nicht verboten, oder? Hätte ich ihm verbieten sollen, in derselben Kneipe zu saufen?
- Sie hatten also mit Manfred Dalek hinter dem Rücken seiner Frau regelmäßig Kontakt?
- Was soll das heißen? *Hinter ihrem Rücken.* Wir haben nur gesoffen, nicht gevögelt.
- Haben Sie ihm auch erzählt, was Sie mir erzählt haben? Die *Pretty-Woman*-Geschichte? Weiß er, was seine Frau gemacht hat, während er auf Montage war?
- Ja, natürlich habe ich es ihm erzählt. Er hatte doch ein Recht darauf zu erfahren, was sie so treibt. Oder würden Sie gerne so hinters Licht geführt werden? Sie geht im Haus eines Milliardärs ein und aus, und er muss seine Abende allein in einer Spelunke verbringen. Sie hat Unmengen an Geld in den Wind geschlagen, und er hat kaum so viel, dass er sich sein Feierabendbier leisten kann. Ist doch nicht gerecht, oder?

- War er wütend, als Sie es ihm erzählt haben?
- Er hat mir nicht geglaubt. *Ich kenne meine Rita*, hat er gesagt. Er hat darauf bestanden, dass sie ihm nie etwas verheimlichen würde. Am Ende habe ich ihn aber vom Gegenteil überzeugt. Ich habe ihm das Foto gezeigt, das ich von ihr gemacht habe.
- Was war auf dem Foto?
- Die Dalek und der Bachmair, wie sie in den großen Mercedes gestiegen sind. Sie hatte ein Ballkleid an, aufgesteckte Haare, man hat sie kaum erkannt.
- Hat Sie jemand gesehen?
- Das denke ich nicht.
- Wissen Sie, ob Manfred Dalek seine Frau darauf angesprochen hat?
- Natürlich hat er das. Er hat mir alles erzählt. Manfred hat ihr das Foto gezeigt, sie gefragt, was da los ist. Und wissen Sie, was sie gemacht hat, diese undankbare Kuh? Sie hat ihn verlassen. Können Sie sich das vorstellen? Zack und Ende. Sie hat ihn in seinem Elend allein gelassen. Wenn ich mich nicht ein bisschen um ihn kümmern würde, hätte er wahrscheinlich schon längst aufgegeben.
- Er muss außer sich gewesen sein vor Wut, oder?
- Ja, das war er. Aber man muss das verstehen, was hätte er denn tun sollen? Sie hat ihn provoziert, er hatte keine andere Wahl.
- Was hat er getan?
- Er wollte das nicht.
- Was wollte er nicht?
- Er hat sie geschlagen. Er sagte, es sei das einzige Mal gewesen. Aber wundert Sie das? Sie hat auf ihn geschissen, ihn

aus der eigenen Wohnung geworfen, da ist ihm halt einfach der Faden gerissen.

– Können Sie sich vorstellen, dass Manfred Dalek etwas mit ihrem Tod zu tun hat?

– Sie fragen mich, ob er sie kaltgemacht hat?

– Könnte doch sein, oder? Vielleicht hat er es nicht verkraftet, dass sie ihn verlassen hat? Betrogene Ehemänner handeln manchmal irrational.

– Dazu wäre Manfred nicht im Stande. Ich kenne ihn.

– Wie ich gehört habe, ist er spielsüchtig. Da kann es schon mal vorkommen, dass man Dinge tut, die man sonst niemals im Leben tun würde. Von Ihnen wusste er, dass viel Geld im Spiel war, vielleicht ist er ja gierig geworden?

– Schwachsinn.

– Rita Dalek hat ihn gedemütigt, er fühlte sich hintergangen. Vielleicht hat er es nicht ertragen, dass sie sich für ein anderes Ende entschieden hat. Eines ohne ihn.

– Aber ihr Leben war doch gut so, wie es war. Sie hatte einen Mann, eine Wohnung, Arbeit. Was hatte Sie denn für einen Grund, sich zu beklagen? Sie hätte sich damit zufriedengeben sollen, dann wäre sie jetzt noch am Leben.

– Glauben Sie das wirklich?

– Ja. Warum denn nicht?

– Sie haben ein Verhältnis mit Manfred Dalek, richtig?

– Ich denke nicht, dass Sie das was angeht.

– Da muss ich Sie leider enttäuschen. Alles, was diesen Mord betrifft, geht mich etwas an.

– Manfred hat nichts damit zu tun.

– Und was macht Sie da so sicher?

- Weil er es nicht war. Und jetzt hören Sie auf, mich zu belästigen. Ich will nicht mehr mit Ihnen reden.
- Aber Sie wollen doch bestimmt noch ein Bier.
- Ich scheiß auf das Bier.
- Ich hätte da aber noch ein paar Fragen.
- Sie sollen mich in Ruhe lassen, habe ich gesagt.
- Ich könnte Sie auch auf einen Schnaps einladen. Oder auf zwei. Vielleicht erzählen Sie mir ja dann die Wahrheit.
- Leck mich, Bulle.

Es schmeckt neu und fremd und schön.

Zum ersten Mal in ihrem Leben trinkt Rita Champagner. Zuerst nippt sie nur, dann nimmt sie einen großen Schluck. Es prickelt auf ihrer Zunge.

Der Geschmack verführt sie, macht Lust auf mehr, es ist die nächste Aufgabe, die sie bewältigen muss. Eine Herausforderung.

Rita wird stark sein. Sie wird nicht einknicken, sie wird es durchziehen. Auch wenn alles in ihr schreit vor Aufregung, wenn eine Stimme in ihr sagt, dass sie davonrennen soll.

Rita bleibt.

Sie sitzt in Bachmairs Salon. Sie spürt wieder, wie ihr Herz schlägt, nichts anderes ist im Moment wichtig. Nur der Milliardär, der sie zu sich gebeten hat. Niemand sonst. Nicht Manfred, nicht Kamal.

Rita weiß noch nicht, dass sie ihn in genau zwanzig Stunden finden wird. Sie wird früh aufstehen und die Erste im Supermarkt sein, sie wird aufsperren, ins Lager gehen und sein Röcheln hören. Überall wird Blut sein. Kamal wird am Boden liegen und sich nicht mehr rühren.

Halb tot wird sie ihn finden.

Aber davon ahnt Rita jetzt noch nichts.

Jetzt zählt nur dieser Moment. Sie muss Bachmair auf ihre Seite ziehen, ihn überzeugen. Sie spielt ihre Rolle, gelassen und anmutig.

Sie lässt sich Zeit.

Rita nimmt noch einen Schluck.

Champagner. Luxus. Eine Ahnung von dem, was noch kommt.

Rita schaut zu, wie die Perlen in ihrem Glas nach oben steigen. Selbstbewusst lächelt sie Bachmair an.

Ich würde Sie gerne zu mir einladen, hatte er am Telefon gesagt. *Ich würde nichts lieber tun, als mich mit Ihnen zu unterhalten. Ich muss zugeben, Sie haben mich überrascht.*

Seine Stimme war freundlich gewesen. Charmant, da war keine Wut mehr, nur Neugier. Er sagte, er brenne darauf, sie kennenzulernen.

Ich bin Ihre Putzfrau, hatte Rita erwidert.

Gerda hielt sich die Hand vor den Mund. Rita grinste lautlos vor sich hin. Weil da plötzlich Bachmairs Stimme aus dem Lautsprecher des Mobiltelefons kam. Weil er sie tatsächlich angerufen hatte.

Der Milliardär und seine Putzfrau.

Es war genau so, wie Gerda es vorausgesagt hatte. Der Plan funktionierte, Bachmair tat, was er tun sollte. Die Vorratsdose in seinem Badezimmer hat ihn dazu gebracht, Rita zu umgarnen, sie zu überreden, sich von seinem Chauffeur abholen zu lassen. Bachmair hat darauf bestanden. Er will wissen, wer diese Frau ist. Dass sie nur eine einfache Putzfrau ist, daran will er nicht glauben. Was Rita sagt, ignoriert er.

Von Anfang an tut er so, als sei sie eine andere.

Er mustert sie, seit sie aus dem Wagen gestiegen ist.

Eine Frau Mitte fünfzig, schlecht gekleidet, aber durchaus hübsch.

Wie sie das Glas hält.

Wie selbstbewusst sie seinen Blicken standhält.

Wie sie lächelt.

Du hast nichts zu verlieren, hatte Gerda gesagt.

Und Gerda hatte recht.

Rita holt die Packung Zigaretten aus ihrer Tasche. Sie nimmt eine heraus und zündet sie an. Sie hat nicht gefragt, ob sie rauchen darf, sie tut es einfach. Fast ist es so, als würde sie ihn provozieren wollen. Sie fordert ihn heraus, sie weiß, dass Bachmair Nichtraucher ist, dass er es hasst, wenn es irgendwo im Haus nach Rauch riecht. Sie rechnet erneut mit seiner Wut, doch Bachmair bleibt ruhig.

Er lässt sie rauchen, stellt ihr sogar einen Aschenbecher hin. Eine kleine, antike Schale, die Rita schon so oft abgestaubt hat. Sündhaft teuer, so wie alles, was hier herumsteht. Teppichböden, Vasen, Möbel, Bilder. Bachmair ist ein Sammler. Er umgibt sich gerne mit wertvollen Dingen, er zeigt gerne, was er hat, präsentiert seinen Reichtum voller Lust.

All die schönen Dinge im Raum fallen Rita ins Auge, während sie an ihrer Zigarette zieht und darauf wartet, dass Bachmair die Fragen stellt, die ihm unter den Nägeln brennen.

Doch er geht es ganz langsam an. Er kommt nicht sofort zum Punkt, er umkreist sie, behutsam beginnt er seine Gedanken laut auszusprechen. Er geht durch den Raum, bleibt immer wieder stehen, macht eine Pause, sucht nach Worten, wägt ab, was er sagen soll. Bachmair inszeniert seinen Auftritt.

Er will Rita verunsichern, sie aus der Fassung bringen, er will ihr zeigen, dass er mit ihr machen kann, was er will. Ein

Wechselbad der Gefühle soll es sein, von Anfang an unvergesslich will er sich machen. Er ist höflich, freundlich, macht ihr Komplimente, im anderen Augenblick aber demütigt er sie. Bachmair bemüht sich, witzig zu sein, er schmeichelt ihr, gleichzeitig aber bedroht er sie. Mit vielen verschiedenen Nadeln sticht er in Ritas Fleisch. Er will herausfinden, wo es wehtut. Er beobachtet sie, registriert jedes Zucken in ihrem Gesicht. Er will wissen, wie sie tickt, ob sie unter ihrer perfekten Fassade vielleicht doch Angst vor ihm hat.

Bachmair will die Kontrolle zurück.

Rita hört die meiste Zeit nur zu.

Manchmal nickt sie.

Bachmair stellt Fragen. Behauptet Dinge.

Lässt Rita nicht zu Wort kommen.

Ich habe mich sehr über Ihr Geschenk gefreut.

Diese schöne Vorratsdose. Dieses wunderbare
Blumenmuster.

Gefällt mir. Genauso wie der Inhalt. Erstklassige Ware.

Ich habe selten so etwas Großartiges konsumiert.

Sie heißen also Rita? Schöner Name.

Soll ich Sie duzen?

Nein, ich werde Sie nicht duzen. Noch nicht.

Sie wollen Geld, oder?

Fünfzigtausend. Das scheint mir angemessen.

Geschenke in dieser Größenordnung kann ich nämlich
nicht annehmen.

Darf ich Sie fragen, wo Sie das herhaben? Wer hat Sie
geschickt?

Und gibt es noch mehr davon?

Vom Alter her könnten Sie meine Mutter sein.

Meine Mutter war aber nie so verrückt.

Sie hat mir das alles hier vererbt.

Aber so ein Geschenk hätte sie mir nie gemacht.

Unglaublich ist das.

Sie wollen wirklich kein Geld?

Aber was wollen Sie dann? Alle wollen mein Geld.

Wollen Sie ficken, Rita?

Ein bisschen von dem weißen Zeug, und los geht's.

Warum nicht?

Ich habe schon Schlimmeres gefickt.

Nein. Verzeihen Sie.

Ich wollte Sie nur schockieren. Ihnen Angst machen.

Haben Sie Angst, Rita?

Nein?

Keine Angst also.

Zuerst dachte ich, Sie sind von der Polizei.

Aber Sie sind nicht von der Polizei.

Sind Sie immer so schweigsam?

Vielleicht haben Sie ja Lust, mit mir einkaufen zu gehen?

Lieben Sie schöne Kleider?

Vielleicht müssen wir das Eis ja so brechen.

Ein schickes Kostüm, ein paar schöne Schuhe, eine neue Frisur?

So können Sie hier ohnehin nicht herumlaufen. Das hier ist schließlich kein Supermarkt. Das hier ist die Oberliga, Rita.

Schönes Aussehen ist oberstes Gebot.

Aussehen und Vertrauen.

Kann ich Ihnen vertrauen, Rita?

Rita nickt.

Sie schaut ihn nur an, während er spricht.

Bachmair will sie erobern, das Ungewisse reizt ihn, das Fremde. Noch tappt er völlig im Dunkeln, aber er genießt es. Es gefällt ihm, dass Rita sich ihm nicht gleich an den Hals wirft. Dass sie sich Zeit lässt, überlegt, bevor sie etwas sagt. *Bachmair will seinen Spaß mit dir haben*, hatte Gerda gesagt. Rita soll ihren Joker nicht schon in der ersten Runde ausspielen. Rita soll ein Geheimnis bleiben, das Bachmair lüften will. Je weniger sie sagt, desto besser.

Stell dir einfach vor, du spielst eine Rolle, Rita.
Du wolltest doch immer Schauspielerin werden, oder?
Du gehst da rein und gibst die geheimnisvolle Fremde.
Du kannst das, Rita.

Ja, sie kann das.

Und sie liebt es.

Sie hält sich in seinen Räumlichkeiten auf, als wäre sie schon oft hier gewesen. Nicht als Putzfrau, sondern als Gast.

Sie bewegt sich so gelassen und selbstsicher in Bachmairs Salon, als hätte sie ihr ganzes Leben lang nichts anderes gemacht. Sie ist ein kleiner flinker Fisch, der sich mit einem Hai anlegt. Die kleine Putzfrau, die sich mit dem Milliardär einlässt.

Er will mit ihr spielen, und Rita spielt mit.

Sie ist die Maus, kurz bevor sie von der Katze gefressen wird.

Er ist der Kater, der sich an ihr die Zähne ausbeißt. Bachmair schleicht um sie herum, er könnte sie in der Luft zerreißen, aber er tut es nicht.

Rita sieht es in seinem Gesicht. Er ist überzeugt davon, dass sie keine Gefahr für ihn darstellt. Rita weiß, dass er ihren Hintergrund längst hat überprüfen lassen, er weiß, wo sie wohnt, wo sie arbeitet, wer sie wirklich ist. Dass sie weder vorbestraft ist noch irgendwelche Kontakte zur Unterwelt hat. Eine ganze Armada an Leuten hat in den letzten drei Stunden telefoniert und Ritas Leben durchleuchtet. Bestimmt haben sie bereits herausgefunden, wie klein und unbedeutend sie ist.

Und doch ist sie hier.

Weil da etwas ist, auf das niemand eine Antwort gefunden hat. Es ist ein Rätsel, das er unbedingt lösen will, eine spannende Herausforderung, die er angenommen hat. Bachmair will es verstehen. Er will wissen, wo sie dieses scheißgeile Zeug herhat.

Dieses Geheimnis wird dir alle Türen öffnen, hatte Gerda gesagt.

Und Gerda hatte recht.

Manfred Dalek (54), Bodenleger

– Was wollen Sie denn noch von mir?
– Wir müssen noch einmal über Ihre Frau reden.
– Ist doch alles gesagt, oder?
– Ich bin hier, weil ich Ihre Unschuld beweisen will. Ich glaube nicht, dass Sie Ihre Frau umgebracht haben.
– Und warum laufen Sie dann herum und erzählen das Gegenteil?
– Ihre neue Freundin hat das wohl falsch verstanden. Ich habe ihr nur ein paar Fragen gestellt. Sie hat da zu viel hineininterpretiert.
– Sie ist nicht meine Freundin.
– Ich hatte da einen anderen Eindruck. Es schien mir, dass Frau Suttner sehr an Ihnen hängt. Als hätte sie Sie immer schon gemocht. Auch schon, als Ihre Frau noch am Leben war.
– Denken Sie doch, was Sie wollen. Das spielt sowieso keine Rolle mehr.
– Wahrscheinlich sind Sie bei ihr untergekommen, nachdem Ihre Frau Sie verlassen hat, ist das richtig?
– Darüber muss ich nicht mit Ihnen reden.
– Ihre Frau hat Sie aus der gemeinsamen Wohnung geworfen, das muss sehr hart für Sie gewesen sein. Nach dreißig Jahren Ehe war das bestimmt ein ordentlicher Schlag.

– Ja, das war es. Aber wissen Sie, was das Schlimmste daran war?

– Sagen Sie es mir.

– Ich habe verstanden, warum sie es getan hat. An Ritas Stelle hätte ich genau dasselbe gemacht.

– Es stimmt also, dass Sie Ihre Frau geschlagen haben?

– Ja. Ich habe Rot gesehen.

– Sie haben es wahrscheinlich nicht ertragen, mitanzusehen, wie unzufrieden sie mit dem Leben war, das sie geführt hat. Ich kann mir vorstellen, wie demütigend es für Sie gewesen sein muss, als Frau Suttner Ihnen das Foto gezeigt hat. Ihre Frau im Abendkleid an der Seite eines anderen.

– Ich habe es nicht verstanden. Und ich war wütend, ja.

– Sie hat vorgegeben, Rechtsanwältin zu sein. Sie hat im Supermarkt gearbeitet, und gleichzeitig ist sie bei den Reichen dieser Stadt ein und aus gegangen. Sie haben wirklich nicht das Geringste davon mitbekommen?

– Damit rechnet man doch nicht, oder? Dass die eigene Frau Austern frisst, während man selbst aus dem letzten Loch pfeift.

– Austern?

– Nachdem mich Rita auf die Straße gesetzt hat, bin ich neugierig geworden. Ich wollte wissen, ob sie Besuch bekommt, was sie so macht.

– Sie haben ihr nachspioniert?

– Ich habe sie vermisst. Ich bin vor dem Haus im Wagen gesessen und habe auf sie gewartet. Ich wollte sie einfach nur sehen.

– Und?

– Ich bin ihr hinterhergefahren. Ich habe sie durch die Stadt verfolgt, bis zu dem Restaurant, in dem sie diese Austern geschlürft hat. In fünfundfünfzig Jahren habe ich so etwas nicht gegessen. Mein ganzes beschissenes Leben lang nicht.

– Mit wem war sie dort?

– Keine Ahnung, ich kenne diese Leute nicht. Das ist nicht meine Liga, verstehen Sie? Im Gegensatz zu Rita habe ich das immer gewusst.

– Erzählen Sie mir alles, woran Sie sich erinnern. Wie haben die Leute ausgesehen? Waren es Männer? Frauen? Sind sie ebenfalls mit dem Auto gekommen? Welche Marke? Alles, was Ihnen einfällt, kann mir weiterhelfen.

– Rita hat ihr Auto im Parkhaus abgestellt. Ich habe draußen auf der Straße gewartet. Ich wollte schon losfahren, weil ich mich schäbig gefühlt habe. Aber dann kam sie heraus. Es war völlig verrückt.

– Was war verrückt?

– Obwohl sie im Jogginganzug das Haus verlassen hatte, sah sie plötzlich aus wie eine Königin.

– Sie hat sich umgezogen?

– Ich weiß nicht, woher sie dieses Kleid hatte, aber sie war wunderschön.

– Haben Sie sie angesprochen?

– Nein. Ich bin ihr nach und habe sie eine Zeit lang nur durch das große Fenster beobachtet. Rita und noch zwei andere. Ein Mann und eine Frau, ebenso schick angezogen. Sie waren schon da, haben auf Rita gewartet. Küsschen links, Küsschen rechts. Sie haben sich unterhalten, Wein bestellt, sie haben gelacht und Austern geschlürft. Meine Rita. Unerträglich war das.

– Haben Sie gewartet, bis sie wieder herausgekommen ist?
– Ich habe Schnaps getrunken, viel Schnaps. Während sie
einen Gang nach dem anderen gegessen haben. Ich konnte
es nicht glauben, dass sie mir das antut. Irgendwann habe
ich es nicht mehr ausgehalten und bin hineingegangen.
Ich bin zu dem Tisch und habe gesagt, dass sie mit mir
kommen soll. Aber sie hat so getan, als würde sie mich
nicht kennen. *Ich weiß nicht, wer das ist*, hat sie zu den
anderen gesagt. Können Sie sich das vorstellen? Sie haben
mich angestarrt, waren angewidert von mir, haben den
Kopf geschüttelt. Auch Rita. Sie hat so getan, als hätte sie
mich noch nie in ihrem Leben gesehen.
– Und wie haben Sie reagiert?
– Ich habe gekotzt.
– Sie haben was?
– Direkt vor Rita auf den Boden gekotzt. Mir war schlecht,
ich konnte es nicht mehr zurückhalten. Außerdem war
ich wütend. So etwas macht man doch nicht, oder? Seinen
Mann verleugnen.
– War bestimmt eine Riesensauerei.
– War mir egal. Die beschissenen Kellner in ihren beschis-
senen Anzügen haben mich gepackt und aus dem Lokal
geworfen.
– Und Ihre Frau?
– Habe ich danach nicht mehr wiedergesehen.
– Sie haben sie nicht zur Rede gestellt? Sie haben sich ein-
fach damit abgefunden, dass sie Ihnen das angetan hat?
– Ja.
– Auch damit, dass sie ein Verhältnis hatte?
– Davon will ich nichts wissen.

– Wirklich nicht? Muss Sie doch brennend interessieren, gegen wen Sie Ihre Frau eingetauscht hat. Kann doch nicht sein, dass Ihnen das egal ist.

– Es ändert ohnehin nichts, oder? Rita ist tot. Völlig egal, mit wem sie mich betrogen hat.

– Sie war mit einem Staatsanwalt zusammen. Ein hohes Tier. Ziemlich sicher war er der Mann, mit dem Ihre Frau im Restaurant saß.

– Lassen Sie es gut sein.

– Aber Sie müssen doch neugierig sein, wie das alles passieren konnte. Warum das möglich war. Wer für das alles verantwortlich ist.

– Nein, ich bin nicht neugierig.

– So wie es aussieht, hatte Ihre Frau mit der Albanermafia zu tun.

– Ja, genau. Und wahrscheinlich hat sie auch mit dem Papst gevögelt.

– Ob Sie es glauben oder nicht, Ihre Frau hat sich tatsächlich auf allen Linien mit den falschen Leuten eingelassen.

– Hören Sie auf damit.

– Aber warum denn?

– Weil ich nicht möchte, dass Sie herumlaufen und Lügengeschichten über meine Frau verbreiten.

– Wollen Sie nicht wissen, wer Ihre Frau umgebracht hat?

– Nein. Das will ich nicht. Und jetzt gehen Sie.

Seine Stimme am Telefon klingt wie immer.

Manfred wünscht ihr eine gute Nacht. Er ist in der Schweiz. Betrunken erzählt er ihr, wie anstrengend sein Tag war. Er hat keine Ahnung davon, dass Rita bei Bachmair war, dass sie in seinem Salon gesessen und Champagner getrunken hat.

Manfred erzählt von der Arbeit, er redet darüber, wie teuer in den Schweizer Supermärkten alles ist. Und er sagt ihr, dass er länger bleiben muss. Die Böden in drei Stockwerken sind noch zu legen, der Kunde drängt, Manfred kann leider nicht nach Hause kommen.

Ich vermisse dich, sagt er.

Rita schweigt.

Noch hat der Gedanke, ihn zu verlassen, keine Form angenommen.

Rita weiß noch nicht, dass Manfred sie schlagen wird. Dass seine Faust ihr Jochbein treffen wird, weil sie ihm sagen wird, dass er gehen soll. Weil sie ihm klarmachen wird, dass sie nicht mehr alles bezahlen wird. Die Wohnung, das Auto, die Kleidung, die Lebensmittel.

Rita wird sich wehren. Bald schon. Sie wird die Ehe beenden.

Ich kann nicht mehr, Manfred.
Ich liebe dich schon lange nicht mehr.
Ich will nicht sterben neben dir.
Ich will endlich wieder leben.

Manfred wird es nicht verstehen. Er wird wütend sein und hilflos.

Rita wird ihn dazu zwingen, die Wohnung zu verlassen.

Gekränkt wird er sich bis zur Besinnungslosigkeit besaufen, er wird Rita anrufen, sie um Verzeihung bitten, wird zurückkommen wollen, aber Rita wird ihn nicht mehr in die Wohnung lassen. Sie wird ihn zwar bedauern, aber das wird nichts an ihrer Entscheidung ändern.

Manfred wird ohne sie weiterleben müssen. Er wird sie dabei beobachten, wie sie in einem der wunderschönen Kleider, die ihr Bachmair gekauft hat, Austern isst. In zweieinhalb Wochen wird er das Lokal betreten, in dem Rita feudal speist, er wird sie zur Rede stellen, und sie wird ihn verleugnen. Sie wird eine Geschichte erfinden. Rita wird sagen, dass Manfred ein Obdachloser ist, der immer vor ihrem Haus herumstreunt. Ein Stalker. Rita wird die anderen am Tisch beruhigen.

Ich brauche jetzt einen Schnaps, wird sie mit einem Lächeln sagen.

Und alle werden nicken. Sie werden sich an einen anderen Tisch setzen. Sie werden trinken und vergessen, dass Manfred da war. Zwei Menschen, die Rita jetzt noch nicht kennt. Eine Frau in einem dunkelgrünen Kleid. Und ein Mann in einem beigen Anzug.

Aaron Martinek.

In zwei Stunden wird sie ihn kennenlernen.

Weil Bachmair sie mit zu diesem Empfang nimmt.

Achtundvierzig Stunden nachdem sie den Karton mit nach Hause genommen hat. Sechs Stunden nachdem sie mit ihm einkaufen war. Mit dem Milliardär durch die Boutiquen der Stadt. Rita hat es genossen.

Unzählige Einkaufstüten in der Hand und auf den Schultern, der Chauffeur, der sie nach Hause gebracht hat.

Und jetzt Gerda.

Rita probiert die Kleider an. Führt sie ihr vor.

Wie schön du bist, sagt Gerda.

Sie liegt im Bett und schaut zu, wie Rita ein Kleid nach dem anderen über ihren Körper streift. Rita dreht sich vor dem Spiegel, läuft vor dem Bett auf und ab. Sie fühlt sich besonders.

Wunderschön, sagt Gerda.

Rita weiß nicht, wann sie das letzte Mal so etwas gehört hat. Ob es überhaupt mal jemand zu ihr gesagt hat. Manfred vielleicht ganz am Anfang, als sie verliebt waren.

Ich bin nicht schön, sagt sie.

Doch, das bist du, sagt Gerda.

Und völlig durchgeknallt bist du auch.

Weil Rita beschlossen hat, mit Bachmair dort hinzugehen.

Ein privater Empfang beim Innenminister. Bachmair hat sie dazu überredet.

Vielleicht ist es ja genau das, was Sie brauchen, hat er gesagt.

Bachmair will sie in seiner Nähe haben. Er will mehr über sie herausfinden. Er will wissen, woher die Drogen kommen. Rita spielt mit ihm, tanzt auf dem Vulkan. Ein Bauchgefühl hat ihr gesagt, dass sie das Angebot annehmen soll.

Er wird sie in einer halben Stunde abholen lassen. Sie wird sich bei ihm umziehen, damit keiner im Haus sie so sieht.

Ich freue mich auf einen schönen Abend mit Ihnen, Herr Bachmair.

Sie hat es am Telefon zu ihm gesagt. Kein Zögern lag in Ritas Stimme. Sondern Bestimmtheit. Die Zeiten der Angst und Demut sind vorbei.

Rita will auf die Bühne.

Sie will wissen, ob sie es noch kann. Eine andere sein. Täuschen, lügen, Geschichten erzählen. Sie wird es tun. Sie redet sich ein, dass ihr nichts passieren kann. Sie weiß noch nicht, dass Kamal am selben Abend halb totgeschlagen wird.

Rita schreibt ihm, dass sie morgen wieder zur Arbeit kommen wird, seine Frühschicht übernimmt. Dann packt sie ihre Tasche mit dem Kleid und verabschiedet sich von Gerda.

Bachmair ist ein Schwein, sagt Rita noch.

Aber er hat das Geld, das du brauchst, um neu anzufangen, sagt Gerda.

Rita grinst.

Sie nimmt noch einen großen Schluck Tee.

Dann verlässt sie die Wohnung. Fährt zu Bachmair. Zieht sich um.

An seiner Seite betritt sie wenig später eine Villa im schönsten Viertel der Stadt. Sie ist Bachmairs Begleitung, sie ist wie er ein Gast des Ministers. Ihre Rolle an diesem Abend ist klar umrissen, sie hat sich vorbereitet, sich Sätze ausgedacht, die sie sagen wird. Sie hat dieses Lächeln vor dem Spiegel geübt. Zurückhaltend und geheimnisvoll, Rita wird alle überzeugen. Keine Sekunde zweifelt sie daran.

Es ist so, als hätte sie nie etwas anderes gemacht. Eine leichte Übung.

Rita lächelt, schüttelt Hände. Die des Ministers, die seiner

Frau. Rita im Garten einer schönen Villa am Stadtrand. Bachmairs Freunde sind neugierig. Sie wollen wissen, wer die Frau an seiner Seite ist.

Eine alte Freundin, sagt er. *Sie ist Anwältin.*

Im Wagen haben sie sich abgesprochen. Es war Bachmairs Idee.

Ab jetzt duzen wir uns, Rita.
Du arbeitest in Brüssel, das ist weit genug weg.
Niemand will Details wissen. Wenn jemand fragt, lächle einfach.
Sag, dass du froh bist, endlich nicht mehr an die Arbeit denken zu müssen. Das ist ganz einfach, du wirst sehen.

Und er hatte recht.

Keiner fragt nach, alle nehmen es hin. Die Frau in Bachmairs Begleitung ist einfach da, so wie alle anderen Gäste. Schön angezogen, höflich, Rita betreibt Smalltalk. Alles ist, wie es sein soll. Schöner Schein.

Was für ein wunderbarer Abend. Vielen Dank für die Einladung. Dieses Haus und dieser Garten, mit wie viel Liebe Sie das alles angelegt haben. Sie leben hier wie im Paradies. Ferdinand hat mir schon so viel von Ihnen erzählt.
Der Garten ist mein Hobby, sagt die Frau des Ministers. *Sie müssen wiederkommen, wenn hier alles blüht.*
Gerne, sagt Rita und lächelt freundlich.

Bachmair blinzelt ihr zu.

Er geht weiter mit ihr durch den Garten. Bringt Rita zu

dem Tisch, an dem sein Freund steht. Die beiden umarmen sich.

Das ist Rita, sagt Bachmair.
Und das hier ist Aaron, mein einziger Freund.
Aaron Martinek, Staatsanwalt.
Freut mich, sagt Rita.

Bachmair bittet Martinek, Rita Gesellschaft zu leisten. Er müsse kurz etwas mit dem Minister besprechen. Rita nickt und lächelt. Bachmair mischt sich in die Menge. Und Aaron nimmt Ritas Hand. Er hält sie. Eine kleine Spur länger als üblich. Er sieht Rita in die Augen. Vom ersten Augenblick an schaut er in sie hinein.

Freut mich, dich kennenzulernen, Rita.

Rita fragt sich, ob Bachmair ihm etwas erzählt hat, ob Aaron Martinek weiß, wer sie ist. Ein paar Minuten später ist sie sich sicher, dass der Staatsanwalt keine Ahnung hat. Er freut sich, sie kennenzulernen, er ist charmant, erzählt ihr, dass er allein hier ist, weil seine Frau auf Kur gefahren ist.

Kurz reden sie auch über Bachmair. Aaron fragt, wo sie wohnt, während sie in der Stadt ist, und ob Bachmair sie gut untergebracht hat. Rita schwärmt von dem Haus, in dem sie zu Gast ist, sie sagt, dass sie das schönste Gästezimmer von allen bekommen hat. Dass sie schon so lange nicht mehr in der Stadt gewesen ist und dass es eine Schande sei, dass Bachmair sie einander noch nie vorgestellt hätte.

Vielleicht ist ja heute genau der richtige Tag, sagt Aaron.
Wofür, fragt Rita.

Er lächelt nur.

Vom ersten Moment an fühlt sie sich wohl bei Martinek. Ohne viele Worte stehen sie nebeneinander, beobachten, was rund um sie herum passiert.

Reiche Menschen amüsieren sich, sie scharen sich umeinander. Die Mächtigen des Landes vertiefen ihre Beziehungen, Geschäfte werden gemacht. Rita kann es spüren. Um sie herum werden wichtige Entscheidungen getroffen. Hier geht die Sonne auf, auch wenn es Nacht ist.

Was für ein schöner Abend, sagt sie.

Aaron Martinek nickt.

Und Rita denkt an Manfred. Sie sieht ihn vor sich, wie er in der Schweiz in seinem Pensionszimmer sitzt und Bier aus Dosen trinkt. Der Fernseher ist an. Manfred stinkt, er hat sich nicht gewaschen nach der Arbeit.

Du riechst gut, sagt sie zu Aaron.

Rita ist mutig, berauscht von der Umgebung, von der Tatsache, dass sie hier mehr sein kann, als sie wirklich ist. Sie liebt es zu spielen, sie blüht auf, nichts auf der Welt könnte schöner sein in diesem Moment.

Du riechst nach Strand, sagt sie.

Magst du das Meer, fragt er.

Ich liebe das Meer, sagt sie. *Die Bretagne. Auch die Normandie.*

Und Paris, fragt er?

Ich war noch nie dort, antwortet Rita.

Obwohl du in Brüssel lebst, fragt er.

Hat sich nie ergeben, sagt sie. *Unglaublich, oder?*

Dann sollten wir das dringend ändern, sagt Aaron.

Er nimmt zwei Gläser von einem Tablett. Sie stoßen an.
Rita weiß nicht, warum sie das gesagt hat. Dass er nach
Strand riecht. Einfach nur ein weiterer Satz war es, der aus
ihrem Mund gekommen ist. Ein Satz, den sie vorgetragen
hat. Weil Rita mittlerweile begonnen hat, in ihrer Rolle auf-
zugehen. Sie genießt es, wieder am Leben zu sein.

Kennst du all die Leute hier, fragt sie.
Leider ja, antwortet Aaron.
Es sind immer dieselben Gesichter, Rita.
In Wahrheit ist das alles ein Elend hier.

Rita will wissen, warum er hier ist, wenn es ihm nicht gefällt,
an diesem Ort, an dem er eigentlich nichts verloren hat, wie
er sagt.
Leider ist das mein Leben, ich habe kein anderes, sagt er.
Rita lacht. Sie tut so, als würde sie genau wissen, wovon er
spricht. Und sie fragt ihn, ob auch er hier ist, um Geschäfte
zu machen.

Nein, sagt er. *Staatsanwälte machen keine Geschäfte.*
Ich bin hier, weil ich mit dir nach Paris möchte, flüstert er.

Aaron wirkt plötzlich nachdenklich.
Da ist kein Lächeln mehr.
Nach Paris. Oder irgendwo anders hin. Nur du und ich.
Er sagt es so, als wäre es alles, wonach er sich sehnt in sei-
nem Leben.
Rita schaut ihn an.
Sie schweigt und sucht in seinem Gesicht nach einem Anzei-

chen dafür, dass er sich über sie lustig macht. Doch Aaron meint es ernst.

Es ist ein seltsames Gefühl, Rita kann es noch nicht einordnen. Deshalb spielt sie weiterhin ihre Rolle, während Bachmair zu ihnen zurückkommt.

Schön, dass du wieder da bist, sagt sie zu Bachmair.

Mit leuchtenden Augen erzählt der Milliardär, dass er mit dem Minister jagen gehen wird. Dass er ihn auf sein kleines Jagdschloss eingeladen und ihm einen Hirsch versprochen hat.

Danach ist er Wachs in meinen Händen, sagt er.

Du bist wie immer widerlich, sagt Aaron.

Ich weiß, sagt Bachmair.

Rita versucht zu begreifen, was da gerade vor sich geht. Sie fragt sich, warum Bachmairs Freund das eben zu ihr gesagt hat. Sie kann es nicht glauben. Sie hat doch nur ein Kleid angezogen, sich die Haare schöngemacht. Sie hat nur ein bisschen gelogen, ein bisschen Theater gespielt. Eine alleinstehende, gelangweilte Anwältin, die sich im Dunstkreis des Milliardärs bewegt. In den Augen der anderen wahrscheinlich Bachmairs neue Geliebte. Ödipus, ein Experiment vielleicht, eine perverse Fantasie, weil sie zu alt für ihn ist. Viel zu alt.

Rita hört sie reden in Gedanken. Dass er normalerweise doch nur junge Dinger um sich hat. Bestimmt tuscheln sie hinter vorgehaltener Hand.

Doch das ist ihr egal. Weil es aufregend ist. Alles.

Jeder Schritt, den sie in diesem Garten macht, ist ein

Geschenk. Jede Bewegung, jedes Wort, das sie sagt, jedes noch so kleine Gespräch, das sie führt. Rita genießt es. Weil sie das Gefühl hat, endlich Luft zu bekommen, endlich zu atmen. Wie eine Blume fühlt sie sich, die plötzlich aufblüht. Etwas Verwelktes, das wieder zu leben beginnt. Es fühlt sich wunderbar an. Jede Minute, jede Sekunde. Und deshalb wird sie weitermachen. Egal was noch kommt. Sie wird sich neuen Mut antrinken. Weil ihr dann alles noch leichter fällt.

Ich möchte eine Tasse Tee, sagt sie zu einer Kellnerin. Heimlich mischt Rita das weiße Pulver hinein, so als wäre es Zucker. Sie weiß, dass es nicht richtig ist, dass sie das nicht tun sollte, aber sie kann nicht anders. Sie rührt um. Der Tee macht sie mutig.

Sie trinkt die Tasse leer.

Hört weiter zu. Unterhält sich.

Immer mehr Menschen lernt sie kennen. Politiker, Architekten, Industrielle, Künstler. Dass es nur nackte Menschen in schönen Kleidern sind, denkt sie. Genauso wie sie selbst.

Es ist so, als würde sie in einem Film mitspielen. Bachmair erzählt Witze. Alle lachen. Die Gastgeberin setzt sich ans Klavier und spielt. Der Minister hält eine Rede. Es wird dunkel, Fackeln brennen. Dann wird serviert, das Beste, das sie je in ihrem Leben gegessen hat. Geschmacksexplosionen.

Tausend Eindrücke.

Und immer wieder Aaron.

Er sitzt auf einer Hollywoodschaukel mit ihr. Den ganzen Abend lang hat er ihre Nähe gesucht. Wie ein schöner stiller Schatten ist er. Die kurzen Gespräche, die sie zwischendurch führen, überraschen sie. Dass da ein Mann ist, der ihr schöne Augen macht. Fast scheint es so, als hätte sie ihn verzaubert. Alles, was er sagt und tut, gibt ihr zu verstehen, dass er am liebsten mit ihr davonlaufen möchte. Mit der Fremden, deren Nachnamen er nicht einmal kennt. Der Frau, die mit dem Herzen in der Hand auf ihn zugerannt ist und ihn umarmt hat. Ohne dass sie es wollte, hat Rita ihn beeindruckt.

Er sagt es. Spricht es aus. Er macht ihr Komplimente. Eines nach dem anderen. Es gefällt ihm, wie sie mit Bachmair umgeht, wie selbstsicher und unangepasst sie sich zwischen all den reichen Langweilern bewegt.

Unverblümt sagt er ihr, dass sie etwas Besonderes ist, dass er so eine Frau wie sie noch nie in seinem Leben getroffen hat.

Rita staunt. Etwas in ihr zweifelt immer noch.

Doch Aaron lässt ihr keine Wahl. Sanft drängt er sie, unverhohlen zeigt er ihr, was er möchte. Wonach er sich sehnt. Mit ihr allein sein will er, ohne Bachmair, ohne die Freunde des Ministers. Irgendwo anders will er mit ihr hin. Er will sie berühren, sie in den Arm nehmen, er will sie küssen vielleicht. Er spricht es nicht aus, doch Rita weiß genau, was er denkt. Was er fühlt. Es ist dasselbe, das sie fühlt. Ganz plötzlich ist da Leidenschaft.

Doch Rita weiß nicht, ob sie das überhaupt noch kann.

Sie hat Angst. Schon so lange hat niemand mehr ihre Haut berührt, so lange schon steht alles still. Seit über zehn Jahren hat sie nicht mehr mit Manfred geschlafen. Er liegt nur noch neben ihr. Und sie neben ihm. Keine Verführung, kein Feuer, kein Brennen, nur Alltag.

Und nun blitzt da wieder etwas auf, ist da ein Begehren, aus dem Nichts ist es gekommen, es überrollt sie sanft.

Lass uns gehen, sagt Aaron.

Rita zögert. Nichts würde sie im Moment lieber tun, als mit ihm zu gehen, aber sie kann nicht. Sie darf Bachmair nicht das Gefühl geben, dass ein anderer Mensch in diesem Garten wichtiger ist als er. Sie braucht Bachmair noch, sie muss ihn bei Laune halten, sie darf jetzt keinen Fehler machen.

Den ganzen Abend schon hat er sich um sie gekümmert, darauf geachtet, dass sie immer in Gesellschaft ist, wenn er geht, um sich mit den anderen zu unterhalten. Er hat den Gentleman gespielt, das Bild vermittelt, dass sie zusammengehören. Rita konnte beobachten, wie Bachmair sich darüber freut, dass es funktioniert, dass sein Plan aufgeht. Dass er tatsächlich seine Putzfrau ausführt.

Vor ein paar Minuten hat er es ihr zugeflüstert.

Du machst das wirklich großartig, Rita.
Niemand hat es durchschaut.
Sogar Aaron fällt darauf herein.
Und der kennt sich eigentlich aus.
Ist immerhin Staatsanwalt.
Das gefällt mir. Du hast wirklich Talent.
Das Lügen scheint dir im Blut zu liegen.

Rita hat genickt. Obwohl sie ihm widersprechen wollte.
Weil es eigentlich keine Lügen sind.
Nur eine Rolle ist es, die sie spielt.
Rita Dalek.
Anwältin in Brüssel.
Eine Verkäuferin auf Kokain.
Bachmairs Putzfrau, die tun muss, was er sagt.
Sie muss in seiner Nähe bleiben, sie ist sein Zirkuspferd an

diesem Abend. Wenn er will, dass sie springt, wird sie springen. Sie weiß, dass sie keine Entscheidung gegen ihn treffen darf. Er schaut zu ihr herüber, mit jedem Blick macht er ihr klar, dass es unvernünftig wäre, alles kaputt zu machen, bevor es überhaupt begonnen hat.

Wir werden noch viel Spaß miteinander haben, hat er gesagt.

Lass uns gehen, hat Aaron Martinek gesagt.

Rita weiß, dass das nicht in Frage kommt. Trotzdem stellt sie es sich vor, seit er es ausgesprochen hat. Mit ihm von hier weggehen. Ihm noch näher sein. Sie wünscht es sich, kann sich nicht mehr dagegen wehren.

Nur du und ich Rita.

Auch wenn sie weiß, dass es dumm ist. Sie hört nicht auf, darüber nachzudenken. Bis sie es doch tut.

Sie verabschiedet sich von Bachmair. Flüstert ihm zu. Lässt ihm keine Wahl, sie zum Bleiben zu überreden. Liebevoll und dankbar ihre Stimme an seinem Ohr.

Es war wunderschön. Aber ich werde jetzt gehen.

Hab wohl zu viel getrunken. Ist besser so.

Das ist schade, sagt er. *Soll ich dich nach Hause bringen?*

Nein, sagt sie. *Ich werde ein paar Schritte gehen. Ein Taxi nehmen.*

Was auch immer du brauchst, ich bin für dich da, Rita.

Du kannst mich jederzeit anrufen, sagt er.

Rita küsst ihn auf die Wange.

Danke für alles, flüstert sie noch.

Dann schleicht sie sich einfach davon. Ohne sich vom Ministerehepaar und den anderen Gästen zu verabschieden.

Nur dem Staatsanwalt schenkt sie noch einen letzten Blick.

Ich werde draußen auf dich warten, Aaron.

Er nickt nur.

Und Rita geht.

Petra Singer (39), Gerichtsmedizinerin

– Scheint ziemlich viel los zu sein hier.
– Ja. Heute noch drei Obduktionen. Aber für dich nehme ich mir gerne ein paar Minuten Zeit. Sag mir einfach nur, was ich für dich tun kann. Aber dann muss ich wieder weiter. Ich lasse meine Leichen ungern lange warten.
– Rita Dalek. Du erinnerst dich bestimmt, oder?
– Die Brandleiche, natürlich. Soweit ich mich erinnere, stecken Albaner dahinter, oder?
– Das wissen wir noch nicht genau. Ein paar Dinge sind noch unklar. Es würde mir helfen, wenn du das Wichtigste für mich noch mal kurz zusammenfassen könntest.
– Kein Problem. So wie es ausschaut, wurde die Frau betäubt und ins Auto gesetzt, dann wurde der Wagen abgefackelt. Die Leiche war vollständig verkohlt, mit den Gliedmaßen in typischer Fechterstellung. Die Kleidung war verbrannt, nur im Genitalbereich waren Reste einer Hose mit einem Knopf übrig geblieben. Gesicht, Augen und Ohrmuscheln waren verkohlt. Der Schädel war zersprengt, das Hirngewebe größtenteils verkocht. Im gesamten Brustkorbbereich fehlte die Oberhaut, die darunter liegende Muskulatur war verkohlt, ebenso die Bauchdecke, hier waren Darmschlingen ausgetreten. War das Highlight der Woche, so etwas bekommt man hier nicht alle Tage zu sehen.

- Sie war eine einfache Verkäuferin.
- Und?
- Sie war völlig unbescholten, hat ihr ganzes Leben lang nie jemandem etwas getan. Und plötzlich soll die Albanermafia hinter ihr her sein? Klingt doch seltsam, oder? Ist irgendwie nicht schlüssig.
- Das Leben ist nun mal nicht immer schlüssig.
- Ich muss herausfinden, wer sie umgebracht hat. Und warum. Was hat sie gemacht, dass die bösen Jungs da draußen so wütend auf sie waren? Sie muss jemanden wirklich sehr gegen sich aufgebracht haben, sonst hätte man sie nicht bei lebendigem Leib verbrannt.
- Ob sie noch am Leben war, kann ich nicht mit hundertprozentiger Sicherheit sagen, du hast den Obduktionsbericht ja gelesen. Da war kein Hinweis auf Einatmung von rußigem Material bis in die kleineren Luftwege. Mit großer Wahrscheinlichkeit ist sie gestorben, bevor der Wagen in Flammen stand. Wir haben Betäubungsmittel in einer potenziell tödlichen Konzentration in ihrem Körper gefunden, ziemlich sicher ist sie an dieser Intoxikation gestorben, kurz bevor das Fahrzeug ausgebrannt ist. Wir haben im Blut auch keinen relevanten Kohlenmonoxidgehalt oder Blausäurekonzentration, wie sie bei Kunststoffverbrennungen im Auto entsteht, nachgewiesen, also wiederum kein Hinweis darauf, dass sie noch geatmet hatte.
- Irgendwie macht das keinen Sinn für mich. Ist so ein Bauchgefühl.
- Die Fakten sprechen eine klare Sprache.
- Ich möchte mir einfach sicher sein, dass ich alles richtiggemacht habe. Das bin ich dieser Frau schuldig.

– Warum solltest du dieser Frau irgendetwas schuldig sein? Ihr Tod hat nichts mit dir zu tun. Warum geht dir das so nahe? Du bist Polizist und machst deinen Job. Hör auf, dich da in etwas hineinzusteigern. Sie hat sich offenbar mit den falschen Leuten eingelassen. Die haben ihr etwas ins Glas gekippt und sie eliminiert. So einfach ist das.

– Man hat ihr die Drogen oral verabreicht?

– Das weiß ich nicht. Man kann sie ihr auch gespritzt haben, Tatsache ist jedenfalls, dass das Zeug, das sie im Blut hatte, auch ein ausgewachsenes Pferd umgehauen hätte. Das war gut geplant. Die Frau sollte auf alle Fälle sterben, so oder so.

– Man hat sie also wirklich hingerichtet?

– Schaut ganz danach aus.

– Jemand hat ihr die Drogen verabreicht und sie in dieses Auto gesetzt. Dann wurden Grillanzünder auf die Reifen gelegt, und man hat sie angezündet. Das ist schon sehr krass.

– Ja. Aber so ist das nun eben mal. Es wundert mich, dass dich das nach all den Jahren immer noch aus der Bahn wirft.

– Nein, nein, so ist es nicht.

– Wie ist es dann? Erzähl schon.

– Das ist eine längere Geschichte. Eine, für die du garantiert keine Zeit mehr hast. Deine Leichen warten doch schon auf dich, oder?

– Ja, das tun sie.

– Also dann ein andermal. Danke für dein Ohr.

– Immer gerne, Cowboy.

So viele schöne Dinge waren da plötzlich.

Alles, was sie gefühlt hat. Was er gesagt hat in dieser einen Nacht. Rita kann es immer noch hören. Von der ersten Sekunde an hat sie es genossen, alles gierig in sich aufgesogen, wie ein leerer Schwamm war sie. Rita hat das Leben gefeiert. Mit einem Staatsanwalt ist sie einfach durchgebrannt in dieser ersten Nacht. Aaron Martinek. Alles an ihm war wundervoll, jede Berührung, jeder Satz, der aus seinem Mund kam. Von dem Moment an, als sie zu ihm ins Auto gestiegen ist, bis zu jenem, als es hell wurde und sie aufbrach, um zur Arbeit zu fahren.

Ich habe einen wichtigen Termin, hat sie zu ihm gesagt.
Ich dachte, du bist im Urlaub, hat er gesagt.
Eine gute Anwältin ist nie im Urlaub, hat sie geantwortet.

Sie hat ihn geküsst und ist gegangen.
Jetzt sitzt sie in der U-Bahn. Fährt schnell nach Hause. Dann mit ihrem kleinen schäbigen Wagen zum Supermarkt. Ohne Abendkleid, in Turnschuhen, ihre Haare unscheinbar wie immer.
Wie auf Watte geht sie.
Ihre Haut brennt.
Wunderschön ist, was sie fühlt.
Sie betritt das Lager und fragt sich, ob sie sich verliebt hat.
Rita kann es nicht fassen, dass sie mit Aaron wirklich in die-

ses Hotel gegangen ist. Dass sie mit ihm geschlafen hat. Am liebsten würde sie ihn sofort wieder anrufen, seine Stimme hören. Ihn treffen, sich an ihn schmiegen und in ihm verschwinden.

Doch seine Haut ist weit weg.

Auf einen Schlag verschwindet das schöne Gefühl.

Da ist nur noch dieses Röcheln.

Ganz leise hört sie es.

Rita steht im Lager.

Sie sieht ihn.

Kamal.

Er liegt am Boden.

Überall ist Blut.

Rita schreit.

Immer wieder ruft sie seinen Namen, berührt sein Gesicht, sie kniet sich zu ihm hin, will es ungeschehen machen.

Sie muss die Rettung rufen, ihm helfen.

Wer um Himmels willen hat das getan?
Du darfst nicht sterben, Kamal.
Bitte nicht.

Tränen rinnen über ihre Wangen. Weil er sich nicht rührt. Weil Kamal kaum noch sprechen kann. Und weil sie dafür verantwortlich ist.

Alles ist plötzlich kaputt. Alles, wovon sie geträumt hat in dieser Nacht. Ihre Wünsche zerplatzt in Kamals Gesicht.

Albaner.
Bananen.

Sonst kann sie nichts verstehen.
Kamal ist völlig entstellt, spuckt Blut, alles ist angeschwollen, er kann kaum die Augen öffnen. Rita streichelt ihn.
Bis der Krankenwagen kommt, redet sie beruhigend auf ihn ein.

Du wirst wieder gesund, Kamal.
Wir bringen dich ins Krankenhaus.
Du schaffst das, Kamal.

Er liegt auf ihrem Schoß, er krümmt sich, hat unerträgliche Schmerzen, die ganze Nacht muss er hier gelegen sein.
Sie haben auf ihn eingetreten, ihn geschlagen, ihn gefoltert.
Fast umgebracht haben sie ihn.

Albaner.

Rita weiß sofort, wovon Kamal spricht.
Sie weiß es besser als alle anderen.

Bananen.

Nicht ihm hat der Angriff gegolten, sondern ihr. Sie sollte eigentlich hier liegen, nicht er. Sie hasst sich dafür, dass sie ihm das angetan hat. Dass Kamals Gesicht zerschlagen wurde. Dass er wochenlang im Krankenhaus liegen wird. Dass er sich ein ganzes Leben lang an diese Nacht erinnern wird. Sie verachtet sich dafür, dass sie nicht weiter gedacht hat. Nicht daran, dass so etwas passieren könnte.
Es tut mir so leid, flüstert sie.

Sie möchte sich auflösen, alles rückgängig machen. Sie wünscht sich den Moment zurück, in dem sie es noch hätte melden können. Kamal wäre jetzt nicht verletzt. Sie hätte die Polizei rufen sollen. Vor drei Tagen schon. Dann müsste sie jetzt keine Angst um ihn haben, nicht um ihn zittern. Auch um sich selbst nicht. Weil sie sieht, wozu diese Männer fähig sind.

Endlich wird Kamal auf eine Trage gelegt.

Infusionen, Schmerzmittel.

Blaulicht.

Sie werden ihn wegbringen, ihn operieren. Er wird auf der Intensivstation liegen und sich fragen, was zum Henker diese Verrückten von ihm gewollt haben. Er wird auf die Fragen der Polizei eingehen, er wird nach Antworten suchen. Er wird wissen wollen, warum die Albaner sich so verdammt sicher waren, dass die Drogen in seinem Supermarkt gelandet waren. Er wird sich überlegen, wer von seinen Mitarbeitern so verrückt gewesen sein könnte, sich mit der Drogenmafia anzulegen.

Kurz wird Kamal das Unmögliche denken. Rita ist sich sicher. Kamal wird sich einreden, dass es ein Missverständnis war, dass er einfach nur Pech gehabt hat. Dass die Albaner einen Fehler gemacht haben. Kamal wird den Kopf senken und nicht mehr in den Spiegel schauen. Nicht mehr daran denken. Er wird nur noch dafür beten, dass es irgendwann aufhört, wehzutun. Dass sein Gesicht wieder so wird wie früher.

Rita betet dafür, dass es genau so sein wird.

Sie sieht zu, wie Kamal im Rettungswagen weggebracht wird.

Mit Tränen in den Augen bleibt sie zurück.

Die anderen Mitarbeiter sind inzwischen gekommen, der Laden öffnet in fünf Minuten. Rita ist heute verantwortlich, sie kümmert sich um alles.

Die Kollegen bemühen sich, so zu tun, als wäre nichts passiert. Die Kunden interessieren sich nicht dafür, ob Kamal innere Verletzungen hat oder nicht. Ob jemandem von den Verkäuferinnen zum Weinen zumute ist. Sie wollen nur ihre Lebensmittel kaufen, bedient werden, keine Dramen, keine Räubergeschichten. Sie kommen und gehen, während die Polizisten im Büro des Geschäftsführers ihre Fragen stellen. Eine nach dem anderen muss sie beantworten.

Hatte er Feinde?
Wurde er bedroht?
Wie lange kennen Sie ihn schon?
Ist er wirklich so ein friedliebender Mensch?
Wer könnte ihm so etwas angetan haben?
Was wollten die von ihm?
Wie können Sie es sich erklären, dass kein Geld gestohlen wurde?
Sind Sie sicher, dass Sie mir nicht mehr darüber sagen können?

Rita schüttelt den Kopf.

Nach zehn Minuten lässt man sie wieder zurück zur Kasse gehen. Sie hat alles richtig gemacht. Nichts gesagt, das sie verraten hätte. Niemand vermutet, dass sie etwas damit zu tun haben könnte. Sie ist nur Verkäuferin hier. Seit so vielen Jahren schon. Nie hat sie sich etwas zuschulden kommen lassen. Sie hat angegeben, wo sie wohnt, mit wem sie verheiratet ist, sie hat ihnen gesagt, dass es ihr unendlich leid tut für Kamal. Aber dass sie ihre eigenen Sorgen hat. Ihr Mann ist Alkoholiker, das Leben ist grausam.

Ich bin traurig, hat sie gesagt.

Und es ist die Wahrheit.

Auch weil die Erinnerung an Aaron sich langsam in Luft auflöst.

Alles ist beschädigt. Weil die Männer wiederhaben wollen, was Rita ihnen gestohlen hat. Die Drogen. Das Kokain. Sie werden so lange weitergraben, bis sie es gefunden haben. Bis sie wissen, wer es an sich genommen hat.

Kamal war es nicht.

Bleiben noch sechs andere Personen, die Dienst hatten an jenem Tag, an dem zwölfkommafünfundsiebzig Kilogramm Kokain versehentlich im Lager gelandet sind. Rita weiß, dass sie die Informationen aus Kamal herausgeprügelt haben. Die Schublade, in der der Dienstplan lag, stand offen. Blutspritzer waren auf dem Papier. Kamal hat ihnen gesagt, dass eine der sechs Personen seit der letzten Bananenlieferung im Krankenstand ist. Kamal hat sich bestimmt nichts dabei gedacht.

Ihr Name ist Rita Dalek, wird er gesagt haben.

Er wusste nicht, was er damit lostritt.

Rita macht ihm keinen Vorwurf. Ganz im Gegenteil. Sie ist es, die ein schlechtes Gewissen haben muss, die fast aufgefressen wird davon. Sie versucht den Tag einfach hinter sich zu bringen und funktioniert, wie sie immer funktioniert hat. Sie kassiert, räumt Regale ein. In der Pause raucht sie, redet sich verzweifelt ein, dass alles wie immer ist. Keiner weiß, was sie getan hat, es gibt keinen Grund, Angst zu haben. Sie stellt sich vor, dass Kamal zur Tür hereinkommt und sie begrüßt. Unverletzt, genau mit demselben Lächeln wie immer.

Dass alles nur ein Traum war.

Aber es war kein Traum.

Kamal kommt nicht. Er schweigt.

Nur die Kollegen reden. Sie tuscheln, sind entsetzt, malen sich aus, was passiert wäre, wenn sie den Schlussdienst gemacht hätten.

Hast du gesehen, wie sie ihn zugerichtet haben?
Von seinem Gesicht ist nicht mehr viel übrig.

Niemand kann es sich erklären.

Sie legen Rita die Hand auf die Schulter und fragen sie, wie es ihr geht. Wie sie sich fühlt. Weil sie es doch war, die ihn gefunden hat.

Sie sagen ihr, dass sie sich melden soll, wenn sie Hilfe braucht.

Wenn jemand einen Dienst für sie übernehmen soll.

Doch Rita schüttelt nur den Kopf.

Alles soll so sein wie immer.

Sie darf nicht auffallen, sich nicht mehr krankmelden. Sie muss im Laden stehen, weiterarbeiten, auch wenn sie nichts lieber täte, als davonzulaufen. Weit weg. Mit Aaron vielleicht. Rita möchte ihn um Hilfe bitten, sie würde gerne bei ihm sein. Wegfahren mit ihm. Irgendwo am anderen Ende der Welt so tun, als gäbe es dieses Leben nicht mehr. Diesen Supermarkt, die Einkaufswagen, die die Gänge auf- und abrollen. Nur Rita und Aaron. Sie malt es sich aus. Ein leeres Blatt Papier ist es, das sie gemeinsam vollschreiben. Sie träumt davon, mit ihm von vorne zu beginnen. Einfach so.

Ein schöner Gedanke ist es zwischen all den anderen. Ein Gedanke, den sie aber nicht mehr denken darf. Es muss aufhören. Alles.

Sie muss es rückgängig machen, die Päckchen wieder in den Karton legen, ihn zurück ins Lager bringen. So schnell wie möglich, sie darf keine Zeit mehr verlieren. Sie wird ihn irgendwo platzieren, wo niemand gesucht hat, sie wird ihn finden und so tun, als würde sie den Karton zum ersten Mal sehen, sie wird ihn öffnen und die Kollegen rufen, die Polizei. Sie wird genau das tun, was sie schon vor drei Tagen hätte tun sollen. Rita ist sich sicher, dass es der einzige Weg ist, aus dieser Sache noch heil herauszukommen. Sie glaubt daran, dass es noch nicht zu spät ist. Trotzdem schaut sie sich ununterbrochen um.

Acht Stunden lang rechnet sie damit, dass die Albaner wiederkommen, dass sie das, was sie mit Kamal gemacht haben, auch mit ihr machen werden. Schläge ins Gesicht, in den Unterleib, während einer weiteren Rauchpause im Hinterhof. Die Polizei ist längst wieder weg. Da ist niemand, der sie beschützen wird. Keiner, der alles für sie in Ordnung bringt. Der Kamals Wunden wieder schließt.

Dunkel ist alles.

Das Schöne ist wieder ausgelöscht.

Ich habe alles kaputt gemacht, schreibt sie.

In einer ruhigen Minute eine Kurznachricht an Gerda.

Die Nacht war wundervoll.
Der Morgen danach ein Alptraum. Ich werde dir alles erzählen, wenn ich nach Hause komme.
Bitte pass auf dich auf, Gerda.

Gerda versteht nicht, was Rita meint.

Warum soll ich auf mich aufpassen?
Bitte ruf mich an.
Was ist los, verdammt noch mal?
Ist irgendetwas passiert?
Geht es dir gut?

Rita schreibt nicht zurück. Sie hat Angst davor, dass es jemand lesen könnte. Dass jemand erfahren könnte, was sie weiß. Erst als sie am Abend in Gerdas Wohnung stürmt, erzählt sie, was passiert ist. Dass sie Angst hatte auf dem Nachhauseweg, dass Kamal im Krankenhaus liegt, dass sie dem Minister die Hand geschüttelt und dass sie Aaron Martinek kennengelernt hat.
Rita holt kaum Luft. Gerda kommt kaum zu Wort. Sie ist entzückt, ist entsetzt. Alles im selben Moment. Sie stellt Fragen, versucht Rita zu beruhigen. Sie abzulenken. Sie zu trösten. Zu beruhigen.

Wir müssen jetzt ganz ruhig bleiben, Rita.
Du hast tatsächlich mit einem Staatsanwalt geschlafen?
Du wirst sehen, Kamal wird wieder gesund.
Es tut mir so leid, Rita.
Unser Plan war doch gut.

Wir konnten nicht wissen, dass das passiert.
Das alles ist nicht deine Schuld.

Doch Rita schüttelt den Kopf.
Ich hätte es wissen müssen, sagt sie.

Dann springt sie auf, rennt in die Vorratskammer und schaut, ob der Karton noch am selben Platz steht. Gerda versucht sie zu beruhigen, doch Rita ist panisch. Je länger sie an die Männer denkt, die Kamal das angetan haben, desto verzweifelter wird sie. Sie ist davon überzeugt, dass sie nicht aufhören werden, nach den Drogen zu suchen. Dass sie die Nächste sein wird.

Sie werden kommen und mich zusammenschlagen, sagt sie.
Das werden sie nicht, sagt Gerda.

Sie will Rita überreden, einen Tee mit ihr zu trinken. Doch Rita will nicht, sie ist müde, muss schlafen. Sie will nach oben in ihre Wohnung. Nur noch die Augen zumachen. Alles vergessen für eine Nacht.
Sie umarmt Gerda und verlässt die Wohnung.
Geht hinaus ins Treppenhaus.
Zum Lift.
Sie fährt nach oben.
Und sofort, als sie aus dem Aufzug steigt, sieht sie es.
Dass das Schloss aufgebrochen ist.
Dass die Tür einen Spalt breit offen steht.
Wie ein Faustschlag ist es, der sie trifft.
Sie waren längst hier. Haben keine Zeit verloren.

Rita rührt sich nicht. Hört hin, ob da noch jemand ist.

Doch es ist alles still.

Langsam öffnet sie die Tür, tastet sich vor. Sie schaltet das Licht ein, schaut sich um. Geöffnete Schubladen, durchwühlte Schränke, hundert Dinge liegen am Boden, leere Regale, Chaos. Rita will nicht glauben, was sie da sieht, nicht akzeptieren, dass sie ihr bereits so nahe gekommen sind. Sie haben in ihrem Leben gewühlt. Sie haben das Sofa zerschnitten, Blumentöpfe ausgeleert. Jeden Winkel haben sie durchsucht, Vorraum, Bad, Wohnzimmer.

Vor der Tür zum Schlafzimmer macht Rita Halt.

Sie hört ein leises Knacken.

Ein Geräusch, das da nicht sein sollte.

Rita nimmt den schweren Glasaschenbecher von der Kommode.

Sie weiß nicht, ob sie überreagiert, ob da wirklich jemand ist oder ob es nur ein hingeworfener Gegenstand ist, der im Schlafzimmer ein letztes Mal umgekippt ist. Bestimmt ist es absurd zu glauben, dass die Einbrecher immer noch da sind. Dass sie hinter der Schlafzimmertür auf sie warten, um sie zu überwältigen.

Sie versucht, sich zu beruhigen.

Das Leben ist kein verdammter Film, Rita.
Da ist niemand. Reiß dich zusammen.
Sie haben alles durchsucht, aber sie haben nichts gefunden.
Sie sind weg. Du bist allein hier, Rita.

Sie versucht sich die Angst zu nehmen, die sie beinahe auffrisst. Trotzdem zögert sie. Überlegt, ob sie zur Tür rennen, sich in Sicherheit bringen soll. Ob sie sich in den Lift retten und aus Gerdas Wohnung die Polizei rufen soll. Sie weiß, dass es vernünftiger wäre. Doch dann kommt sie wieder zu sich. Dafür ist es bereits zu spät.

Rita hält den Glasaschenbecher fest in der Hand.

Sie atmet tief ein und aus.

Dann stürzt sie los.

Und schlägt zu.

Ferdinand Bachmair (33), Milliardär

– Sie sind hartnäckig. Gefällt mir. Ich bin mir sicher, Sie arbeiten auf eine schöne Beförderung hin, richtig? Sie wollen sich mit dieser Sache einen Namen machen, deshalb haben Sie so gekämpft für diesen Termin.
– Falsch.
– Sie laufen mir seit Wochen nach, um mit mir über diese leidige Sache zu reden. Ich nehme also an, dass Ihnen das Ganze sehr am Herzen liegt. Andernfalls hätten Sie es ja einfach sein lassen können, oder?
– Ich mache nur meine Arbeit. Und wenn es das Schicksal halbwegs gut mit mir meint, verhafte ich am Ende den Schuldigen.
– Sie sind also ein Idealist? Einer dieser pflichtbewussten Soldaten, die keinen Spaß am Leben haben? So einer sind Sie doch, oder?
– Vielleicht.
– Wenn ich versuchen würde, Sie zu bestechen, was würden Sie tun? Das Geld annehmen? Oder würden Sie mich anzeigen und mir das Leben schwermachen?
– Ich denke, ich würde das Geld nehmen.
– Tatsächlich? Ein korrupter Bulle? Verzeihen Sie, dass ich lache, aber so viel Glück kann ja nicht einmal ich haben.
– Jeder kann einmal schwach werden, oder? Wenn ich mir

diese Saunalandschaft hier ansehe, wird meine Sehnsucht nach einem angenehmen Leben von Minute zu Minute größer.

– Schön, dass es Ihnen hier gefällt.

– War übrigens eine hervorragende Idee. Das mit der Sauna, meine ich. Schön, mit Ihnen zu schwitzen. Außerdem hört niemand, was wir hier reden, keine Aufnahmegeräte, nur Sie und ich. Einen besseren Ort für das Gespräch hätten Sie nicht wählen können.

– Ich muss zugeben, es waren meine Anwälte, die mir dazu geraten haben. *Wenn du schon meinst, dass du mit diesem Bullenarsch reden musst, dann mach es aber bitte richtig,* haben sie gesagt.

– Warum haben Sie dem Treffen zugestimmt, wenn Ihre Anwälte Ihnen abgeraten haben?

– Weil ich ein paar Dinge klarstellen will.

– Welche?

– Ich will, dass Sie aufhören herumzuschnüffeln. Ich will, dass Sie es unterlassen, meinen Namen im Zusammenhang mit dieser Sache weiter in den Mund zu nehmen. Wenn Sie heute von hier wieder wegfahren, werden alle Ihre Fragen beantwortet sein. Nachdem wir uns wieder angezogen und voneinander verabschiedet haben, werden Sie mich für immer in Ruhe lassen.

– Werde ich das?

– Ich bin mir sicher. Und wissen Sie auch, warum? Weil diese Wellnessanlage ein Vermögen gekostet hat. Und weil Sie bestimmt dreißig Jahre lang arbeiten müssten, um sich so etwas wie das hier leisten zu können. Wenn Sie also mein Geld nehmen und von hier verschwinden, können auch

Sie sich so einen Traum erfüllen. Und ich werde endlich wieder meinen Frieden haben.

– Wie viel?

– Sie fragen mich das im Ernst?

– Warum nicht? Wie viel ist es Ihnen wert, dass ich Sie von meiner Liste streiche.

– Wie viel möchten Sie haben?

– Zwei Millionen?

– Jetzt muss ich schon wieder lachen. Sie sind köstlich. Zwei Millionen. So viel habe ich doch gar nicht ausgefressen.

– Was haben Sie denn ausgefressen?

– Ich nehme an, dass Sie bereits alles wissen. Zumindest ahnen Sie es. Sie können mir aber nichts nachweisen. Ihnen fehlen leider die Beweise, richtig?

– Richtig.

– Muss frustrierend für Sie sein, dass die armen Teufel auf dieser Welt immer in den sauren Apfel beißen und die Reichen immer davonkommen.

– Ich kann damit leben.

– Sagen Sie das nicht. Denken Sie an Ihre Erfolgsquote. Sie sollten ehrgeiziger sein, wenn Sie es noch zu etwas bringen wollen.

– Sind Sie ehrgeizig?

– Unbedingt.

– Aber Sie haben das alles hier doch geerbt, Sie haben keinen Finger dafür krumm gemacht. Sie haben sich ins gemachte Nest gesetzt, Ihre Mutter hat Ihnen den goldenen Löffel in die Hand gedrückt. Sie haben ihn nur noch halten müssen. Deshalb sind Sie vielleicht der Falsche, um mir karrieretechnisch Tipps zu geben.

- Sie sind ganz schön dreist.
- Ich bin Polizist.
- Ein bestechlicher Polizist wohlgemerkt.
- Noch habe ich nichts genommen. Noch haben Sie mir nicht erzählt, wofür es sich lohnen würde, mir Geld zu geben. Vermutlich nicht zwei Millionen, aber doch eine halbe vielleicht.
- Das schiene mir angemessen.
- Na dann. Ich frage, und Sie antworten, einverstanden?
- Sehr gerne, ich werde ein offenes Buch für Sie sein.
- Rita Dalek. Wie haben Sie sie kennengelernt?
- Sie hat für mich geputzt. Das war mir aber bis zu dem Tag entgangen, an dem sie in mein Badezimmer gestürmt ist und mir ein Kilogramm Kokain auf den Waschtisch gestellt hat.
- Was hat sie gemacht?
- *Ich möchte dir das hier schenken*, hat sie gesagt. Ein Kilo Koks in einer geblümten Vorratsdose. Sie ist in meine Privaträume eingedrungen und hat mich damit überrascht.
- Sie hatten sie vorher noch nie gesehen?
- Nein.
- Sie wissen, woher sie das Kokain hatte?
- Damals wusste ich es nicht.
- Aber Sie wollten es herausfinden?
- Natürlich wollte ich das. Ist mir aber nicht gelungen.
- Und warum haben Sie sich dann mit Ihrer Putzfrau eingelassen?
- Weil sie cool war.
- Ihre Putzfrau war cool? Ernsthaft?
- Sie hat mich bestens unterhalten. Rita Dalek war eine

Wucht, so völlig anders als alle Frauen, die mich sonst so umgeben. Sie hat es von Anfang an vorgezogen, mir nicht in den Arsch zu kriechen, sie hat einfach ihr Ding durchgezogen.

– Was denn für ein Ding? Was hatte sie vor? Warum hat sie das wohl alles gemacht? Können Sie mir das sagen?

– Ich nehme an, sie war unglücklich. Ihr Leben muss ganz schön beschissen gewesen sein, bevor sie mich kennengelernt hat. Das Kind gestorben, der Mann Alkoholiker, der Alltag im Supermarkt, und dann noch das Putzen für ein reiches Arschloch wie mich. Ich denke, sie wollte ausbrechen. Den Käfig verlassen. Sie verstehen?

– Und Sie haben ihr das ermöglicht?

– Ich bemühe mich, ein guter Mensch zu sein.

– Sie wollten sich für das Kokain erkenntlich zeigen?

– Kann sein. Vielleicht wollte ich aber auch nur ein bisschen Spaß haben, ein wenig Abwechslung. Sie können sich ja vorstellen, dass sich mein Leben manchmal verdammt langweilig gestaltet. Rita Dalek hat mich kurzzeitig aus meiner Lethargie gerissen. Ein geiles Abenteuer war das.

– Sie haben für diese Frau gelogen, weil Sie sich unterhalten wollten?

– Exakt.

– Warum?

– Weil ich sehen wollte, wo die Reise hingeht. Diese Frau hat mich fasziniert. Im einen Moment war sie wie ein scheues Reh in der Morgendämmerung, im anderen war sie ein schöner schwarzer Panther. Bei dem Ministerempfang, zu dem ich sie mitgenommen habe, hat sie alle weggefegt. Alle wollten wissen, wer diese Frau an meiner Seite ist.

Das gefiel mir. Sehr sogar. Niemand hat an der Geschichte gezweifelt, die ich mir ausgedacht hatte. Sogar mein alter Freund, der Staatsanwalt, ist auf sie hereingefallen. Man kann sagen, dass bereits der erste Abend mit ihr ein voller Erfolg war.

– Und was war mit dem zweiten Abend?
– Der gestaltete sich nicht mehr ganz so einfach.
– Ich bin gespannt. Erzählen Sie.
– Sie hat mich angerufen. Dass ich sofort zu ihr kommen muss, hat sie gesagt. Sie hat mich angefleht, mir ihre Adresse gegeben. *Du musst mir helfen*, hat sie gesagt. Und dass sie nicht weiß, wen sie sonst anrufen soll. Sie war völlig verzweifelt. Und ich war neugierig.
– Sie sind tatsächlich zu ihr nach Hause in den Sozialbau gefahren?
– Aber natürlich. Was hätten Sie getan, wenn Sie eine Dame um Hilfe bittet? Außerdem wollte ich wissen, wo sie wohnt, wie sie lebt. Und was sie so aus der Fassung gebracht hat. Am Telefon hat sie mir nichts verraten, alles klang sehr geheimnisvoll.
– Wurden Sie enttäuscht?
– Ganz im Gegenteil. Sie hat mich ein weiteres Mal überrascht. Ich war sprachlos.
– Wie?
– Ich habe mich zu der Adresse fahren lassen und bin mit dem Lift nach oben. Die Tür war aufgebrochen worden.
– Bei Rita Dalek wurde eingebrochen?
– Ja. Sie war völlig fassungslos, als ich ankam. Sie hat auch nicht viel gesagt, mir nur den Weg zum Schlafzimmer gezeigt.

– Was war im Schlafzimmer?
– Meine Anwälte sagen, dass ich nicht wirklich etwas strafrechtlich Relevantes getan habe. Nichts, wofür Sie mich dringend belangen müssten. Außerdem gibt es, wie gesagt, keine Beweise für das, was passiert ist.
– Sie machen es spannend.
– Ich darf Sie noch einmal darauf aufmerksam machen, dass alles, was ich Ihnen jetzt erzähle, nur dazu dient, ihre Neugier zu stillen. Ich bin hemmungslos ehrlich zu Ihnen, möchte Sie aber, wie besprochen, im Gegenzug darum bitten, mich in Zukunft in Ruhe zu lassen.
– Vergessen Sie die halbe Million nicht.
– Sie haben wirklich Humor. Aber lassen Sie mich zum Punkt kommen. Im Schlafzimmer der guten Frau lag eine Leiche.
– Wie bitte?
– Rita Dalek hat mich gebeten, ihr zu helfen sie verschwinden zu lassen.
– Eine Leiche?
– Ja.
– Im Schlafzimmer von Rita Dalek?
– Ich war genauso überrascht wie Sie jetzt. Ich war zwar, wie gesagt, sehr beeindruckt von dieser Frau und dem, was sie im Stande war zu tun, aber das hätte ich ihr niemals zugetraut.
– Was meinen Sie?
– Dass sie einen Mord begeht.
– Was wollen Sie mir hier für eine Geschichte auftischen? Rita Dalek hat jemanden umgebracht?
– Ja, das hat sie. Sie war wirklich für Überraschungen gut.

Sie hat es beinahe geschafft, mich aus der Fassung zu bringen. Was wir in dieser Nacht gemacht haben, war nicht von schlechten Eltern.

– Wen hat Rita Dalek umgebracht? Wer war das in ihrem Schlafzimmer? Jetzt reden Sie schon.

– Ich denke, wir müssen unser Gespräch jetzt abbrechen.

– Aber wir fangen doch gerade erst damit an.

– Mein Kreislauf macht nicht mehr mit. Ich habe zu wenig Wasser getrunken. Verzeihen Sie mir, aber ich muss mich jetzt hinlegen.

– Und ich will wissen, was passiert ist. Jetzt sofort.

– So ungeduldig?

– Ja, verdammt noch mal.

– Sie werden sich wohl oder übel um einen neuen Termin bemühen müssen. Für heute sind wir fertig miteinander.

– So läuft das hier nicht.

– Doch, das tut es.

Rita hebt ihren Arm und schlägt zu.

Sie schleudert den Aschenbecher mit aller Kraft in jene Richtung, aus der das Geräusch gekommen ist. Dann hört sie einen erstickten Schrei. Einen Moment lang ist es still. Dann fällt der Albaner einfach um.

Wie ein Baum, den sie gefällt hat. Vor ihren Füßen liegt er.

Sie steht in ihrem Schlafzimmer und schaut nach unten.

Sie kann nicht fassen, was sie getan hat.

Panisch überlegt sie.

Sie denkt an Kamal, sieht sein kaputtes Gesicht vor sich.

Rita weiß, was mit ihr geschehen wäre, sie ist davon überzeugt, dass der Einbrecher sie nicht verschont hätte. Auch dann nicht, wenn sie ihm gegeben hätte, was er von ihr wollte.

Rita flüstert es vor sich hin.

Ihr leises Murmeln beruhigt sie.

Lenkt sie davon ab, dass er blutet.

Es war Notwehr, Rita.
Außerdem hat er es verdient.
Du hast nichts Falsches getan, Rita.
Er hat Kamal zum Krüppel geschlagen.
Das hätte er auch mit dir gemacht.
Du hast dich mit der Mafia angelegt, Rita.
Diese Leute verstehen keinen Spaß.
Du hattest keine andere Wahl.
Er oder du.

Der Albaner, der vor ihr am Boden liegt, stöhnt.

Er kommt zu sich. Bewegt sich.

Rita tritt ihn.

Er hat bei ihr eingebrochen, er wollte ihr wehtun.

Dreckskerl, sagt sie.

Sie tritt ihn noch einmal.

Und ein weiteres Mal.

Langsam kann sie wieder klar denken.

Rita muss sich beeilen. Ihn fesseln. Seine Hände, die Beine. Bevor er wieder aufwacht. Weil sein Stöhnen lauter wird und er wieder zu sich kommt. Rita darf auf keinen Fall die Kontrolle verlieren. Nicht zulassen, dass er aufsteht, sie angreift. Dieser Mann wird ihr nichts tun. So weit wird es nicht kommen.

Rita rennt in die Küche, öffnet mehrere Laden. Sie sucht das Klebeband, hektisch, sie flucht, findet es. Dann rennt sie wieder zurück, nimmt zuerst seine Arme, zerrt an ihnen, klebt sie hinter seinem Rücken fest. Sie umwickelt seine Handgelenke mehrere Male mit dem Band.

Auch seine Beine. Rita legt sie nebeneinander, bindet sie zusammen.

Dann sein Mund. Ein großer Streifen über sein Gesicht, auch über die Augen. Nur die Nase bleibt frei.

Völlig hilflos ist er jetzt.

Rita setzt sich.

Sie sieht zu, wie er zappelt.

Wie der Wurm sich windet.

Doch der Wurm kann nirgendwo hin, so verschnürt und wehrlos ist er.

Rita hat Zeit zu überlegen, was sie jetzt tun wird. Ob sie

Gerda anrufen wird oder die Polizei. Sie könnte aussagen, dass eingebrochen wurde, dass sie den Täter überrascht hat. Sie könnte lügen, so tun, als hätte sie keine Ahnung, was der Albaner hier gewollt hat. Oder aber sie könnte dafür sorgen, dass er aus ihrer Wohnung verschwindet. Sie könnte jemanden um Hilfe bitten. Einen, der genug Geld hat, dem Albaner das Maul zu stopfen.

Bachmair.

Du kannst mich jederzeit anrufen, hat er gesagt.
Was auch immer du brauchst, ich bin für dich da, Rita.

Sie wählt seine Nummer.

Gerda hätte sie wahrscheinlich davon abgehalten, sie hätte Rita davon überzeugt, dass es falsch ist, Bachmair um Hilfe zu bitten. Aber Rita hat keine andere Wahl. Gerda ist zu schwach, um mit ihr den Mann in den Lift zu schleifen und ins Auto zu verladen. Sie braucht Bachmair.

Du musst mir helfen, sagt Rita, als er abhebt.
Ich will, dass er mich nie wieder belästigt.
Ich weiß nicht, wen ich sonst anrufen soll.

Zwanzig Minuten später ist er bei ihr.

Bachmair betritt die Wohnung. Steigt über die heruntergefallenen Vasen und Bilderrahmen, er bemüht sich, nichts zu berühren, bahnt sich vorsichtig seinen Weg. Vorraum, Küche, Wohnzimmer.

Er folgt Rita ins Schlafzimmer, macht sich ein Bild.

Was haben wir denn da, sagt er.

Das ist dann wohl der Mann, dem die Drogen gehören, oder?
Laut sagt er es. Sodass der Albaner ihn hören kann. Sie sieht,
wie Bachmair grinst. Sich setzt. Der Albaner stöhnt.
Rita rotiert. Sie will nicht, dass Bachmair von den Drogen
redet. Sie wollte doch so tun, als wüsste sie nicht, warum bei
ihr eingebrochen wurde. Sie wollte alles unter den Tisch keh-
ren, doch Bachmair hat es wieder hervorgeholt. Er hat das
Licht eingeschaltet. Sagt es noch einmal, damit der Albaner
es auch ganz sicher hören kann.

Ich wette, der gute Mann hier will sein Kokain zurück.
Wo auch immer du das Zeug her hast, Rita.
Der Mann hier sieht so aus, als würde er professionell
damit handeln.
Du hast dich mit den ganz harten Jungs angelegt, Rita.
Ist doch so, oder?

Rita versteht nicht, was Bachmair vorhat.
Sei doch still, sagt sie.
Doch Bachmair ist nicht still. Er ignoriert Rita und redet wei-
ter. Er setzt sich hin, nimmt ein Etui aus seiner Jackentasche
und schüttelt Kokain auf den Tisch.
Wir haben ja genug davon, sagt er.
Mit einem Geldschein zieht er es nach oben.
Bachmair genießt es.
Zelebriert es.

Wo kommt dieses herrliche Zeug nur her?
Der Herr hier am Boden kann uns sicher Auskunft geben.
Was meinst du, Rita? Kolumbien? Venezuela?

*Wie haben die bösen Jungs die Drogen ins Land
geschmuggelt?*
*Und wie kommen sie in die Hände unserer reizenden
Verkäuferin?*
Hat sich Rita mit den richtig bösen Jungs eingelassen?
Kann das sein? Ist sie so verrückt?
Oder ist sie einfach nur mutig?
Sag es mir, Rita.

Bachmair grinst.
Und Rita würde ihm dieses Grinsen am liebsten aus dem Gesicht schlagen. Sie möchte ihn bestrafen dafür, dass er es ausgesprochen hat, dass der Albaner jetzt weiß, dass er hier richtig ist. Dass sie es ist, die hat, was er sucht. Rita Dalek. Die Frau aus dem Supermarkt, die zwölfkommafünfundsiebzig Kilogramm Kokain gestohlen hat.

Jetzt halt doch endlich deinen Mund, schreit sie endlich.
Du machst alles kaputt.
Ich habe dich angerufen, damit du mir hilfst.
Doch du machst alles nur schlimmer.
Bitte hör auf damit.
Was soll denn noch passieren?

Verzweifelt klingt sie. Weil sie weiß, dass die Albaner wiederkommen und ihr wehtun werden. Egal wie das hier ausgeht. Egal ob sie die Drogen zurückbekommen oder nicht. Sie hat einen von ihnen niedergeschlagen, gefesselt, geknebelt.

Dafür werden sie mich fertigmachen, sagt sie.

Das werden sie nicht, erwidert Bachmair.

Er steht auf.

Sagt, dass er sich jetzt um alles kümmern wird.

Rita soll sitzen bleiben. Mit einem Lächeln fragt er, ob sie den Albaner mit dem Aschenbecher geschlagen hat, der am Boden liegt. Rita nickt.

Der Albaner windet sich, stöhnt laut.

So als wüsste er, was gleich passieren wird.

Rita sieht, wie Bachmair sich hinkniet, sie hat immer noch keine Ahnung, was er vorhat. Sie hasst sich für das, was sie getan hat. Dass sie es so weit hat kommen lassen.

Zuerst Kamal. Jetzt der Albaner.

Wie er daliegt. Und wie Bachmair den Aschenbecher hochhebt.

Rita sieht zu, wie er ausholt und zuschlägt.

Einmal.

Zweimal.

Und noch einmal.

Mit voller Wucht zerschmettert Bachmair das Gesicht des Albaners, seinen Kopf, und Rita schaut nur ungläubig zu, so schnell geht alles.

Bachmair schlägt so lange auf ihn ein, bis er tot ist.

Und Rita weint.

Vollkommen regungslos. Sie kann sich nicht bewegen, es nicht fassen, was da gerade passiert ist, sie spürt nur die Tränen, die über ihre Wangen rinnen. Sie sitzt auf dem Bett und starrt die Leiche an.

Ein Mann mit verklebtem Mund.

Verbundenen Augen, Blut rinnt aus seinem Kopf.

Der Boden hat sich rot gefärbt.

Weiß geöltes Ahornparkett.

Manfred hat den Boden vor drei Jahren neu verlegt.

Rita erinnert sich daran, wie stolz er war, während sie den toten Mann anschaut, der vor ihr liegt. Einer von den Bösen.

Erschlagen mit einem Aschenbecher.

Von Bachmair.

Dem Mann, den sie um Hilfe gebeten hat.

Der wird dir keine Probleme mehr machen, sagt er.
Und jetzt hätte ich gerne ein Glas Wein.
Bitte sei so lieb, Rita.

Rita tut, worum er sie gebeten hat. Sie füllt ein Glas und drückt es ihm in die Hand. Wie ferngesteuert versucht sie auszublenden, was gerade passiert ist. Sie tut so, als hätte Bachmair keinen Schädel zertrümmert. Einfach so. Mit Leichtigkeit. So als hätte er einen Fisch getötet. Beim Angeln an einem Bach, mit dem Griff eines Messers auf den Kopf des Fisches. So lange, bis der Fisch tot ist.

Bachmair.

Er hat sich eine Zigarette angezündet.

Bachmair raucht, während sie versucht, ihre Fassung wiederzuerlangen.

Sanft redet er plötzlich auf sie ein.

Lass dir Zeit, Rita.
Wir dürfen jetzt nichts überstürzen.
War ja schließlich auch mein erstes Mal.

Das war ziemlich abgefahren, oder?
Aber es fühlt sich gut an.
Ist doch so, Rita? Das Schwein ist tot. Es kann dir nichts
mehr tun.
Das war eine saubere Lösung, Rita. Ob du es hören willst
oder nicht.
Du weißt, dass er dich nicht in Ruhe gelassen hätte.
Wenn ich ihn nicht umgebracht hätte, hätte er dich
umgebracht.
Ich habe dir nur einen Gefallen getan. Jetzt bist du in
Sicherheit.
Es ist alles in bester Ordnung, Rita.

Bachmair lächelt zufrieden.
Rita kommt langsam wieder zu sich, wischt sich die Tränen weg. Schluckt alles hinunter. Was er getan hat. Was er gesagt hat. Sie versucht, sich zu konzentrieren. Sie muss die Situation wieder unter Kontrolle bringen. Sie muss saubermachen. Morgen wird Manfred zurückkommen, die anderen Albaner werden nach dem Toten suchen, sie dürfen ihn hier nicht finden. Niemand darf das.
Keine Polizei, keine Fragen. Rita kann es nämlich nicht erklären, es nicht rechtfertigen, sie ist schon zu weit vom Ufer entfernt. Viel zu weit draußen, obwohl sie nicht schwimmen kann. Ohne nachzudenken, ist sie dem Sonnenuntergang entgegengestrampelt.
Beinahe wäre sie untergegangen.
Dunkel ist es. Und kalt.
Rita zittert.
Sie will, dass Bachmair aufsteht und ihr hilft. Er soll die

Leiche aus der Wohnung schaffen. Sie wird nicht mit ihm darüber reden, was er getan hat. Sie wird ihn nicht dafür verurteilen, ihm nicht sagen, was sie denkt. Dass er ein krankes Schwein ist, ein Mörder, ein Psychopath. Rita wird ihn nicht herausfordern, ihn nicht angreifen. Sie wird so tun, als wäre sie einverstanden mit dem, was er gemacht hat.

Danke, sagt sie.

Und hofft, dass er ihr glaubt.

Rita hat Angst vor ihm, aber sie zeigt es ihm nicht. Dass er dazu fähig ist, jemanden zu töten, erschreckt sie. Mehr als sie sich eingestehen will, fürchtet sie sich vor ihm. Ein kokainsüchtiges Monster sitzt auf ihrem Bett, ein Mörder, den sie erneut um Hilfe bitten muss.

Du kennst doch bestimmt Leute, die sich darum kümmern können, oder?

Sie reißt sich zusammen. Bemüht sich, nicht durchzudrehen.

Weil sie die Leiche loswerden muss.

Man darf den Albaner nicht in ihrer Wohnung finden.

Nichts von alldem darf jemals passiert sein.

Ausradieren muss sie es.

Bitte hilf mir, Ferdinand.

Sie weiß, dass er es mag, wenn sie ihn beim Vornamen nennt. Dass er es liebt, wenn sie ihm ein starkes Gegenüber ist, wenn sie die Nerven behält, anstatt durchzudrehen. Bestimmt hat er gedacht, dass sie ihn anschreien, ihn schlagen würde, dass sie im Schock die Polizei anrufen könnte. Doch nichts. Rita hat nur ein paar Minuten lang geweint. Jetzt ist sie wieder die Frau, die er in seinem Bad kennengelernt hat.

Zielstrebig und klar.

Rita weiß, was auf dem Spiel steht.

Deshalb wird sie jetzt alles tun, was Bachmair will. Alles, damit die roten Flecken auf ihrem Ahornboden wieder verschwinden.

Bert Schneider (45), Zollfahnder

– Die Leute, die Sie suchen, sind gefährlich. Die haben im Moment nicht mehr viel zu verlieren, es sieht so aus, als würde bei denen alles aus dem Ruder laufen.
– Ja, schaut so aus, Herr Schneider. Die Albaner, nach denen Sie fahnden, haben eine unschuldige Frau verbrannt.
– Unschuldig?
– Mehr oder weniger. Ich denke, sie ist da irgendwie hineingerutscht. Unglückliche Umstände, zur falschen Zeit am falschen Ort.
– Ich kenne die Hintergründe nicht, ich kann Ihnen nur sagen, dass mit den Jungs nicht zu scherzen ist. Die sind ziemlich sauer, haben arge Verluste verkraften müssen in den letzten Wochen. Allein in diesem Monat haben wir hundertfünfzig Kilogramm Kokain aus dem Verkehr gezogen. Das tut denen weh, glauben Sie mir.
– Drogen in Bananenkartons.
– Ja. Das Zeug ist in diversen Supermärkten aufgetaucht. Die Albaner konnten es nicht mehr rechtzeitig abfangen, es wurde einfach ausgeliefert. Man hat uns verständigt, und wir haben das Kokain beschlagnahmt.
– Können Sie mir bitte erklären, wie das funktioniert?
– Die Sache ist ziemlich einfach. Das Kokain wird in Südamerika verpackt und in Bananenkisten versteckt, bevor

sie verschifft werden. Die grünen Bananen kommen mit Kühlschiffen zu uns, drei Wochen liegen sie auf hoher See bei dreizehn Grad im Kühlraum, anschließend wird die Fracht in Hamburg gelöscht. Die Kartons werden dann am Zoll vorbei in sogenannte Reifelager gebracht, dort liegen die Bananen, bis sie beinahe gelb sind, dann werden sie an den Einzelhandel ausgeliefert.

– Warum werden die Kartons vom Zoll nicht untersucht?

– Das werden sie, aber wir können nur Stichproben machen. Sie haben ja keine Ahnung, wie viele Bananen allein in Deutschland pro Jahr gegessen werden. Circa neunhunderttausend Tonnen. Eine lückenlose Kontrolle ist da unmöglich.

– Aber wie kommen die Schmuggler an ihre Ware, wenn sie in den Reifelagern zwischen den Bananen liegt?

– Sie brechen dort ein. Holen das Zeug heraus, bevor es ausgeliefert wird. Meistens haben die jemanden in den Lagern, der genau weiß, wo das Zeug liegt. Sie steigen in der Nacht ein, öffnen die Kartons und hauen mit dem Kokain wieder ab. Die Überwachungskameras aus einem der Lager dokumentieren die Vorgangsweise, wir haben das alles mal gefilmt. Den Laden gemeinsam mit der Kripo observiert und vier Albaner auf frischer Tat ertappt. Weitere sechshundert Kilogramm vor drei Monaten.

– Eine Frage noch zu den Supermärkten. Könnte es sein, dass nur ein einziger Karton in einem Laden auftaucht? Ein Ausreißer sozusagen?

– Natürlich kann das sein. Die Kartons werden in den Reifelagern aus den Regalen genommen und auf die Lkws geladen. Die Leute, die ausliefern, wissen ja nicht, was sie da machen. Das passiert alles mehr oder weniger zufällig, wo die Kisten mit den Drogen landen. In einem Supermarkt schneit es, im anderen nicht.

– Aber woher wissen die Albaner, in welchem der Tausenden Supermärkte sie nach dem einen Karton suchen müssen?

– Die Kartons sind markiert. Jemand, der in der Reifeanlage ein Auge darauf hat, kann damit nachvollziehen, was wo landet. Die haben natürlich ein großes Interesse, ihre Ware zurückzubekommen. Zumindest alles, was wir nicht beschlagnahmen. Es geht hier um verdammt viel Geld.

– Die machen wegen eines einzigen verschwundenen Kartons so einen Zirkus?

– Ich weiß nicht, wie es mit Ihnen ist, aber für ein, zwei Millionen wäre ich durchaus bereit, das eine oder andere auf mich zu nehmen.

– Stimmt.

– Da geht es um jedes Kilo, vor allem weil sie, wie gesagt, große Lieferprobleme haben im Moment. Ist also durchaus nachvollziehbar für mich, dass diese Frau dafür den Kopf hinhalten musste. Die Albaner ganz oben sind wütend, was die Albaner ganz unten bestimmt noch wütender macht.

– Wie nah sind Sie an denen dran?

– Es gibt eine gemeinsame Ermittlungsgruppe der Zollfahndung und des Landeskriminalamtes, wir tun alles, damit wir die Leute aus dem Verkehr ziehen. Wenn Sie also ein bisschen DNA vom Tatort für uns haben, können wir Ihnen sicher auch bald Ihren Mörder liefern.

– Das ist leider alles verbrannt.

– Habe ich mir schon gedacht. Im Normalfall wissen die Leute, was sie tun. Verbrennen ist eine saubere Sache. Aufsehenerregend, einschüchternd, effizient. Die Leute haben wirklich keine Skrupel.

– Könnten Sie sich bei mir melden, falls Sie etwas hören, was mit dem Mord an Rita Dalek zu tun haben könnte?

– Natürlich. Aber ich denke nicht, dass Sie die jemals dafür drankriegen werden.

– Wir werden sehen.

– Ehrlich gesagt scheint mir die Sache aussichtslos zu sein.

– Das sehe ich anders. Aber trotzdem danke für Ihre Zeit.

Seit fünf Stunden fahren sie Richtung Norden.

Samstagnacht in Ritas Kleinwagen irgendwo auf der Autobahn. Rita hält sich an die Geschwindigkeitsbeschränkungen, sie blinkt, wenn sie die Spur wechselt, sie fährt niemandem zu nah auf.

Bachmair schläft zwischendurch immer wieder ein.

Je weiter weg, desto besser, hat Bachmair gesagt.
Wir fahren die ganze Nacht durch.
Kurz bevor es hell wird, entsorgen wir ihn.

Rita hat nur genickt. Getan, was er ihr gesagt hat.

Sie haben das Klebeband entfernt, es von seinen Händen und Beinen geschnitten, es von seinem Mund und den Augen gezogen. Sie haben ihn in einen Teppich gewickelt, damit man ihn besser tragen kann. Mit dem Lift hinunter in die Tiefgarage. Ohne Rührung haben sie den Albaner in den Kofferraum gepfercht. Gemeinsam haben sie ihm die Knochen gebrochen, damit der Deckel zuging. Niemand hat etwas gesehen.

Bachmair ist überzeugt davon, dass sein Plan funktionieren wird.

Wir machen einfach nur einen schönen Ausflug. Der
Albaner wird von einer Autobahnbrücke fallen.
Ein Lkw wird ihn überrollen. Irgendwo in Holland vielleicht.

Es wird nicht viel von ihm übrig bleiben.
Die Behörden werden davon ausgehen, dass es Selbstmord war.
Alles ist in bester Ordnung, Rita.

Bachmair glaubt daran.

Und deshalb tut Rita es auch.

Eine andere Wahl hat sie nicht.

Sieben Stunden geht es mit einer Leiche im Kofferraum quer durch das Land. Dann fahren sie von der Autobahn ab. Drei Kilometer auf der Bundesstraße, zurück zu dieser Fußgängerbrücke, die Bachmair vorhin gesehen hat. Sie parken. Rita schaltet die Scheinwerfer aus.

Sie öffnen den Kofferraum.

Sie rollen die Leiche aus dem Teppich, schleppen sie bis zur Mitte der Brücke.

Dann warten sie.

Es ist noch immer dunkel.

Wenn ihnen Lichter entgegenkommen, ducken sie sich. Sie verbergen sich hinter dem Stahlgeländer, niemand von den Vorbeifahrenden unten auf der Straße soll sie sehen. Nur ihre Köpfe recken sie ganz leicht nach oben. Bachmair hält Ausschau nach dem richtigen Fahrzeug.

Der Albaner liegt zwischen ihnen. Bereit, hochgehoben zu werden.

Bachmair flüstert.

Es ist wichtig, dass er genau vor dem Lkw landet, nicht dahinter.
Der Fahrer darf nicht mehr dazu kommen zu bremsen.

Es muss schnell gehen.
Je weniger von dem Scheißkerl übrig bleibt, desto besser.

Bachmair lacht laut.
Rita muss sich beinahe übergeben.
Sie weiß nicht, wie lange sie noch durchhält. Am liebsten würde sie Bachmair zu Boden schlagen, ihn mit dem Klebeband fesseln und der Polizei übergeben.
Ihn möchte sie über die Brüstung werfen, nicht den Albaner.
Dass er ungestraft davonkommt und so tut, als würde die Welt ihm gehören, macht Rita wütend.
Ich kann machen, was ich will, hat er zu ihr im Auto gesagt.
Und dass sie sich gar nicht vorstellen könne, wie ihn dieses Scheißleben manchmal langweilt. Wie sehr er sich nach einem richtigen Abenteuer gesehnt hat. Einem Abenteuer wie diesem.

Das ist ein richtig cooler Roadtrip, hat er gesagt.
Verdammtes Arschloch, wollte Rita sagen.

Aber sie schwieg.
Und sie schweigt immer noch.
So gerne würde sie die Nummer von Aaron wählen und ihn darum bitten, sie abzuholen. Sie möchte ihm erzählen, was passiert ist. Warum nur hat sie nicht ihn angerufen.
Rita möchte, dass Aaron weiß, was sein Freund getan hat.
Aaron ist Staatsanwalt, er kann ihr helfen, sie davor bewahren, ins Gefängnis zu kommen. Rita würde ihm gerne die Wahrheit sagen, aber sie kann nicht. Weil die Wahrheit kein schönes Abendkleid trägt.

Rita ist sich sicher. Aaron Martinek will davon nichts wissen, dass sie seit so vielen Jahren im Supermarkt arbeitet, dass sie keine Anwältin ist und auch nicht in Brüssel wohnt. Der Mann, der sie die ganze letzte Nacht lang geküsst hat, will nicht erfahren, dass sie Kokain gestohlen hat, dass sie dafür verantwortlich ist, dass ihr Vorgesetzter fast totgeschlagen wurde und dass die Leiche des Albaners gleich auf die Autobahn fallen wird.

Ihn anzurufen ist keine Option.

Nur Bachmair ist da. Und er geht nicht weg.

Er wartet neben ihr auf den richtigen Augenblick.

Weil sie mit jeder weiteren Minute, die vergeht, riskieren, dass sie entdeckt werden. Ein Jogger, der sie mit der Leiche auf der Brücke sieht, ein Radfahrer auf dem Weg zur Arbeit, der Alarm schlägt.

Es wird langsam hell. Bachmair weiß, dass die Uhr tickt. Er muss die Leiche endlich loswerden, sonst ist auch für ihn alles zu Ende.

Jetzt, sagt er.

Rita nickt nur.

Der Lkw kommt.

Gemeinsam wuchten sie den Körper des Albaners nach oben.

Und jetzt loslassen, schreit er.

Und der Albaner fällt.

Noch bevor der Lichtkegel des Scheinwerfers sie erfasst, haben sie sich wieder geduckt. Bremsgeräusche. Hupen. Ein Aufprall.

Der Albaner wird überrollt.

Aber sie sehen es nicht. Weil sie wegrennen, in den Wagen steigen, losfahren. So schnell sie können zurück auf die Autobahn. Auf der Gegenspur zurück nach Hause. So als wäre nichts geschehen.

Was vor zwei Minuten passiert ist, ist bereits Geschichte.

Sie entfernen sich.

Fünf Kilometer, zwanzig.

Bachmair sitzt am Steuer.

Er reibt sich Kokain auf sein Zahnfleisch.

Ich bringe dich nach Hause, sagt er.

Er lacht und gibt Gas.

Er macht Musik an.

Völlig beschwingt ist er, manisch fast.

Rita denkt nach, was als Nächstes kommen muss, in Gedanken putzt sie die Wohnung, schrubbt, wischt das Blut weg, sammelt die Scherben auf, entsorgt die kaputten Dinge, räumt die Regale wieder ein. Sie wird alles wieder in Ordnung bringen, wenn sie nach Hause kommt.

Manfred wird nichts merken, wenn er aus der Schweiz zurückkommt am Nachmittag. Sie wird so lange schrubben, bis der Ahornboden wieder sauber ist. Rita wird lächeln und für Manfred kochen. Weil Sonntag ist und sie freihat. Weil Manfred es liebt, wenn ein schönes Stück Fleisch auf dem Teller liegt. Ihr Mann, der keine Ahnung davon hat, was passiert ist. Ihr Mann, der ihr niemals glauben würde, wenn sie ihm erzählen würde, was sie getan hat.

Wo ist der schöne Teppich im Schlafzimmer hin, wird er sie fragen.

Rita denkt über eine Antwort nach.

Sie wird Manfred verschweigen, dass sie den blutigen Teppich an einer Autobahnraststation in eine Mülltonne geworfen haben.

Sie wird lügen, eine weitere Geschichte erfinden, sie wird so tun, als wäre nichts passiert. Obwohl sie weiß, dass das unmöglich ist.

Die ganze Fahrt über fragt sie sich, ob es noch einen Weg zurück gibt. Ob jemals alles wieder gut werden kann. Sie fragt sich, was Bachmair noch tun wird. Welche Bestie in ihm steckt. Welchen Teufel sie geweckt hat. Rita sieht keinen Ausweg.

Sie tut so, als würde sie schlafen. Mit halb geöffneten Augen schaut sie Bachmair von der Seite her an. Er fährt. Hört Radio.

Ein Mann und eine Frau in einem Auto.

Beiden würde man niemals zutrauen, was sie getan haben. Trotzdem ist es passiert. Gemeinsam sind sie dafür verantwortlich, dass ein Mensch gestorben ist. Dass die Leiche auf einer holländischen Autobahn von einem Lkw zermalmt wurde. Jede Sekunde mit ihm in diesem Auto ist ein Alptraum, den sie mit offenen Augen träumt. Unerträglich ist es. Die Strafe für alles, was sie getan hat. Die Hölle.

Bis sie vor Ritas Haus ankommen.

Das Auto abstellen.

Mein Fahrer holt mich ab, sagt er.

Dann steigen sie aus.

Bachmairs Blicke in ihrem Rücken.

Rita schließt die Haustüre auf. Sie dreht sich nicht mehr zu ihm um.

Sie geht nach oben. So gerne wäre sie jetzt allein. Den ganzen Tag, die ganze Woche, für den Rest ihres Lebens. Sie möchte sich unter ihrer Bettdecke verkriechen, verschwinden, nichts mehr tun und sagen müssen. Nichts wünscht sie sich mehr.

Frei sein. Alles ungeschehen machen. Alle Wunden schließen und neu anfangen.
Doch das geht nicht.
Rita hat keinen Wunsch mehr frei.
Also beginnt sie, wie besessen zu putzen.
Sauber zu machen.
Alle Spuren verschwinden zu lassen.
Manfred merkt nichts von alldem, als er Stunden später zur Tür hereinkommt. Er zieht sich nur um, geht zurück in die Küche, nimmt sich ein Bier aus dem Kühlschrank und setzt sich auf die Couch. Alles ist so wie immer.
Rennautos fahren im Kreis.
Dann trinkt er Schnaps.

Das war eine harte Woche, Rita.
Ich will mir nur noch den Grand Prix ansehen.
Nein, ich will nichts essen.
Ich habe dich vermisst, Rita.
Setz dich zu mir, lass uns einen Schnaps zusammen trinken.

Doch Rita will keinen Schnaps.
Es ist genug, Rita kann nicht mehr. Keine Minute länger.
Sie muss aus dieser verdammten Wohnung raus.

Ich gehe noch zu Gerda, sagt sie.
Ich habe ihr etwas zu essen gemacht.
Wenn ich mich nicht um sie kümmere, verhungert sie noch da unten.

Und wer kümmert sich um mich, schreit Manfred ihr nach.

Rita schlägt die Tür hinter sich zu.

Sie denkt an Kamal.

Sie denkt an Aaron Martinek.

Sie denkt an den Albaner.

Und sie denkt an Bachmair. Daran, dass er ein Mörder ist. Und dass er recht hatte. Wenn er den Albaner nicht umgebracht hätte, hätte der Albaner sie umgebracht. Er hätte Rita dafür bestraft, dass sie ihn mit dem Aschenbecher fast totgeschlagen hatte. Kein Erbarmen hätte er gehabt. Am Ende hat Bachmair getan, was nötig war.

Das redet sie sich ein.

Bachmair ist ihr Vertrauter. Ihr neuer reicher Freund, der sich um sie kümmert. Er hat einen Narren an ihr gefressen.

Du bist außergewöhnlich, hat er gesagt.
*Ich denke nicht, dass eine andere Frau das alles
mitgemacht hätte, Rita.*
Ich freue mich auf ein Wiedersehen.
*Wer weiß, was wir noch alles zusammen anstellen werden,
Rita.*

Bachmair hat sie auf die Wange geküsst zum Abschied. Und Rita hat es sich gefallen lassen, sie hat sich nicht gewehrt. Wie eine Schlampe hat sie sich gefühlt, doch es war richtig.

Etwas sagt ihr, dass es noch nicht vorbei ist, Bachmair wird noch eine große Rolle in ihrem Leben spielen. Sie braucht ihn noch, er wird dafür sorgen, dass sie nicht untergeht.

Daran will sie glauben. Auch wenn sie bereits weiß, dass es ein Fehler ist.

Rita hat keine Wahl.

Zu viel ist passiert.

Sie möchte wieder weinen.

Und sie muss endlich mit Gerda reden. Sie hat ihre Anrufe ignoriert, weil sie nicht sicher ist, ob sie ihre Freundin da wirklich mit hineinziehen soll. Sie hat mit alldem nichts zu tun. Gerda hat nur getan, worum Rita sie gebeten hat. Sie hat nur den Karton versteckt und mit ihr herumgesponnen, leichtsinnig von einem besseren Leben geträumt. Rita will nicht, dass Gerda sich in Gefahr begibt. Trotzdem spricht sie es aus, als Gerda die Tür öffnet.

Es ist etwas Schlimmes passiert, sagt sie.

Noch schlimmer als das mit Kamal.

Du solltest dich ab jetzt besser aus der Sache heraushalten, Gerda.

Ich werde den Karton nehmen und aus deinem Leben verschwinden.

Bis Gras über die Sache gewachsen ist.

Ich könnte es mir nicht verzeihen, wenn auch dir etwas zustößt.

Sie werden nämlich wiederkommen.

Sie werden nach dem toten Albaner suchen.

Und sie werden genau hier damit anfangen.

Das wird nicht gut ausgehen, Gerda.

Gerda schüttelt den Kopf.

Doch, das wird es, sagt sie.

Sie sitzen in der Küche.

Sie trinken Tee.

Gerdas Finger streichen über Ritas Arm. Beruhigend, immer im selben Rhythmus. Sie sagt, dass Rita sich keine Sorgen machen soll. Sie besteht darauf, dass der Karton in ihrer Wohnung bleibt.

Die haben die Wohnung nur auf einen Verdacht hin durchsucht.

Sie wissen gar nichts, Rita.

Und sie werden auch nicht wiederkommen.

Weil der Albaner irgendwo in Holland für tot erklärt werden wird.

Siebenhundert Kilometer von hier entfernt.

Niemand wird seinen Tod mit dir in Verbindung bringen, Rita.

Verstehst du das?

Und auch um Bachmair musst du dir keine Sorgen machen.

Er ist ein gefährlicher Mann. Aber er wird dir nichts tun.

Solange er nicht weiß, wo das Kokain ist, wird er freundlich zu dir sein.

Außerdem hast du ihn auf gewisse Art und Weise in der Hand.

Er hat jemanden umgebracht, und du weißt davon.

Deine Karten sind gar nicht so schlecht, Rita.

Rita denkt nach.

Sie fragt sich, ob Gerda recht hat. Ob sie es beweisen könnte.

Sie überlegt, wo der Aschenbecher geblieben ist. Der Aschenbecher mit ihren und seinen Fingerabdrücken. Er war nicht mehr da, als sie eben aufgeräumt hat. Bachmair muss ihn entsorgt haben. Für den Fall, dass Rita doch noch die Nerven verlieren sollte, hat er sich abgesichert. Sie haben sich gegenseitig in der Hand. Wenn einer untergeht, geht der andere mit.

Hör auf, dich verrückt zu machen, sagt Gerda.
Bachmair ist unter Kontrolle, Rita. Und die Albaner auch.
Es ist vorbei, Rita.
Du kannst dich entspannen.

Gerda schafft es, Rita dazu zu bringen, ein paar Minuten lang abzuschalten. Es ist so, als hätte Gerda das Schicksal der Welt in den Händen. In ihrer Stimme liegt so viel Ruhe. Gelassenheit flutet den Raum. Rita möchte den Rest des Tages neben ihr sitzen bleiben. Sie möchte glauben, was Gerda sagt. Dass es vorbei ist.
Rita möchte alles aus ihren Gedanken löschen und wieder lachen. Unbeschwert sein mit Gerda. Weil ihre Freundin aus heiterem Himmel wieder von dieser Nacht im Hotel anfängt. Sie will Details hören, mit einem schelmischen Grinsen will sie die düsteren Bilder aus Ritas Kopf vertreiben. Sie rückt das einzig Gute, das in den letzten Tagen passiert ist, in den Mittelpunkt. Aaron Martinek.

Willst du ihn wiedersehen, Rita?
Natürlich willst du das.
Ich habe gegoogelt, während du mit der Leiche spazieren gefahren bist.
Ein toller Mann. Eine Spur älter als du, aber gar nicht hässlich.
Von mir aus kannst du mit ihm glücklich werden.

Gerda grinst.

Rita zeigt ihr den Vogel.

Du spinnst ja, sagt sie. *Du solltest nicht den ganzen Tag Tee trinken.*

Dann lacht sie. Weil sie mag, was Gerda sagt.

So wie es aussieht, hast du dich verknallt, Rita Dalek. Damit hat wohl keiner mehr auf dieser Welt gerechnet. Dass du noch mal ein feuchtes Höschen bekommst.

Rita schüttelt peinlich berührt den Kopf.

Doch Gerda hat recht. In diesen wenigen Minuten, in denen es nicht um Drogen und Mord geht, sind diese Gedanken an ihn das Einzige, das verhindert, dass sie durchdreht. Dieses Geheimnis, das Rita hat. Niemand außer Gerda weiß, wie nah er ihr gekommen ist. Wie sehr er sie berührt hat.

Rita redet sich ein, dass es sich allein wegen dieser Nacht ausgezahlt hat.

Aaron Martinek und Rita Dalek.

Rita nimmt noch einen großen Schluck Tee und träumt davon, bei ihm zu sein. Diese Nacht, die längst vorbei ist, soll weitergehen. Unbedingt will sie an etwas Schönes denken, so tun, als wäre ihre Welt in Ordnung.

Rita will wieder auf die Bühne.

So schnell wie möglich.

Bernhard Rosenthal (48), Zahnarzt

– Polizei?
– Tut mir leid, dass ich Sie kurz stören muss.
– Was kann ich für Sie tun? Eine schöne Füllung vielleicht? Eine hübsche Krone? Wir sind die besten in der Stadt.
– Nein, danke. Mit den Zähnen habe ich keine Probleme.
– Sie sind wegen der Brandleiche hier?
– Ja.
– Ich habe Ihren Kollegen doch schon alles gesagt.
– Trotzdem muss ich noch einmal persönlich mit Ihnen reden.
– Was gibt es da noch zu reden? Sie haben doch alle Unterlagen von mir bekommen. Ich dachte, es ist alles geklärt.
– Das stimmt schon, ja. Die Leiche konnte dank Ihrer Hilfe und aufgrund der glücklichen Tatsache, dass noch Teile der Zähne erhalten waren, eindeutig identifiziert werden. Laut der Gerichtsmedizinerin konnte man den Zahnstatus auf dem Röntgenbild wunderbar nachvollziehen. Sie haben uns sehr weitergeholfen.
– Gerne. Aber damit ist die Sache für mich ja eigentlich erledigt, oder?
– Nicht ganz.
– Was meinen Sie damit?

- Ich suche immer noch den Mörder.
- Und da kommen Sie zu mir?
- Ja.
- Verzeihen Sie, dass ich lache. Ich bin Spezialist für Kiefer-orthopädie, aber mit Mord habe ich nichts zu tun. Ich war lediglich Rita Daleks Zahnarzt.
- Seit wann war sie bei Ihnen in Behandlung?
- Ich weiß nicht genau, vielleicht seit fünfundzwanzig Jahren, vielleicht seit dreißig. Ein paar Füllungen, ein paar Kronen und Brücken, das Übliche. Nichts Besonderes.
- Wie alt sind die Röntgenbilder, die Sie uns zur Verfügung gestellt haben?
- Ein halbes Jahr schätze ich, wir haben sie bei ihrem letzten Besuch gemacht. Die Sprechstundenhilfe kann Ihnen gerne das genaue Datum raussuchen.
- Sie hatten also immer wieder Kontakt zu Frau Dalek?
- Ich denke nicht, dass man das so nennen kann, wir hatten ein Arzt-Patienten-Verhältnis, mehr nicht. Sie kam einmal im Jahr, ich habe ihr das eine oder andere gemacht, und dann ging sie wieder.
- Sie haben sie aber auch privat getroffen.
- Wie kommen Sie denn auf so etwas?
- Sie kennen Aaron Martinek?
- Ach Gott, das meinen Sie.
- Sie sind befreundet mit ihm, richtig?
- Ich würde sagen, uns verbindet eine angenehme Bekannt-schaft. Wir begegnen uns hin und wieder auf dem Golf-platz und trinken manchmal das eine oder andere Fläsch-chen Wein zusammen.
- Er ist aber auch Patient bei Ihnen, richtig?

- Richtig.
- Genauso wie seine Frau.
- Ja.
- Im Fall der Familie Martinek geht die Beziehung also über ein normales Arzt-Patienten-Verhältnis hinaus?
- Ich weiß, worauf Sie hinauswollen, aber das war keine große Sache. Ich wollte ihn damals nicht in eine unangenehme Situation bringen.
- Sie haben Aaron Martinek und Rita Dalek in Paris am Flughafen getroffen.
- Oh, Sie wissen davon? Durchaus interessant war das. In der Ankunftshalle bin ich den beiden über den Weg gelaufen. Ich habe zuerst zweimal hinsehen müssen, aber er war es. Martinek in Begleitung dieser Frau. Nicht seiner Frau. Deshalb war die Situation auch nicht gerade einfach.
- Sie haben ihn angesprochen?
- Natürlich. Wir sind quasi nebeneinander durch die Passkontrolle gelaufen. Er war peinlich berührt. Hat sofort ihre Hand losgelassen und mich überschwänglich begrüßt. Er hat so getan, als hätte ich nicht gesehen, dass er Händchen mit einer anderen Frau gehalten hat.
- Rita Dalek?
- Ja. Die beiden haben sich bemüht, es so gut wie möglich zu verbergen, dass sie was miteinander hatten. Martinek hat sie mir vorgestellt. Er sagte, dass sie Anwältin in Brüssel sei, eine Kollegin, mit der er auf dem Weg zu einem Kongress sei.
- Was Sie ihm selbstverständlich nicht geglaubt haben.
- Natürlich nicht. Ich wusste doch, dass die Dalek keine Anwältin ist. So viel bekommt man im Laufe von dreißig

Jahren Berufsalltag mit, dass man sagen kann, ob jemand Akademiker ist, Arbeiter, Angestellter oder Arbeitsloser. Deshalb wusste ich auch gleich, dass da etwas nicht stimmt.

- Aber Sie haben nichts gesagt.
- Nein. Die ganze Situation war doch peinlich genug. Martinek betrügt seine Frau und fliegt mit seiner Geliebten nach Paris. Das musste ich wirklich nicht an die große Glocke hängen.
- Wie hat Rita Dalek reagiert, als plötzlich ihr Zahnarzt vor ihr stand?
- Ich glaube, sie hat sich sehr erschrocken, als sie mich gesehen hat. Aber sie hat es souverän durchgezogen.
- Was hat sie durchgezogen?
- Sie hat perfektes Theater gespielt. Wirklich großartig hat sie das gemacht, muss man ihr lassen. Sie hat so getan, als hätte sie mich noch nie in ihrem Leben gesehen, sie hat mir die Hand geschüttelt und keine Miene verzogen. Dass sie sehr erfreut sei, hat sie gesagt. Dass sie sich schon sehr auf den Kongress freue und die Tage in Paris so gut wie möglich genießen wolle, obwohl eine Menge Arbeit auf sie warte. Und so weiter und so fort.
- Hatten Sie den Eindruck, dass Martinek es wusste?
- Was?
- Dass Rita Dalek keine Anwältin war.
- Ich glaube, er hatte null Ahnung davon. Es war klar, dass sie nicht nur mir etwas vorspielt, sondern auch ihm.
- Und warum haben Sie es nicht richtiggestellt? Sie waren sich sicher, dass Herr Martinek einem Schwindel aufgesessen ist, Sie hätten ihm doch einen Gefallen tun und ihn

aufklären können. Wäre doch naheliegend gewesen unter Zechbrüdern.

– Vielleicht war ich zu überrascht in diesem Moment. Und als ich begriffen habe, was da vor sich geht, waren die beiden schon Richtung Ausgang unterwegs.

– Aber Sie haben Martinek doch sicher in den Wochen danach am Golfplatz gesehen, oder?

– Ja, das habe ich.

– Und haben Sie es ihm gesagt?

– Nein.

– Warum nicht?

– Weil Ferdinand Bachmair mir Geld gegeben hat, damit ich es nicht tue. Warum auch immer, ich habe es genommen und geschwiegen.

– Sie kennen Bachmair?

– Wer kennt ihn nicht? Wir spielen immer wieder mal Golf zusammen, eine sehr illustre Runde, der ich da angehören darf. Alles außerordentlich interessante Menschen.

– Und er hat Sie dafür bezahlt, dass Sie es für sich behalten?

– Ja.

– Warum hat er das getan?

– Das weiß ich nicht. War mir auch egal. Aus irgendeinem Grund wollte er nicht, dass der Schwindel auffliegt und ich irgendjemandem sage, wer diese Frau wirklich ist. Bachmair war sehr großzügig. Hat sich am Ende rentiert, dass ich still gewesen bin.

– Und wie hat Bachmair davon erfahren, dass Sie es wussten?

– Ich habe es ihm erzählt. Ich dachte, er findet die Geschichte lustig, aber das Gegenteil war der Fall. Er hat völlig die Fassung verloren, gesagt, ich solle den Mund halten und nie mehr darüber reden. *Misch dich nicht in meine Angelegenheiten*, hat er gesagt. Sie können sich vorstellen, dass ich ziemlich überrascht war.

– Sie werden mir wahrscheinlich nicht sagen, wie viel ihm Ihr Schweigen wert war?

– Es hat auf alle Fälle ausgereicht, um mich davon zu überzeugen, nicht weiter über die Sache nachzudenken. Wobei es mich natürlich sehr gereizt hätte, die Wahrheit herauszufinden. Bachmairs Eskapaden gestalten sich immer sehr spannend. Am Ende aber hat doch die Vernunft gesiegt, ich habe meine Neugier schweren Herzens in den Griff bekommen.

– Haben Sie Bachmair in letzter Zeit wiedergesehen?

– Nein.

– Und Sie haben auch Rita Dalek nach ihrer Begegnung in Paris nicht wiedergetroffen, richtig?

– Absolut richtig.

– Dachte ich es mir. Die Antworten sind immer so vorhersehbar. Ich kann Ihnen gar nicht sagen, wie sehr mich das anödet.

– Was ödet Sie an?

– Seit so vielen Jahren mache ich das jetzt schon, mit so vielen Menschen habe ich geredet, und immer ist es dasselbe. Ich weiß, was man mir sagen wird, bevor die Leute den Mund aufmachen. Das ist schlimm, glauben Sie mir.

– Das tut mir leid für Sie.

– Wissen Sie, was das Frustrierendste an meinem Beruf ist?

– Sagen Sie es mir.

– Alle lügen mich an.

Rita sitzt an der Kasse und lächelt.

Sie verhält sich unauffällig. Obwohl sie am liebsten ausbrechen und alles hinter sich lassen würde, ist sie zurück im Supermarkt, packt Waren aus, schildert Preise aus, kassiert. Alles ist beinahe so wie immer. Am Morgen kommt sie, am Abend geht sie. Wenn Kamals Platz im Büro nicht leer wäre, würde sie nichts daran erinnern, dass ihre Welt aus den Fugen geraten ist.

Sie versucht auszublenden, dass sie sich in Gefahr befindet, sie möchte keine Angst mehr davor haben müssen, dass jemand sie umbringt. Sie möchte sich keine Gedanken mehr darüber machen müssen, dass sie irgendwann dem Mann wiederbegegnet, der den Albaner in ihrem Schlafzimmer erschlagen hat. Bachmair. Sie denkt an ihn.

Und sie denkt an Aaron.

Und Manfred.

Er hat frei.

Er ist zu Hause.

Er trinkt und wartet auf sie.

Rita wird den Schlussdienst machen, zu ihm fahren und für ihn kochen. Sie wird neben ihm auf der Couch sitzen und darauf warten, bis er so betrunken ist, dass er einschläft.

Dann wird sie zu Gerda gehen und reden. Wie am Vortag.

Und auch am Tag davor.

Reden und Tee trinken.

Weil sie nicht aufhören können damit.

Weil es der einzige Ausweg für sie beide ist.

Das weiße Pulver aus dem Karton im Vorratsschrank hat sie glücklich gemacht. Gerda fühlt sich gesund und kräftig, und Rita ist ohne Angst. Sie ist mutig. Sagt einfach Ja, als Aaron Martinek sie fragt, ob sie mit ihm verreisen möchte.

Es ist der Anruf, auf den sie schon seit Tagen gewartet hat.

Plötzlich ist da seine Stimme, nach der sie sich so gesehnt hat.

Die Einladung, die er einfach ausspricht.

Ich habe bereits gebucht, sagt er.

Verschwörerisch am Telefon. Aaron und Rita.

Die Sehnsucht nach diesem Gefühl treibt sie an. Beide wollen sie wieder zurück in diese Nähe der ersten Nacht.

Wir verschwinden einfach für ein paar Tage, sagt er.

Wie Jugendliche sind sie, die etwas Verbotenes tun.

Wir fliegen irgendwohin, wo niemand uns kennt.

Aufgeregt sind sie.

Paris, Rita.

Ihr Herz schlägt wieder laut und wild.

So wie vor zehn Tagen, als sie sich entschieden hat, den Bananenkarton mit nach Hause zu nehmen. Kurz zögert sie noch. Sagt ihm, dass sie es sich überlegen muss. Sie wird ihn zurückrufen. Gleich.

Rita muss vorher mit Gerda reden. Sie um Rat fragen. Rita will, dass sie ihr die Zweifel nimmt. Ihr sagt, was sie tun soll. Der Rat einer guten Freundin.

Scheiß drauf, sagt Gerda.

Wenn du es nicht tust, gehe ich zur Polizei, Rita.

*Du wirst mit diesem Mann auf den verdammten
Eiffelturm steigen.*
Oder ich rufe die Albanermafia an.
So eine Chance bekommst du kein zweites Mal, Mädchen.
Genieß es einfach.
*Besser du stirbst im Kugelhagel als mit Manfred auf der
Couch.*

Rita küsst Gerda auf die Stirn.
Dann ruft sie Aaron zurück und sagt zu.
Fliegt mit ihm weg.
Einfach so.
Es ist wie im Märchen.
Paris.
Hand in Hand mit diesem fremden Mann, der ihr plötzlich
so nah ist.
Außer Atem mitten in dieser wunderschönen Stadt.
Stundenlang lieben sie sich in diesem hübschen Hotel am
Montmartre.
Der Blick auf Sacre Coeur und Aarons Lippen auf Ritas Haut.
Ohne Scham ist sie. Weil Aaron sie ihr nimmt.
Wie wundervoll du bist, sagt er.
Und Rita saugt alles in sich auf.
Sie tut es einfach. Auch wenn es ihr immer noch schwerfällt
zu glauben, dass sie es ist, die das alles erlebt. Aaron, der ihre
Hand nimmt und mit ihr durch die Straßen läuft. So viele
schöne Dinge sieht sie, staunend steht sie vor den Bildern im
Centre Pompidou, zum ersten Mal ist sie in einem Museum
für moderne Kunst. Rita ist beeindruckt, sie kann sich nicht
sattsehen. Sie genießt es.

Das alles hier ist so unwirklich, schreibt Rita.

Danke, Gerda.
Diese Stadt ist ein Traum.
Ich könnte für immer hierbleiben. Mit diesem Mann hier leben.
Weißbrot und Käse essen.
Ihn küssen.

Eine Kurznachricht. Dieses zerbrechliche kleine Stück Glück, an dem Rita ihre Freundin teilhaben lässt. Eine gute Nachricht in all dem Chaos. Und Gerda freut sich. Sie schreibt zurück, dass sie mehr wissen will, sie ist neugierig.

Nimm dir alles, was du kriegen kannst, Rita.
Und hör auf, nachzudenken.
La vie est belle.
Du hast es dir verdient.
Und dazu passend noch eine Frage.
Wie ist er eigentlich im Bett?

Rita hört Gerda lachen. Es ist schön, mit ihr dieses Gefühl zu teilen. Rita möchte sie am liebsten anrufen, ihr alles erzählen. Doch zieht sie weiter mit Aaron durch die Stadt, jede Minute verbringt sie mit ihm. Rita ist aufgeregt, sie fühlt sich jung, Er gibt ihr das Gefühl, dass sie etwas Besonderes ist. Jeden Augenblick, den sie zusammen sind. Sie umarmen sich. Sie spucken vom Eiffelturm.

In einem Laden für Haushaltswaren kaufen sie ein Vorhängeschloss und machen es an einem Brückengeländer fest. Wie verliebte Jugendliche irren sie über einen Friedhof, der so groß ist wie ein ganzes Dorf. Sie suchen das Grab von Jim Morrison. Völlig falsch summen sie ein Lied und trinken Whiskey aus einer Flasche, die man ihnen entgegenstreckt.

Riders on the Storm.

Sie lachen und laufen immer weiter.
Irgendwo unter einem Baum bleiben sie stehen.
Aaron schaut Rita an. Er flüstert.

Gut, dass er uns einander vorgestellt hat, Rita.
Bachmair hat endlich mal etwas Vernünftiges gemacht.
Wahrscheinlich bist du das Beste, was mir je passiert ist.

Es ist ein Geschenk, das aus seinem Mund kommt.
Komplimente in einer bezaubernden Stadt. Rita versteht zwar nicht, wie es sein kann, dass er seinen Kopf komplett verloren hat, aber sie versucht sich diesem Gefühl hinzugeben, sich treiben zu lassen, nicht nachzudenken. Warum er sie ausgesucht hat. Warum er mit ihr hierhergekommen ist und seine Frau betrügt. Warum er bereits von solchen Gefühlen spricht, obwohl er Rita gerade mal ein paar Tage lang kennt. Sie fragt nicht nach. Macht einfach ihre Augen zu.
Und Aaron küsst sie.
Sie lernen sich kennen.
Lebensgeschichten im Schnelldurchlauf.
Rita bemüht sich, nicht zu viel über ihre vermeintliche Arbeit

zu sprechen. Sie verrät wenig über Brüssel, wenig über ihr Leben als Anwältin, sie spricht lieber von ihrer Kindheit auf dem Bauernhof. Erzählt ihm, dass ihre Eltern bei einem Erdrutsch gestorben sind. Und auch von Theo. Davon, dass ihr Kind gestorben ist, bevor es zehn Jahre alt werden konnte. Rita weint sogar. Sie zimmert für Aaron eine nachvollziehbare Lebensgeschichte zurecht. Kindheit, Jugend, dann das Studium, Auslandsaufenthalte. Irgendwann sei sie in der EU-Kommission gelandet, sagt sie. Rita spickt ihre Lügen mit Wahrheit. Es klingt glaubhaft, das alles, Aaron zweifelt keine Sekunde an dem, was sie sagt. Und bald auch sie selbst nicht mehr.

Rita ist authentisch, für ihn ist sie perfekt. Das sagt er ihr, als sie auf dem Flug zurück ihren Kopf in seine Arme legt.

Er ist zärtlich. Streichelt sie, solange es geht.

Ich will, dass wir zusammenbleiben, sagt er.
Das wäre schön, sagt sie.

Weil sie über das Wochenende beinahe vergessen hat, wie ihr anderes Leben aussieht. Wie dunkel alles ist. Wie bedrohlich.
Widerwillig kehrt sie dorthin zurück.
Weil sie wieder landen.
Weil der gemeinsame Flug vorbei ist.
Dieses wunderbare Wochenende mit ihm allein.
Glücklich und traurig zugleich verabschiedet sie sich von ihm.

Danke, sagt sie.
Bis bald, sagt er.

Dann trennen sie sich.

Rita schläft mit diesem Bauch voller Schmetterlinge ein. Und sie wacht wieder damit auf. Zurück in ihrer Wohnung denkt sie an ihn. Es geht nur noch um Aaron Martinek. Um niemanden und nichts sonst.

Sie arbeitet, sie isst, sie schläft, sie träumt von ihm.

Sie ignoriert die Gefahr, die sie umgibt, sie will keine Entscheidungen mehr treffen müssen, nur einen Augenblick lang stillstehen, ein paar Stunden, ein paar Tage. Sie lebt einfach mit diesem Lächeln im Gesicht vor sich hin.

Sie sehnt sich nach Aaron, nach einem Anruf von ihm.

Bachmairs Anrufe lässt sie unbeantwortet.

Seit sieben Tagen ignoriert sie ihn. Sie schiebt das Unausweichliche vor sich her, Rita lässt ihn warten, sie kränkt ihn. Auch wenn sie weiß, dass es falsch ist, hat sie beschlossen, nicht hechelnd um ihn herumzuschwänzeln wie alle anderen. Sie will nicht rennen, wenn er pfeift. Sie weiß, dass er innerlich kocht, dass die Nachrichten, die er auf ihrer Mobilbox hinterlässt, ernst gemeint sind.

Melde dich verdammt noch mal, sagt er.

Trotzdem ruft sie ihn nicht zurück.

Sie zögert noch. Weil sie tausendmal lieber den anderen Mann treffen würde, der in ihr Leben geplatzt ist. Sie möchte Aaron treffen, und nicht Bachmair. Doch sie kann ihn nicht mehr länger warten lassen. Seine Stimme auf der Mailbox lässt ihr keine Wahl mehr. Jeder Satz, den er gesagt hat, macht ihr jetzt Angst. Er hat keine Geduld mehr.

Bachmair will die Kontrolle zurück.

Wo warst du in den letzten sieben Tagen, Rita?
Du enttäuschst mich.
Kommst jetzt sofort zu mir.
Du wirst es wiedergutmachen, Rita.
Du wirst hier auftauchen und das Kokain mitbringen.
Alles, was du hast.
Sofort nach der Arbeit.
Sonst landest du im Gefängnis.
Hast du das verstanden, Rita?

Hat sie.

Rita weiß, dass er es ernst meint. Er wird dafür sorgen, dass sie untergeht, wenn sie nicht tut, was er sagt. Wenn sie nicht für ihn tanzt.

Auch wenn sie es so nicht geplant hat, sie muss den Karton aus Gerdas Vorratskammer holen, bevor sie zu ihm fährt.

Sie muss ihm geben, was er von ihr will.

Ich habe keine andere Wahl, Gerda.

Gerda nickt nur.

Sie versteht es, versucht nicht, es Rita auszureden.

Auch sie weiß, wie es enden kann, wenn Rita sich jetzt wehrt.

Sie hilft ihrer Freundin, die Päckchen in eine Sporttasche zu legen.

Die meisten davon.

Aber nicht alle.

Warte, Gerda.

Kurz steht alles still.

So wird es nicht enden, Gerda.

Sie wird nicht einfach alles wieder hergeben. Noch ist es nicht vorbei.

Dafür ist sie dieses Risiko nicht eingegangen. Dafür muss Kamal nicht leiden. Dafür ist sie nicht mit einer Leiche quer durch das Land gefahren und hat Blut vom Boden gewischt. Sie hat den Karton nicht für Bachmair mit nach Hause genommen.

Nicht für ihn.

Nein. Nicht alles wird er bekommen.

Fünfeinhalb Kilo.

Den Rest wird sie behalten.

Bachmair weiß ja nicht, wie viel es insgesamt war. Er wird nicht damit rechnen, dass sie ihm etwas vorenthält. Sie wird die Hälfte der Drogen behalten. Irgendetwas wird ihr einfallen, sie wird das Kokain zu Geld machen, sie wird nicht in dieser Wohnung neben Manfred alt werden und sterben. Sie wird mit dem Geld ein neues Leben anfangen.

Rita will glücklich sein.

Und Bachmair wird sie nicht daran hindern.

Er wird sich zufrieden geben mit dem, was sie ihm gibt.

Sie wird ihn beruhigen. Ihn davon überzeugen, dass sie keine Gefahr für ihn ist, dass sie niemals ein Wort über das verlieren würde, was in ihrem Schlafzimmer passiert ist. Rita weiß, dass Bachmair nervös ist. Dass er Angst hat, die Kontrolle zu verlieren. Mit aller Kraft blendet sie aus, dass er den Albaner eiskalt erschlagen und entsorgt hat.

Er hatte keine andere Wahl, sagt sie sich.

Alles andere wäre Wahnsinn.

Sie akzeptiert die grausame Wirklichkeit, tut so, als wäre es völlig normal. Anstatt zur Polizei zu rennen und ihn zu belasten, färbt sie alles schön. Rita hat einen Plan. Und sie will daran festhalten. Mit Gewalt glaubt sie an ein gutes

Ende. Sie lässt alles über sich ergehen. Setzt sich weiter der Gefahr aus. Sie spielt mit.

Katze und Maus.

Er frisst sie nicht, er verwundet sie nur.

Er schaut zu, wie sie um ihr Leben kämpft.

Rita Dalek.

Sie führt ihn an der Nase herum.

Lächelt ihn an, als sie seinen Salon betritt.

Die Sporttasche in der Hand.

Ich musste arbeiten, rechtfertigt sie sich.
Die letzten Tage war ich im Supermarkt.
Am Abend war ich müde, noch verwirrt, von dem, was passiert ist.
Und am Wochenende lag ich im Bett.
Ich wollte niemanden sehen.

Bachmair hört zu. Er schaut sie an, lässt ihre Worte kurz wirken, dann aber holt er aus. Schlägt zu. Sagt ihr, dass er bereits alles weiß.

Warum lügst du mich an, Rita?
Warum sagst du mir nicht einfach, dass du mit Martinek in Paris warst?
Ich habe deinen verfickten Zahnarzt getroffen.
Ihr habt Händchen gehalten, hat er gesagt.
Warum tust du mir das an?
Fotze.

Sie starrt ihn an.

Weil es völlig absurd ist, wie er reagiert.

Bachmair ist eifersüchtig. Er duldet es nicht, dass außer ihm noch jemand eine Rolle in ihrem Leben spielt. Er beschimpft sie. Er flucht. Doch er hat die Rechnung ohne Rita gemacht. Sie unterbricht ihn. Lässt es nicht zu, dass er sie noch weiter in die Ecke drängt. Geht in die Offensive, erzählt ihm alles, was er wissen will. Jedes Detail. Was sie gegessen haben, wohin Martinek sie ausgeführt hat, in welchem Hotel sie geschlafen haben.

Rita beichtet.

Und Bachmair nimmt ihr diese Beichte ab.

Seine Stimme wird ruhiger.

Das hättest du nicht tun sollen, Rita.
Ich dachte, da ist etwas Besonderes zwischen uns.
Aber bei der erstbesten Gelegenheit treibst du es mit
meinem Freund.
Das verletzt mich.

Rita steht vor ihm und rührt sich nicht.

Die Tasche hält sie immer noch in der Hand. Sie reagiert aus dem Bauch heraus, obwohl sie sich am liebsten auf die Zunge beißen würde. Sie sagt es einfach. Sie ist Schauspielerin.

Es klingt glaubhaft.

Es tut mir leid.
Ich wusste nicht, dass das ein Problem sein könnte.
Ich wollte dich nicht verletzen, glaub mir.
Es ist einfach passiert.

*Das hat nichts mit dem zu tun, was zwischen uns beiden
ist.*

Rita entschuldigt sich. Es ist so, als wäre Bachmair ihr
Geliebter, den sie brutal vor den Kopf gestoßen hat. Als hätte
sie ihn betrogen, und nicht Manfred. Aber sie weiß, dass es
notwendig ist, Bachmair würde sonst nicht aufhören. Sie hat
den Narzissten gekränkt, ihn gedemütigt, und sie muss es so
schnell wie möglich wiedergutmachen.

Aaron bedeutet mir nichts.
*Es war einfach nur eine Herausforderung, die ich
annehmen wollte.*
Ich wollte sehen, ob ich ihm den Kopf verdrehen kann.
Außerdem weißt du ja, wie das Zeug hier wirkt, oder?
Also sei mir bitte nicht böse.

Bachmair genießt es. Was sie sagt, gefällt ihm.
Er mag es, dass sie sich ihm ohne Gegenwehr unterwirft.
Alles, was Rita sagt, besänftigt ihn. Ihre devote Haltung, ihr
reuevoller Blick. Sie ist demütig, kriecht vor dem Milliardär
auf dem Boden herum, sie bringt ihn dazu, sie wieder groß-
zügig anzulächeln.
Rita bringt das Schiff zurück auf Kurs.
Bachmair grinst.

Na gut, sagt er.
Dann zeig mir mal, was in der Tasche ist.

Ferdinand Bachmair (33), Milliardär

– Und? Gefällt Ihnen mein Park?

– Ist schön hier, ja. Aber ich frage mich, warum wir nicht wieder in der Sauna sitzen?

– Die kennen Sie ja bereits. Außerdem hatte ich heute keine Lust zu schwitzen. Zumindest nicht, ohne etwas dafür zu tun. Ich bin mir sicher, ein bisschen Jogging wird auch Ihnen ganz guttun.

– Wie Sie sich denken können, habe ich mir aber nicht deshalb die Mühe gemacht und um einen weiteren Termin gebeten.

– Haben es Ihnen meine Leute so schwergemacht?

– Sie haben mich doch mit Absicht so lange warten lassen. Es macht Ihnen Spaß, mich an der Nase herumzuführen, nicht wahr?

– Stimmt. Aber letztendlich ist es doch so, wie ich immer sage. Vorfreude ist die schönste Freude. Sie waren jetzt die ganze Zeit über neugierig, und heute wird Ihre Neugier gestillt. Das haben Sie sich verdient.

– Freut mich. Dann legen Sie mal los. Übrigens können Sie wieder hemmungslos ehrlich sein, Ihre Leibwächter haben mich gründlich abgetastet, unser Gespräch wird nicht aufgezeichnet, niemand hört mit.

– Gut so. Also. Wo genau waren wir?

- Bei der Leiche in Rita Daleks Schlafzimmer.
- Richtig. Der Albaner.
- Was genau ist da passiert? Was hat Rita Dalek mit ihm gemacht?
- Sie hat ihm den Schädel zertrümmert.
- Was hat sie?
- Mit einem Aschenbecher. Sie hat ihn erschlagen. Da war überall Blut, als ich in ihr Schlafzimmer gekommen bin. Sie muss mehrmals zugeschlagen haben, in seinem Kopf war ein faustgroßes Loch. Ich war völlig fassungslos, als ich es gesehen habe. Ein paar Minuten lang stand ich nur da und habe die Leiche angestarrt.
- Woher wissen Sie, dass der Tote Albaner war?
- Rita hat ihm seine Geldtasche abgenommen, er hatte einen Ausweis dabei. Adnan Irgendwas aus Berat. Er war so alt wie ich. Hatte sogar im selben Monat Geburtstag.
- Wie hat er ausgesehen?
- Ich weiß es nicht mehr, ich habe das Foto nur ganz kurz gesehen. Und sein Gesicht war völlig entstellt. Da waren Tätowierungen am Hals. Er war mittelgroß, schlank. Mehr kann ich Ihnen nicht sagen.
- Warum hat sie ihn erschlagen?
- Er hatte eingebrochen, sie hat ihn überrascht. Wahrscheinlich wollte er sie überwältigen, aber sie war schneller. Ich sage Ihnen doch, dass Rita Dalek eine coole Frau war.
- Und warum hat Frau Dalek Sie angerufen?
- Eine Leiche lag in ihrem Schlafzimmer, sie hatte Angst, wollte nicht, dass die Polizei kommt, sie verhaftet. *Es glaubt mir doch niemand, dass das Notwehr war*, hat sie gesagt. Sie hat nicht mehr weitergewusst, war überfordert.

Wie hätte sie die Leiche auch ohne Hilfe verschwinden lassen sollen?

– Sie haben ihr also dabei geholfen?

– Das ist genau der Punkt, an dem es kompliziert wird. Wenn ich Ihnen jetzt erzähle, was ich an diesem Abend gemacht habe, würde ich mich selbst belasten. Wie Sie sich vorstellen können, haben mir meine Anwälte dringend davon abgeraten.

– Aber?

– Ich werde es Ihnen trotzdem erzählen. Es geht bei diesem zweiten und letzten Treffen schließlich darum, Sie davon zu überzeugen, dass es sich nicht lohnt, weiter in meiner Richtung zu ermitteln.

– Das habe ich verstanden.

– Ich werde alles bestreiten, wenn Sie auf die Idee kommen, das hier irgendwie zu verwenden.

– Das hier ist quasi eine Plauderei unter Freunden. Also erzählen Sie schon. Was haben Sie mit der Leiche gemacht?

– Ich habe ihr geholfen, sie zu entsorgen.

– Wie? Ich bin sehr gespannt. Das ist ja bei einem Mord immer das Schwierigste. Wohin mit der Leiche? Schon sehr viele sind daran gescheitert.

– Rita hatte da eine sehr gute Idee. Ich habe sie dafür bewundert, dass sie in dieser Situation so klar und sachlich denken konnte. Sie hat das Kommando übernommen.

– Hat sie das?

– Ja. Obwohl ich es für gewöhnlich hasse, wenn mir jemand sagt, was ich zu tun habe. In diesem Moment war es aber wie eine Erlösung für mich. Sie können sich ja vorstellen, dass ich ziemlich unter Schock stand.

- Warum sind Sie nicht einfach gegangen und haben die Polizei gerufen?
- Das weiß ich nicht. Mir ist klar, dass es das Klügste gewesen wäre, aber ich bin geblieben. Ich habe ihr geholfen, die Leiche in einen Teppich zu wickeln und sie in ihren Kofferraum zu hieven. Rita war sich absolut sicher, dass das funktionieren wird.
- Wo haben Sie die Leiche hingebracht?
- Nach Holland.
- Sie sind mit der Leiche über die Grenze gefahren?
- Ich habe Ihnen ja gesagt, dass ich unter Schock stand. Im Nachhinein war die ganze Aktion völlig wahninnig. Wir sind nach stundenlanger Fahrt irgendwo stehen geblieben und haben die Leiche auf die Autobahn geworfen. Ein Lkw hat sie überrollt. Ich gehe davon aus, dass es als Selbstmord durchgegangen ist, jedenfalls habe ich in den holländischen Zeitungen nichts Gegenteiliges gelesen.
- Wo genau war das?
- Schreibe ich Ihnen auf. Ihre Kollegen im Norden werden Ihnen alles bestätigen. Wir haben ihn abgeladen und sind wieder nach Hause gefahren.
- Mit welchem Auto?
- Mit Ritas.
- Ziemlich beeindruckende Geschichte. Eine einfache und unauffällige Verkäuferin hat es also fertiggebracht, jemanden umzubringen und verschwinden zu lassen. Mit ein klein wenig Hilfe von Ihnen natürlich.
- Ich würde es rückgängig machen, wenn ich könnte.
- Ich kann verstehen, dass Sie sich Sorgen machen.
- Ich mache mir keine Sorgen.

– Sollten Sie aber. Sie haben sich schließlich mit der Albanermafia angelegt. Es geht um viel Geld. Ich gehe von mehreren Kilogramm Kokain aus, nach denen der Albaner in Rita Daleks Wohnung gesucht hat, bevor er erschlagen wurde.

– Glauben Sie wirklich? Das klingt ja schrecklich.

– Sie muss die Drogen aus dem Supermarkt mit nach Hause genommen haben. Eine nicht abgefangene Drogenlieferung. Zu diesem Zeitpunkt wurden über hundertfünfzig Kilogramm Kokain in verschiedenen anderen Märkten sichergestellt. Rita Dalek muss gedacht haben, dass das Schicksal ihr eine Tür geöffnet hat, dass es ein Ausweg aus ihrem tristen Leben geben könnte, wenn Sie sich dafür entscheidet, die Drogen zu behalten, anstatt den Fund der Polizei zu melden.

– Am Ende hat es das Schicksal aber doch nicht so gut mit ihr gemeint.

– Das ist tragisch, ja. Weil ich wirklich denke, dass sie kein schlechter Mensch war. Sie hat sich einfach mit den falschen Menschen eingelassen.

– Sie meinen doch nicht etwa mich, oder?

– Doch, das tue ich.

– Aber ich habe es immer nur gut mit ihr gemeint.

– Da bin ich mir nicht so sicher. Nach allem, was Sie mir erzählt haben, kann ich es nämlich noch immer nicht ausschließen, dass Sie mit ihrem Tod etwas zu tun haben. Im Gegenteil, Sie bieten sich als Verdächtiger gerade nur so an.

– Das ist doch lächerlich. Ich habe diese Frau gemocht. Ich habe mich sogar strafbar gemacht, um ihr zu helfen. Sagen

Sie mir einen Grund, warum ich Rita Dalek hätte töten sollen.

– Erpressung? Sie haben ihr geholfen, eine Leiche zu beseitigen, ein Verbrechen zu vertuschen. Das wäre doch bestimmt nicht gut angekommen, wenn sie das in die Welt hinausposaunt hätte.

– Sie hatte keine Beweise dafür. Niemand hätte ihr das geglaubt. Genauso wenig, wie man Ihnen glauben würde, sollten Sie sich aus irgendwelchen nicht nachvollziehbaren Gründen doch nicht für unsere gewinnbringende Vereinbarung entscheiden.

– Wie viel war Ihnen mein Schweigen noch mal wert?

– Fünfhunderttausend. Dafür, dass Sie mich in Ruhe lassen. Nicht mehr hierherkommen und mich belästigen. Sie streichen mich von Ihrer Liste. Haben Sie das verstanden?

– Habe ich. Und Ihr Angebot scheint mir durchaus fair zu sein.

– Bestens. Schaut so aus, als wären Sie ein vernünftiger Mann. Das freut mich. Deshalb können wir unser schönes Gespräch von mir aus jetzt an dieser Stelle beenden. Sie sagen mir, wohin ich das Geld überweisen soll, und dann werden wir uns nie wiedersehen. Einverstanden?

– Einverstanden. Wenn Sie mir noch eine letzte Frage beantworten.

– Welche?

– Rita Dalek hat Ihnen freundlicherweise ein Kilogramm Kokain geschenkt, das haben Sie mir ja bereits erzählt.

– Und?

– Können Sie mir sagen, was mit dem Rest passiert ist?

– Ich habe leider nicht die geringste Ahnung, darf Ihnen jetzt aber einen schönen Tag wünschen. Oder besser gesagt, ein schönes Leben. Wir werden uns nämlich nicht mehr wiedersehen.

Rita folgt ihm in den Keller.

Bachmair hat sie aufgefordert, mitzukommen. Er will ihr etwas zeigen, hat er gesagt. Rita hat sich anfangs gewundert, sich gefragt, wo er mit ihr hinwill. Sie hat damit gerechnet, dass er Bedingungen stellt, dass er ihr sagt, was er von ihr erwartet. Aber er scheint besänftigt.

Weil sie sich demütig gezeigt hat und ihm das Gefühl gegeben hat, dass er das Wichtigste für sie ist.

Ich bin dir so dankbar für das, was du für mich getan hast, Ferdinand.
Es ist gut, dass wir uns ausgesprochen haben.
Ich freue mich auf einen schönen Abend mit dir.

Sie hat dem Mörder ins Gesicht gelogen. Und der Mörder hat ihr geglaubt.

Mit der Sporttasche und dem Kokain in der Hand geht sie neben ihm die Treppen nach unten.

Rita kennt das Haus in- und auswendig, aber in diesem Teil des Kellers ist sie noch nie gewesen. Obwohl sie seit Jahren hier putzt, hat sie die Tür noch nie bemerkt, die da zwischen den Flaschen ist. Unzählige Male hat Rita diesen Holzboden schon gewischt, sie hat die Flaschen abgestaubt und Spinnweben entfernt, aber die Tür ist ihr noch nie aufgefallen. Sie ist Teil des Regals, eine filigrane Tischlerarbeit, vor allen verborgen.

Bachmair tippt ein paar Zahlen in ein Display.
Auf Knopfdruck öffnet sich die Geheimtür.
Rita zögert kurz. Sie weiß nicht, ob sie weitergehen soll.
Mit ihm allein in diesen Raum.
Sie weiß nicht, was da ist. Was er mit ihr machen wird.
Rita schaut ihn verunsichert an. Fragend.
Doch Bachmair lächelt nur.
Du wirst es überleben, sagt er und zieht Rita mit sich.

Das hier ist mein Spielzimmer, sagt er.
Nur eine Handvoll Menschen wissen, dass es diesen Ort gibt.
Wir sind hier in Sicherheit, Rita.

Er schließt die Tür. Es ist eine Festung, in die Bachmair sie gebracht hat. Da ist kein Türgriff, den sie nach unten drücken kann, kein Weg mehr zurück. Es ist ein Bunker unter der Erde, den er sich gebaut hat.

Du kannst dich jetzt hinlegen, sagt er.
Was soll das hier, fragt sie.

Rita schaut sich um.
Mitten im Raum steht ein Kinderbett. Spielsachen liegen auf dem Boden. Sie kann nicht glauben, was sie sieht. Es fühlt sich so an, als wäre sie in einem Museum, in einer Ausstellung. Überall stehen Möbel aus einem früheren Leben. Einer kranken Fantasie muss dieser Raum entsprungen sein. Rita ist sich sicher, dass er hier etwas auslebt, das gefährlich für sie werden wird.

206

Du sollst dich hinlegen, sagt er.

Rita tut, was er sagt, obwohl sie es nicht will.

Sie versteht nicht mehr, dass sie so dumm sein konnte, hierherzukommen. In sein Haus. Mit ihm allein in diesen Keller.

Sie schweigt. Setzt sich zuerst nur, die Sporttasche immer noch in ihrer Hand. Dann legt sie sich hin. Lässt die Tasche los.

Weil er sie ihr wegnimmt mit einem Lächeln.

Was da drin ist, gehört dann wohl mir, sagt er.

Er öffnet den Reißverschluss, und die Päckchen fallen zu Boden.

Er nimmt eines davon in die Hand. Sieht näher hin.

Darum kümmern wir uns später, sagt er.

Dann legt auch er sich hin.

Ganz nah neben Rita.

Nimm mich einfach nur in den Arm, sagt er.

Alles in ihr schreit.

Rita will weg. Sie will davonrennen.

Aber sie kann nicht.

Weil sie nicht weiß, ob sie Angst vor ihm haben soll oder nicht. Sie weiß nicht, was er vorhat, warum er sich an sie schmiegt. Sie versteht es nicht.

Halt mich einfach nur fest, sagt er.

Er schmiegt sich an sie. Sucht den Weg an ihre Brust, in ihren Arm. Er nimmt sie einfach. Ihre Nähe. Ihre Fürsorge. Ihr Mitleid vielleicht. Rita weiß noch nicht, was es ist.

Bachmair liegt in ihren Armen wie ein Kind. Er zeigt sich ihr völlig nackt. Hilflos ist er. Er bedroht sie nicht, liegt einfach nur da.

Rita kann hören, wie er atmet. Ganz leise schluchzt er. Bachmair weint.

Ein erwachsener Mann. In seiner Stimme liegt ein Zittern.

Sie kann nicht glauben, was er sagt.

Ich möchte, dass du heute Nacht hierbleibst.
Und ich möchte, dass du mit deiner Hand über meinen
Kopf streichst.

Dann ist es wieder still.

Nur dieses leise Wimmern ist zu hören. Eine Minute lang oder zwei.

Dann streichelt sie ihn. Denkt nicht mehr nach.

Siehst du das Bild, fragt er.

Rita schaut sich im Zimmer um.

Eine weitere Tür auf ihrer linken Seite, ansonsten leere Wände und ein Bild. Es hängt ihr gegenüber in einem schlichten Holzrahmen. Eine Zeichnung, schwarz und weiß, mit Kohle gemalt vielleicht. Eine Mutter mit Kind. Es ist düster. Rita mag es nicht. Sie mag gar nichts in diesem Raum. Sie sollte eigentlich gar nicht hier sein, sie sollte gehen. Ihn bitten, die Tür wieder zu öffnen und damit aufzuhören.

Doch er kommt ihr zuvor.

Flüstert erneut.

Ich möchte, dass du mich genau so festhältst, wie sie
es tut.
Die Frau auf dem Bild und das Kind.
Du sollst es genau so machen wie sie.

Bachmair schaut nicht hin. Wahrscheinlich kennt er dieses Bild auswendig, jeden Strich. Er weiß, was Rita sieht. Und er hat sich bereits genau so an sie geschmiegt, wie es das Kind auf dem Bild tut.

Dieselbe Haltung, der Kopf an derselben Stelle der Brust.

Seine geschlossenen Augen.

Bachmair flüstert weiter.

Einzelne Sätze.

Pausen dazwischen.

Das ist mein Kinderzimmer von damals.

Es hat genau so ausgesehen, ich habe es nachbauen lassen.

Auch das Bild hing genau an derselben Stelle.

Es ist wertvoll, hat Mama gesagt. Und dass ich darauf aufpassen soll.

Opa hat es aus dem Krieg mitgebracht, hat sie gesagt.

Stundenlang habe ich es mir angesehen. Weil ich mich danach gesehnt habe.

Dass sie mich einmal so hält.

Ein einziges Mal nur.

Rita versteht nicht, was er da redet. Sie will es auch nicht, das geht sie nichts an. Seine Kindheit, seine Wunden. Sie hat ihre eigenen.

Was zur Hölle mache ich hier, denkt sie.

Ich vertraue dir, sagt er.

Rita streichelt ihn noch einmal.

Und sie schaut auf die Päckchen, die am Boden liegen.

Rita erinnert sich an den Moment, in dem sie sich entschieden hat, den Karton mit nach Hause zu nehmen. An den Moment, in dem Aaron sie zum ersten Mal geküsst hat. Sie erinnert sich daran, wie Bachmair mit dem Aschenbecher auf den Kopf des Albaners eingeschlagen hat. Daran, wie sie gemeinsam die Leiche über die Brüstung geworfen haben. Sie sieht das Blut vor sich. Kamals kaputtes Gesicht. Ob Rita will oder nicht, die Bilder bleiben. Haften an ihr. Egal ob sie die Augen geschlossen hat oder offen. Der Alptraum geht weiter. Ein Horrorfilm. Rita in der Hauptrolle. Immer noch liegt ihre Hand auf Bachmairs Kopf. Ganz leicht bewegen sich ihre Finger, fast zärtlich ist sie. Weil diese Stimme in ihr sagt, dass sie auf keinen Fall damit aufhören darf. Sie muss ihn in Sicherheit wiegen, ihm das Gefühl geben, dass sie es gerne tut. Er darf sich nicht gegen sie stellen, er hat sich entschieden, ihr zu vertrauen. Er wird ihr nicht wehtun.

Wenn sie liegen bleibt, wird ihr nichts passieren. Sie wird einen Weg finden, aus dieser Sache heil herauszukommen. Sie wird nichts überstürzen, sie wird nachdenken. Sie wird mit Gerda über alles reden, wenn sie wieder zu Hause ist. Gerda wird ihr sagen, was sie tun soll, sie wird Rita gut zureden, ihr die Angst nehmen, die in ihr herumkriecht wie ein schleimiges Tier, das sich in sie hineinfrisst.

Rita spürt es. Sie weiß, dass sie keine andere Wahl hat, dass es das Beste ist, wenn sie ihm weiter zuhört. Nichts tut. Außer ihn zu trösten.

Bachmair wird sich beruhigen. Er wird mit diesem Irrsinn

aufhören und sie gehen lassen. Wenn sie jetzt weiter die Verständnisvolle spielt, wird es bald vorbei sein. Wenn sie mit ihm über dieses Bild spricht, das ihm so wichtig ist. Deshalb wird sie ihn einfach in ein Gespräch verwickeln.

Sich ablenken von ihrer Angst.

Wer hat das gemalt, fragt sie.
Es ist ein Van Gogh, sagt er.

Rita staunt, fragt, ob es wertvoll ist.
Sehr wertvoll, sagt er.
Kurz schweigt er.
Dann holt er aus.

Das ist das Einzige, das mir je etwas bedeutet hat.
Mutter und Kind, so heißt es.
Mein Schatz.
Ein Bild, das wir gar nicht besitzen dürften.
Irgendwelchen Juden hat es gehört früher.
Gierigen dreckigen Juden.
Als ich zwölf war, wollten sie es mir wegnehmen.
Aber wir haben es ihnen nicht zurückgegeben.
Es ist mein Bild, verstehst du.
Es hat mich getröstet, wenn ich allein in meinem Bett gelegen bin.
Wenn ich darauf gewartet habe, dass sie zu mir kommt.
Mir einen Gutennachtkuss gibt.
Liebevoll auf meine Stirn.
Aber sie kam nicht.
Kein Gutenachtkuss.

Nie.
Deshalb will ich einen von dir.
Gib du mir einen.
Bitte.

Rita rührt sich nicht.
Sie will nicht glauben, was sie hört. Was er sagt.
Trotzdem weiß sie, dass er es ernst meint.
Ich habe schon Schlimmeres gefickt.
Sie erinnert sich daran, was er gesagt hat, als sie zum ersten Mal bei ihm war. Sie stellt sich vor, was er noch mit ihr machen wird in dieser Nacht. Sie überlegt sich, wie sie sich wehren kann, wenn er sie angreift. Sie verflucht sich dafür, sie hätte es wissen müssen, dass es genau darauf hinauslaufen würde. Naiv und dumm kommt sie sich vor.
Sie rechnet jetzt mit allem, spannt ihre Muskeln an, sie wird es ihm nicht leichtmachen. Egal was er vorhat. Sie wird kratzen und beißen und schreien. Sie nimmt die Hand von seinem Kopf.
Sie hört ihn.
Nur einen Gutenachtkuss.
Immer noch schmiegt er sich an sie.
Jetzt mach schon, sagt er.
Rita hält die Luft an.
Dann atmet sie aus und trifft eine Entscheidung.
Sie weiß, dass sie keine andere Wahl hat.
Weil er ein kaltblütiger Mörder ist und sie in der Hand hat.
Weil er dafür sorgen kann, dass sie im Gefängnis landet.
Deshalb wird sie tun, was er von ihr verlangt.
Es gibt nur eine Möglichkeit, ihn ruhig zu stellen.

Nur eine einzige in diesem Moment.

Bitte, hört sie ihn flehen.

Dann presst sie ihre Lippen auf seine Stirn.

Völlig abartig ist es.

Aber sie tut es.

Sie stellt sich vor, Theo zu küssen.

Träum etwas Schönes, sagt sie.

Mami ist für dich da.

Wieder stellt sie sich vor, eine andere zu sein.

Sie rettet vielleicht ihr Leben mit diesem Kuss auf seine Stirn.

Sie denkt nicht mehr darüber nach. Es ist der einzige Weg.

Weil sie sieht, wie zerbrechlich und verletzlich er plötzlich ist.

Der Milliardär in ihrem Schoß. Fast tut er Rita leid.

Schlaf schön, mein Schatz.

Und wieder streichelt sie über seinen Kopf.

Danke, flüstert er.

Dann schließt er seine Augen und schläft ein.

Günther Wolf (64), Hausmeister

– Wie lange arbeiten Sie schon hier?
– Vierunddreißig Jahre. Aber demnächst gehe ich in Pension, mein Körper macht das nicht mehr lange mit. Ich habe es an den Bandscheiben. Diese Arbeit kann ganz schön anstrengend sein.
– Das glaube ich Ihnen. Man hat mir gesagt, dass Sie der gute Geist hier im Haus sind. Die Dame, mit der ich vorhin geredet habe, ist ganz ins Schwärmen gekommen.
– Schön, wenn die Leute etwas Gutes über mich sagen. Ich habe mich mein ganzes Leben lang bemüht, es allen rechtzumachen.
– Wenn Sie schon so lange hier arbeiten, dann kennen Sie doch bestimmt alle persönlich, oder?
– Natürlich. Manche von ihnen holen mich immer wieder mal auf einen Kaffee rein in die Wohnung, man plaudert, Sie wissen ja, wie das ist.
– Und Sie wissen auch, worüber ich mit Ihnen reden möchte, oder?
– Rita Dalek, ja. Ein großes Unglück ist das. So eine nette Frau war das, in all den Jahren hat es nie etwas gegeben. Im Gegenteil, sie hat geholfen, wann immer sie konnte. Sie hat den Müll aufgehoben, wenn irgendwo etwas herumlag, sie hat Ordnung im Fahrradraum gemacht. Und sie

hat sich um die ältere Dame aus dem dritten Stock gekümmert, Rita war ein guter Mensch.

– Können Sie sich vorstellen, dass jemand aus dem Haus sie umgebracht hat?

– Für die Leute hier lege ich die Hand ins Feuer.

– Auch für Rita Daleks Ehemann?

– Aber natürlich. Manfred hat zwar sein Leben nicht mehr im Griff, aber er würde doch nicht seine Frau umbringen.

– Wenn Sie das sagen, dann wird es wohl so sein.

– Für mich ist völlig klar, wer das getan hat. Diejenigen, die meine Fassade vollgeschmiert haben, haben auch Rita umgebracht. Man hat ihr gedroht, und ein paar Tage später hat man sie umgebracht.

– Ich dachte, das waren ein paar harmlose Graffitis. Kommt ja immer wieder mal vor in der Gegend, oder?

– Harmlos? Rita würde bestimmt noch leben, wenn die Polizei die Sache damals ernster genommen hätte.

– So etwas Ähnliches habe ich kürzlich schon einmal gehört. Aber bitte glauben Sie mir, wir alle geben unser Bestes. Ich habe mir die Protokolle der Kollegen durchgelesen. Offiziell war es am Ende tatsächlich nichts weiter als Sachbeschädigung. Niemand hat daran geglaubt, dass es sich um eine ernstgemeinte Todesdrohung handelt. Nicht einmal Rita Dalek selbst.

– Wie meinen Sie das?

– Die Kollegen haben natürlich mit ihr gesprochen. Aber sie hat vehement darauf bestanden, dass wir in dieser Sache nichts weiter unternehmen sollen.

– Oh, das wusste ich nicht. Ich hatte ihr zu einer Anzeige geraten. Dass sie sich dagegen entschieden hat, habe ich nicht mitbekommen. Bitte verzeihen Sie, ich wollte Sie in keiner Weise beschuldigen, etwas falsch gemacht zu haben.

– Ist schon in Ordnung. Frau Dalek hat ausgesagt, dass es Jugendliche aus der Nachbarschaft gewesen seien, die sich hier regelmäßig herumtreiben und randalieren.

– Hier treiben sich keine Jugendlichen herum. Niemand randaliert hier.

– Trotzdem mussten die Kollegen aufgrund von Frau Daleks Aussage von einem Vandalenakt ausgehen. Die Sache ist im Sand verlaufen, ich habe erst davon erfahren, als Frau Dalek bereits tot war.

– Aber die Schmierereien waren nicht nur an der Außenfassade, sie waren auch im Treppenhaus, im Lift und an Ritas Wohnzimmerwand.

– Ich weiß.

– Gewöhnliche Sprayer brechen doch nicht ein, um im elften Stock Drohungen gegen eine unbescholtene Frau zu hinterlassen. Jemand hat sich gewaltsam Zutritt zu ihrer Wohnung verschafft, das ist doch mehr als ungewöhnlich, oder?

– Sie haben recht. Wir hätten in dieser Sache weiter ermitteln und eingehender mit allen Beteiligten sprechen müssen, dann hätten wir vielleicht auch verstanden, wie das alles zusammenhängt. Wahrscheinlich hätten wir tatsächlich das Schlimmste verhindern können.

– Stimmt es, dass einer von Ritas Kollegen fast totgeprügelt wurde?

– Ja, leider.

– Aber wer macht so etwas?

– Ich bin mir noch nicht ganz sicher. Ich weiß nur, dass sich Rita Dalek definitiv mit den falschen Leuten eingelassen hat.

– Vielleicht ist es aber auch meine Schuld.

– Wie kommen Sie darauf?

– Ich hätte es melden müssen.

– Was hätten Sie melden müssen?

– Den ersten Einbruch. Wenn ich darauf bestanden hätte, dass die Polizei kommt, hätte man sie vielleicht beschützen können.

– Es war schon einmal eingebrochen worden? Wann? Und woher wussten Sie davon?

– Ein oder zwei Wochen vorher. Rita hat mich gebeten, das Schloss zu reparieren. Ich habe damals versucht, sie zu überreden es zu melden, aber das wollte sie nicht. Es sei nichts gestohlen worden, hat sie gesagt. Sie wollte einfach nur, dass alles repariert wird, bevor Manfred aus der Schweiz zurückkommt. Sie wollte ihn nicht beunruhigen, Manfred sollte nichts von alldem mitbekommen. Auch von den Schmierereien nicht.

– Warum nicht?

– Weil er wahrscheinlich wieder die Fassung verloren hätte.

– Wieder?

– Verzeihen Sie mir, dass ich es so deutlich sage, aber dieser Mann hat ihr nicht gutgetan. Er war ein fürchterlicher Klotz am Bein. Rita hat bis zum Umfallen gearbeitet, und er hat das ganze Geld verspielt. Er hätte sie eigentlich auf Händen tragen müssen.

– Hat er aber nicht?

– Nein.

– Er hat öfters die Fassung verloren?
– Ja.
– Er hat sie auch geschlagen, wie ich gehört habe.
– Das weiß ich nicht. Ich habe nur mitbekommen, dass er oft laut geworden ist. Das hat man im ganzen Haus gehört. Rita hat mir leidgetan. Als das mit den Graffitis war, hat sie mich gebeten, ihr zu helfen, die Wand zu streichen. Sie wollte nicht, dass Manfred sich Sorgen macht, er sollte auf keinen Fall merken, dass jemand in der Wohnung war, sie wollte es unbedingt vor ihm verbergen. Mir kam es fast so vor, als hätte sie mehr Angst vor ihm gehabt als vor den Schweinen, die ihr gedroht haben.
– Das klingt bitter.
– War es auch. Deshalb habe ich mich auch gefreut, als ich erfahren habe, dass sie ihn rausgeworfen hat. Das war längst überfällig.
– Haben Sie Manfred wiedergesehen?
– Bei der Beerdigung. Dann nicht mehr.
– Und diese Nachbarin, von der Sie erzählt haben? Die Frau, für die Rita Dalek gekocht hat? Können Sie mir etwas über sie erzählen?
– Ach, das ist noch so eine tragische Geschichte. Gerda, das heißt, Gerda Danner und Rita waren befreundet. Ich glaube, die beiden haben sich sehr gemocht.
– Sie sprachen von einer tragischen Geschichte?
– Gerda war Richterin früher. Und kurz bevor sie in den Ruhestand ging, hat sie dann Krebs bekommen. Eine verteufelte Ungerechtigkeit ist das. Dass auch sie nicht mehr lange leben wird.
– Wissen Sie Genaueres?

– Gerda macht kein Geheimnis aus ihrer Krankheit. Auch nicht daraus, dass es bald zu Ende gehen wird. Ihre Ärzte geben ihr vielleicht noch ein halbes Jahr. Sie hat es mir erzählt, bevor sie verreist ist. Sie will sich noch ein paar Wünsche erfüllen, Dinge sehen, die sie immer sehen wollte, irgendwo am Meer einschlafen und nicht mehr aufwachen, das hat sie gesagt. Manche Menschen haben wirklich kein Glück.

– Stimmt. Können Sie mir noch sagen, wann genau Frau Danner verreist ist?

– Das war kurz nach Ritas Tod. Das alles hat sie sehr mitgenommen. Ihre Tochter sagt, dass Gerda völlig zusammengebrochen ist. Nicht einmal aufs Begräbnis konnte sie gehen.

– Wissen Sie, wo ich die Tochter von Frau Danner erreichen kann?

– Oben im dritten Stock. Sie wohnt in der Wohnung der Richterin, solange sie weg ist. Sie heißt Agnes.

– Haben Sie eine Idee, wann ich sie am besten antreffen kann?

– Jetzt. Ich habe sie vorhin im Treppenhaus gesehen.

– Das trifft sich ja wunderbar.

– Finden Sie denjenigen, der das getan hat.

– Das werde ich.

Eine Nachricht ganz für sie allein.

Von Weitem kann Rita lesen, was da steht. Mit rotem Lackspray haben sie es für sie an die Wand geschrieben. In Großbuchstaben eine Nachricht für die Supermarktverkäuferin aus dem elften Stock.

STIRB RITA

Es ist eine Warnung. Ab jetzt muss Rita jeden Augenblick damit rechnen, dass es vorbei sein kann. Rita spürt es. Angst überrollt sie, als sie nach dieser Nacht mit dem Psychopathen nach Hause kommt. Aus Bachmairs Keller direkt in die nächste Hölle. Panik packt sie, während sie das Haus betritt. Während sie mit dem Aufzug nach oben fährt. Ihre Wohnungstür öffnet. Überall diese Schmierereien, auch an der Wand in ihrem Wohnzimmer. Sie sieht es. Hört es. Wie der tote Albaner sie anschreit. Und wie die anderen Albaner, die nach ihm gesucht haben, ihr zuflüstern.

Was hast du mit unserem Freund gemacht, Rita Dalek?
Er war bei dir, und er ist nicht zurückgekommen.
Wir wissen, was du getan hast.
Du hast dir etwas genommen, das dir nicht gehört.
Und dafür wirst du sterben, Rita Dalek.
Bald schon.

STIRB RITA

Immer wieder liest sie die neun Buchstaben. Die Drohung der Albaner zieht sich wie eine Spur durch das Haus bis in ihre Wohnung. Dorthin, wo sie bis vor Kurzem noch sicher war. Das ist das Ende. Rita will weglaufen. Sich verstecken. Doch sie weiß nicht, wohin. Alles wird immer noch schlimmer, es gibt keinen Ausweg mehr. Oder doch? Fieberhaft überlegt sie, was sie tun kann. Wohin sie verschwinden soll. Sie muss sich in Sicherheit bringen, so schnell wie möglich reagieren. Sie muss die Graffitis von der Wand löschen, sie wird den Hausmeister darum bitten, ihr zu helfen. Sie werden es mit weißer Farbe übermalen. Ihr Todesurteil. Auch wenn sie weiß, dass es sinnlos ist.

STIRB RITA

In ihrem Kopf überschlägt sich alles. In Gedanken spult sie noch einmal alles ab, was seit gestern Abend passiert ist. Da ist Bachmair, der sie zu sich gebeten hat. Das Kokain, das sie in die Tasche gepackt hat. Sein Kinderzimmer im Keller. Sie erinnert sich daran, wie sie beide eingeschlafen sind. Obwohl sie es nicht wollte, friedlich nebeneinander in Sicherheit. Vielleicht war es Schicksal. Vielleicht sogar ein Wunder. Dass sie nicht zu Hause war. Dass sie in Bachmairs Bunker seine Haare gestreichelt hat, während die Albaner in ihrer Wohnung wüteten. Völlig absurd ist das Ganze. Sie hatte in seinem Kinderbett Angst um ihr Leben, als die Albaner gekommen sind, um sie totzuprügeln.

STIRB RITA

Sie möchte wieder weinen.

Doch sie zwingt sich zu einem Lächeln.

Weil sie dankbar dafür ist, dass sie noch atmet.

Weil sie weiß, dass sie bereits tot sein könnte.

Wenn Bachmair nicht darauf bestanden hätte, dass sie die Nacht über bei ihm bleibt, wäre alles anders gekommen. Der Wahnsinn, der ihn antreibt, hat sie gerettet. Darüber muss sie fast lachen.

Bachmair hat ihr nichts getan.

Er hat sie geweckt am frühen Morgen. Dankbar und freundlich.

Du hast mich sehr glücklich gemacht, hat er gesagt.

Dann ist er aufgestanden, hat einen großen braunen Teddybären aus einem Regal genommen und ihm den Bauch aufgeschnitten.

Hier ist das Zeug in Sicherheit, hat er gesagt.

Er hat geschmunzelt und ein Päckchen nach dem anderen darin verschwinden lassen. Er hat ein Lied gesummt und das Kokain, das sie ihm mitgebracht hat, in den Bauch des Bären gestopft.

Teddy passt darauf auf, hat er gesagt.

Dann hat er Rita vor sich her aus dem Kinderzimmer geschoben und den Bunker wieder verriegelt. Er hat sie in die Tiefgarage gebracht und dem Fahrer gesagt, dass er sie nach Hause bringen soll.

Beschwingt und ausgelassen war er.

Freu dich auf heute Abend, Rita.
Party. Zwanzig Uhr. Hier bei mir.
Ich erwarte, dass du pünktlich bist.
Mach dich hübsch, meine Liebe.

Er hat ihr zugezwinkert.
Und Rita zwinkerte zurück.
Blauäugig. Weil sie sich darüber freute, dass Bachmair sie zu einer seiner legendären Partys einlud. Sie dachte, dass das Spiel einfach weitergeht, dass sie wahrscheinlich auch Aaron wiedersehen würde. Das Schöne, das sich still und heimlich in ihr Leben geschlichen hat. Vor einer Stunde noch glaubte sie daran.
Jetzt nicht mehr.
Trotzdem wünscht sie sich, dass er kommt.
Aus Verzweiflung heraus. Aus Angst. Wie gerne hätte sie ihn jetzt angerufen. Ihn um Hilfe gebeten. Ihm erzählt, wie diese neun Buchstaben an ihre Wohnzimmerwand gekommen sind. Was sie getan hat. Und wer Bachmair wirklich ist. Wozu er fähig ist. Sie möchte, dass Aaron sie beschützt vor diesem Irrsinn. Sie möchte ihm alles sagen. Wer sie wirklich ist. Ihm beichten, dass sie in einem Supermarkt altes Obst und Gemüse aussortiert.
Aber das geht nicht.

Martinek wird dich fallen lassen, hat Bachmair gesagt.
Wenn er erfährt, wer du wirklich bist.
Er wird sich nicht an dir die Finger verbrennen, glaub mir.
Für eine kleine Verkäuferin wird er seine Frau nie verlassen.
Vergiss es, Rita.

Bachmair war deutlich.

Und Rita weiß, dass er recht hat.

Sie kann Aaron nicht anrufen. Er würde sie nicht mehr sehen wollen, wenn er wüsste, dass sie ihn belogen, dass sie ihm nur etwas vorgespielt hat. Ganz egal ob sie sich in ihn verliebt hat. Oder er sich in sie. Er würde sich von ihr abwenden, wenn sie ihm die Wahrheit sagen würde.

Außerdem würde sie ihn in Gefahr bringen.

Er würde mit ihr untergehen.

Ihr das niemals verzeihen.

Rita hat keine Wahl.

Sie muss alleine damit zurechtkommen.

Mit den Graffitis.

Und mit diesem Zettel auf dem Küchentisch.

Eine weitere Nachricht, die die Albaner für sie hinterlassen haben.

Eine endgültige Klarstellung.

Wieder und wieder liest sie, was da steht.

Nur drei Zeilen sind es.

Was sie tun muss, um zu überleben.

Rita hört, wie die Uhr tickt.

Sie hat drei Tage, um alles rückgängig zu machen.

Sonst stirbt sie.

Drei Tage nur.

Tick. Tack.

Agnes Danner (41), Biologin

- Polizei?
- Ja. Der überaus freundliche Hausmeister hat mir gesagt, dass ich Sie hier finde.
- Ja, ich wohne vorübergehend hier.
- Ich würde mich sehr gerne mit Ihnen über Ihre Mutter unterhalten.
- Geht es ihr gut? Ist was mit ihr? Ist ihr etwas zugestoßen?
- Nein, nein. Ich komme nicht mit schlechten Nachrichten, Sie müssen sich keine Sorgen machen. Ich möchte mich nur ein bisschen mit ihnen unterhalten. Es wäre schön, wenn Sie sich kurz für mich Zeit nehmen könnten.
- Na dann, kommen Sie mal rein, ich kann uns eine schöne Tasse Kaffee machen.
- Sehr freundlich von Ihnen.
- Was wollen Sie denn wissen?
- Es geht um das Verhältnis Ihrer Mutter zu Rita Dalek. Die Frau aus dem elften Stock, die umgebracht wurde.
- Ich weiß, wer Rita Dalek ist.
- Und?
- Glauben Sie mir, ich hätte gerne darauf verzichtet, diese Frau kennenzulernen.
- Was ist passiert?
- Meine Mutter ist völlig zusammengebrochen nach dem

Mord. Sie hat mich angerufen und mich gebeten zu kommen. Das hat sie alles sehr mitgenommen. Sie wissen ja wahrscheinlich, dass meine Mutter unheilbar krank ist und nicht mehr lange zu leben hat. Jede zusätzliche Aufregung ist Gift für sie.

– Wo ist Ihre Mutter jetzt?

– Sie treibt sich irgendwo in Südamerika herum. Völlig verrückt ist das. In ihrem Zustand ist das lebensgefährlich.

– Südamerika?

– Ich weiß nicht, warum sie das macht. Sie sollte hier bei mir sein, ich habe mir extra eine berufliche Auszeit genommen, um die letzten Monate bei ihr zu sein. Aber nein, meine Mutter bildet sich ein, dass sie plötzlich eine Reise machen muss. Ich bin mir sicher, dass Rita Dalek ihr das eingeredet hat.

– Man hat mir erzählt, dass die beiden gut befreundet waren.

– Rita hat für sie eingekauft und gekocht, daraus hat sich wohl so etwas wie eine Freundschaft entwickelt. Aber sie hat meiner Mutter nicht gutgetan. Rita hat sich mit Verbrechern eingelassen und meine Mutter in die ganze Sache mit hineingezogen. Unverantwortlich, ihr das anzutun.

– Sie wissen also von dem Kokain?

– Natürlich weiß ich davon. Die beiden haben es mir erzählt. Seelenruhig sind sie hier am Tisch gesessen und haben sich darüber ausgelassen. Sie haben darüber geredet, als wäre es völlig normal, was sie getan haben. So als hätten sie Kaugummis geklaut.

– Was genau haben sie erzählt?

– Rita hat im Supermarkt Drogen gefunden und mit nach Hause genommen. Ich verstehe immer noch nicht, wie man so unfassbar dumm sein kann. Weiß doch jedes Kind, dass das nicht gut ausgehen kann, wenn man sich mit der Mafia anlegt. Ich frage mich, was sich diese Frau dabei gedacht hat. Dass diese Leute sie einfach ungestraft davonkommen lassen? Dass sie das Zeug verkaufen und ein neues Leben anfangen kann? Rita hatte den Verstand verloren, wenn Sie mich fragen. Und das Schlimmste daran war, dass sie meine Mutter in diesen ganzen Wahnsinn mit hineingezogen hat.

– Wie meinen Sie das?

– Sie musste das Kokain für diese Verrückte in ihrer Vorratskammer verstecken. Ich weiß wirklich nicht, was in sie gefahren ist, warum sie das getan hat, nicht einfach Nein gesagt hat. Rita hat meine Mutter ausgenutzt, sie in Gefahr gebracht. Wenn diese Verbrecher herausgefunden hätten, dass die Drogen bei ihr sind, wäre sie jetzt wahrscheinlich ebenfalls tot.

– Sie glauben also auch, dass Rita Dalek von der Albanermafia umgebracht wurde?

– Daran hat doch kein Mensch einen Zweifel, oder?

– Nun ja. Wir sind zunächst ebenfalls davon ausgegangen, aber es gibt da noch eine ganze Reihe anderer Personen, die als Täter infrage kommen.

– Sie meinen diesen Bachmair, oder?

– Er steht genauso auf meiner Liste wie Rita Daleks Mann und der Staatsanwalt, mit dem sie eine Affäre hatte.

– Das ist doch Unsinn. Meine Mutter sagt, dass ihr Mann Alkoholiker ist, ein armer Tropf. Der hätte es doch niemals zustande gebracht, seine Frau abzufackeln. Da ist sich meine Mutter ganz sicher.

- Auch das habe ich schon von anderen gehört.
- Und dieser Staatsanwalt, warum hätte er so etwas tun sollen?
- Vielleicht um die Affäre zu vertuschen.
- Ich kenne mich ja in Ihrer blutigen Welt nicht aus, aber für mich war das eine Hinrichtung. Sie hat nicht getan, was von ihr verlangt wurde, und deshalb musste sie sterben. So einfach ist das.
- Ich glaube nicht daran. Irgendetwas sagt mir, dass da mehr dahintersteckt. Es gibt zu viele offene Fragen, Rita Dalek hat zu viele Dinge getan, die mir Rätsel aufgeben.
- Zum Beispiel?
- Sie hat von Anfang an gelogen, sie hat Theater gespielt, einige Leute ziemlich hinters Licht geführt. Und ich habe noch nicht ganz begriffen, was sie damit bezwecken wollte. Ich sehe den Plan hinter der ganzen Sache noch nicht.
- Es gab keinen Plan.
- Woher wissen Sie das?
- Alles, was Rita getan hat, haben sich die beiden Früchtchen hier in dieser Wohnung ausgedacht. Sie haben herumgesponnen, gemeinsam von einer rosigen Zukunft geträumt. Rita dachte, sie kommt damit durch, dass sie ihre Vergangenheit ausradiert. Wenn ich mich nicht so über diese Frau ärgern würde, müsste sie mir eigentlich leidtun.
- Warum?
- Sie wollte einfach für ein paar Wochen in ihrem Leben glücklich sein.
- Wer möchte das nicht?
- Genau. Aber die beiden haben ernsthaft geglaubt, dass es ihnen zusteht. Meine Mutter hat sich benommen wie ein

kleines Kind, sie war völlig neben der Spur, als ich hier angekommen bin.

– Erzählen Sie mir davon.

– Sie haben das Zeug selbst ausprobiert. Können Sie sich das vorstellen?

– Nicht so ganz.

– Die beiden haben das Kokain in Tee aufgelöst und getrunken, ich habe es selbst gesehen. Ich habe protestiert, aber die beiden haben nur gelacht. Wenn man nichts mehr zu verlieren hat, lebt es sich leichter, haben sie gesagt. Ich kann Ihnen gar nicht sagen, wie wütend ich war.

– Das kann ich verstehen.

– Meine Mutter ist siebzig. Sie hat sich von Rita dazu überreden lassen, Drogen zu nehmen. Völlig irrsinnig ist das, meine Mutter ist schließlich Richterin.

– Ich denke, Ihre Mutter hat nichts zu befürchten. Angesichts ihrer Krankheit wird wohl niemand darauf bestehen, sie wegen Drogenkonsums zu belangen.

– Auch nicht dafür, dass sie das Kokain hier versteckt hat?

– Glauben Sie mir, die Polizei hat anderes zu tun. Machen Sie sich darüber keine Sorgen. Ihre Mutter soll ihre letzten Monate in Ruhe genießen.

– Nein, sie soll endlich nach Hause kommen. Ich möchte mich von ihr verabschieden.

– Dazu werden Sie bestimmt noch Gelegenheit haben.

– Ich weiß eigentlich gar nicht, warum ich Ihnen das alles erzähle.

– Vielleicht weil Sie ein ehrlicher Mensch sind.

– Ich bemühe mich.

– Dann darf ich Sie vielleicht noch etwas fragen?

– Was immer Sie wollen.

– Wissen Sie auch etwas über den toten Albaner?

– Welchen toten Albaner?

– Die beiden haben nicht mit Ihnen darüber gesprochen?

– Muss ich mir Sorgen machen?

– Nein. Das hat nichts mit Ihnen zu tun, entspannen Sie sich. Schön, dass Sie so offen waren. Und grüßen Sie mir Ihre Mutter, wenn Sie etwas von ihr hören. Ich würde sehr gerne mit ihr reden, wenn sie wieder hier ist. Sie kannte Rita Dalek wohl am besten.

– Ich werde es ihr ausrichten.

– Seien Sie stolz auf Ihre Mutter, sie scheint mir eine besondere Frau zu sein. Sehr mutig auf alle Fälle.

– Falsch. Meine Mutter ist nicht mutig. Sie ist einfach nur dumm. Sie sitzt irgendwo in Südamerika und stirbt vielleicht gerade. Sie schreibt mir nicht, sie ist nicht erreichbar, sie hat Spaß auf ihrer beschissenen Reise, und ich vergehe hier vor Sorge.

– Ihrer Mutter geht es bestimmt gut.

– Das ist lieb von Ihnen. Aber die Wahrheit ist, dass ich sie wahrscheinlich nie wiedersehen werde. Damit muss ich mich wohl abfinden, so ist dieses beschissene Leben nun mal.

– Es tut mir sehr leid für Sie.

– Ihr kann ich nicht mehr helfen. Aber Ihnen, so wie es aussieht.

– Wie meinen Sie das?

– Für mich hat das keine Bedeutung. Deshalb möchte ich Ihnen etwas geben. Meine Mutter hat es in ihrer Schmuckschatulle aufbewahrt. Klein zusammengefaltet. Sie hat es vor mir versteckt. Warten Sie einen Moment, ich hole es.

– Da bin ich jetzt aber neugierig.

– An dem Tag, an dem ich hier angekommen bin, ist Rita damit zu meiner Mutter gekommen. Völlig aufgelöst war sie. Bei ihr wäre eingebrochen worden, hat sie gesagt. Ich habe die beiden belauscht.

– Worüber haben sie geredet?

– Hier, schauen Sie selbst. Das ist eine Nachricht von den Albanern. Wenn Sie lesen, was auf dem Zettel steht, können Sie Feierabend machen und die Sache abschließen.

– Was steht denn auf dem Zettel?

– Lesen Sie selbst.

– Wow.

– Genau drei Tage, nachdem sie diese Nachricht bekommen hat, wurde sie umgebracht.

– Das hilft mir in der Tat sehr weiter. Ich muss den Zettel mitnehmen. Haben Sie eine kleine Plastiktüte für mich? Vielleicht finden wir ja noch irgendwelche Spuren.

– Glauben Sie jetzt endlich an die Schuld der Albaner?

– Was Sie mir gerade offenbart haben, verändert so einiges, ja.

– Freut mich, dass sich Ihnen helfen konnte.

– Was halten Sie von einem Bier?

– Ich soll mit Ihnen Bier trinken gehen?

– Das wäre schön. Ich bin mir sicher, dass ich noch das eine oder andere von Ihnen erfahren werde.

– Sie sind sehr selbstbewusst.

– Ich bin Polizist. Trotzdem habe ich aber auch ein Privatleben.

– Und das bedeutet?
– Vielleicht ist es ja Schicksal, dass ich an Ihre Tür geklopft habe? Vielleicht ist es ja unsere Bestimmung, dass wir in der Kneipe weiterreden sollen?
– Klingt ein bisschen esoterisch alles. Ist nicht so mein Ding.
– Sie kommen aber trotzdem mit?
– Ja. Sie gefallen mir. Außerdem kann es nie schaden, sich mit einem Polizisten gut zu stellen, richtig?
– Richtig.

Wie aus dem Nichts ist sie gekommen.

Plötzlich steht sie vor ihnen. Die Tür muss offen gewesen sein. Rita und Gerda haben nicht gehört, wie Agnes die Wohnung betreten hat. Gerda wusste nichts von den Plänen ihrer Tochter, zu keiner Sekunde hat sie damit gerechnet, dass sie einfach ohne Vorankündigung hier auftauchen würde.

Lasst euch nicht stören, sagt Agnes und setzt sich.

Mit offenem Mund starrt Gerda ihre Tochter an.

Rita und Gerda wissen nicht, seit wann Agnes schon in der Wohnung ist, wie lange sie ihrem Gespräch schon folgt, ob sie mitbekommen hat, wie Rita verzweifelt erzählt hat, was in Bachmairs Haus passiert ist. Was er mit Rita gemacht hat. Und welche böse Überraschung auf sie gewartet hat, als sie nach der Arbeit nach Hause gekommen ist. Sie wissen nicht, ob Agnes gehört hat, wie Rita ihrer Freundin die Nachricht vorgelesen hat, die die Albaner für sie auf dem Küchentisch hinterlassen haben.

DU HAST GENAU DREI TAGE ZEIT.
ZWEI MILLIONEN. BEZAHL DEINE SCHULDEN.
ODER DU STIRBST.

Rita hatte Angst. Und Gerda hat versucht, ihr die Angst zu nehmen. Sie hat überlegt, die Drogen einfach wieder aus dem Bauch des Teddybären herauszuholen. Sie Bachmair wieder abzunehmen. Über fünfeinhalb Kilogramm Kokain hat

Gerda geredet, während ihre Tochter wahrscheinlich schon im Nebenraum war.

Agnes.

Eine hübsche Frau Mitte vierzig.

Sie lächelt ihre Mutter an.

Stellt keine Fragen.

Rita hat sie noch nie vorher gesehen, Gerda hat nicht viel über sie erzählt. Nur dass sie in England lebt, dort an einer Universität arbeitet. Dass sie kaum Kontakt hatten in den letzten Jahren. Die Beziehung sei immer schwierig gewesen, hat Gerda gesagt. Trotzdem ist ihre Tochter jetzt da. Sie sorgt sich, will in den letzten Wochen noch bei ihrer Mutter sein. Frieden schließen vielleicht, Vergangenes vergangen sein lassen.

Agnes Danner.

Es ist ein Wiedersehen, das sich leicht absurd gestaltet. Agnes tut so, als wäre es das Selbstverständlichste auf der Welt, dass sie nach dem Schinken fragt, den sie immer so gerne gegessen hat. Sie gibt ihrer Mutter einen Kuss auf die Stirn, geht zum Kühlschrank und bedient sich.

Gerda freut sich.

Gewöhnt sich schnell an den Gedanken, dass Agnes wieder da ist.

Sie erinnert sich daran, wie es war, Mutter zu sein. Weit zurück liegt das alles. Und trotzdem ist es in diesem Moment so, als wäre Agnes nie weg gewesen. Sie solle es sich schmecken lassen, sagt Gerda.

Dann stellt sie Rita vor.

Das hier ist eine gute Freundin von mir.
Rita kümmert sich um mich.
Wir beide haben viel Spaß miteinander.
Das freut mich, sagt Agnes.

Und Rita schweigt.
Kurz verschwindet alles, was eben noch unüberwindbar und bedrohlich war. Agnes redet über England. Darüber, dass sie genug hat von London. Dass sie nicht mehr kann. Nicht mehr dort leben will, nicht mehr mit dem Mann, den sie fünfzehn Jahre lang geliebt hat. Über ihre Arbeit spricht sie, über den Job, den sie gekündigt hat, über die Jahre, in denen sie ihre Mutter kaum gesehen hat. Sie spricht immer weiter, hört nicht auf. Erst nach einer halben Stunde gesteht Agnes ihrer Mutter, warum sie wirklich hier ist.

Ich möchte hier sein, wenn du stirbst, sagt sie.
Schön, dass du da bist, sagt Gerda.

Sie beugt sich zu ihrer Tochter und küsst sie auf die Stirn.
Rita macht die Augen zu.
Sie denkt an Bachmair.
Und sie denkt an ihre Wohnzimmerwand.
An den Hausmeister, der so schnell wie möglich alles übermalt hat, nachdem die Polizei verschwunden war.
Sie denkt an Manfred, während Agnes weitererzählt. Rita beschließt, ihn heute noch zu verlassen. Sie ist sich plötzlich ganz sicher. Sie wird ihm sagen, dass er gehen soll. Für immer.
Keinen Tag länger will sie mit ihm zusammen sein. Sich

fürchten vor dem Leben mit ihm. Keine Minute mehr will sie vergeuden. Die wenigen Tage, die sie noch hat, will sie ohne ihn verbringen. Keine einzige Nacht mehr will sie neben ihm liegen. Er wird nie wieder neben ihr aufwachen.

Das schwört sie sich.

Dann öffnet sie wieder ihre Augen.

Und hört, was Agnes sagt.

Ich werde hierbleiben, Mama.
Gut, mein Kind, antwortet Gerda.
Da gibt es aber einige Dinge, die du wissen solltest.

Gerda schaut Rita fragend an.

Darf ich es ihr erzählen, fragen ihre Augen.

Und Rita nickt.

Sie stellt Wasser auf, gießt Tee auf. Mit einem Löffel rührt sie Kokain hinein, und Gerda erzählt diese völlig verrückte Geschichte von den zwei Frauen, die davon träumten, noch einmal etwas Schönes zu erleben.

Eine Reise. Liebe vielleicht.

Agnes hört zu.

Sie erfährt, wie Rita mit dem Bananenkarton vor der Tür gestanden hat. Wie Rita mit dem Milliardär Bachmair in einem schönen Kleid auf der Party des Ministers Champagner getrunken hat. Gerda erzählt von den Drogen, die sie Bachmair gegeben haben. Von weiteren sechs Kilogramm in ihrer Vorratskammer. Dass ein Albaner in Ritas Schlafzimmer war und Bachmair ihn erschlagen hat. Gerda spricht über den Staatsanwalt, der Rita mit nach Paris genommen hat. Sie lässt nichts aus. Zeigt Agnes sogar diesen Zettel.

Ritas Todesurteil.

Dann ist es still.

Agnes überlegt.

Ich möchte auch etwas von diesem Tee, sagt sie.

Gerda und Rita nicken.

Dann trinken sie.

Alle drei.

Und sie lächeln.

Weil es plötzlich wieder keine Regeln mehr zu geben scheint. Sie werden sich verschwören, den Aufstand planen. Sie werden so tun, als würden sie es sein, die darüber entscheiden, wie die Geschichte enden wird. Die ganze Nacht lang werden sie reden, träumen, sich stark genug für alles fühlen.

Gerda, Rita. Und Agnes.

Doch vorher fährt Rita noch kurz hinauf in ihre Wohnung. Sie tut endlich, was sie schon vor vielen Jahren hätte tun sollen.

Sie sagt Manfred, dass er gehen soll.

Sie besteht darauf.

Jetzt sofort.

Sie überrascht ihn.

Schockiert ihn.

Er hält ihr ein Foto unter die Nase.

Fragt sie, warum sie im Abendkleid bei Bachmair war.

Dann eskaliert es.

Manfred tobt, er schlägt sie.

Er weigert sich zu gehen, aber Rita ignoriert seinen Widerspruch, sie setzt ihren betrunkenen Ehemann einfach vor die Tür. Nimmt ihm den Schlüssel weg. Sie hat keine Zeit mehr zu verlieren. Es gibt kein Zurück mehr. Rita packt Manfred ein paar Sachen in einen Koffer und schiebt ihn in Richtung Tür.

Du musst jetzt gehen, sagt sie.
Für immer, Manfred.

Sie sieht ihm dabei zu, wie er davontrottet.
Komm nicht zurück, sagt sie noch.
Dann geht sie wieder zurück zu Gerda und Agnes.
Manfred ist weg. Endlich. Für immer.
Nur noch drei Frauen sitzen am Küchentisch.
Drei Frauen, die beschließen, keine Angst mehr zu haben.
Sich von keiner Drohung mehr einschüchtern zu lassen.

Wir werden nicht klein beigeben, sagt Gerda.
So wie es aussieht, hängen wir jetzt alle mit drin, sagt Agnes.

Sie ist dabei. Obwohl Rita Agnes davon überzeugen will, sich das noch einmal zu überlegen. Sie soll nichts aufs Spiel setzen, sich nicht sinnloserweise in Gefahr bringen. Doch Agnes winkt ab. Sie will sich nicht heraushalten. Sie ist hier, weil sie mit ihrer Vergangenheit abgeschlossen hat. Weil sie neu anfangen will. Weil sie vom Leben in England genug hat. Weil sie auf der Suche ist. Mehr will. So wie die beiden anderen Frauen am Tisch.
Feige waren sie bis jetzt.
Nun sind sie es nicht mehr.
Drei Vertraute, die die ganze Nacht nach Lösungen suchen, nach Möglichkeiten, die Drogen zurückzubekommen, die in Bachmairs Teddybär stecken.

Frag ihn einfach danach, sagt Gerda.
Sag ihm, dass er sie dir wiedergeben muss, sagt Agnes.

Doch Rita wehrt ab. Sie weiß, dass Bachmair das niemals tun würde. Das Kokain ist der Preis dafür, dass er ihr geholfen hat. Das Kokain hat ihn besänftigt, die Kränkung ertragbar gemacht. So konnte er ihr verzeihen, dass sie mit Aaron in Paris war. Bachmair hat sich ihr sogar geöffnet, ihr den kleinen Jungen gezeigt, der in ihm wohnt. Der Psychopath hat geweint.
Doch seine Gier ist geblieben. Rita hat sie in seinen Augen gesehen, als das Kokain aus der Sporttasche auf den Boden fiel. Sie leuchtete, als er die Drogen in den Bauch des Bären stopfte. Er genoss es, die Päckchen in der Hand zu halten, fühlte sich mächtig und unverwundbar. Er hatte sich mit der Mafia angelegt und war als Sieger vom Platz gegangen.
Kein Gramm wird Rita von Bachmair zurückbekommen.

Das könnt ihr vergessen, sagt Rita.
Dann klauen wir das Zeug eben, sagt Agnes.
Meine Tochter war schon immer etwas unkonventionell, sagt Gerda.

Und sie erzählt von der kleinen Agnes, die beim Ladendiebstahl erwischt wurde, als sie zehn Jahre alt war. Gerda genießt es, in Erinnerungen zu schwelgen, sich an eine Zeit zu erinnern, in der das Verhältnis zu ihrer Tochter noch in Ordnung war. Bevor die Beziehung in die Brüche gegangen und Agnes davongelaufen ist.

Gerda schwärmt, sie hält das Gute hoch, verschweigt alles andere.

Agnes lächelt. Sie tut ihrer Mutter den Gefallen und erinnert sich mit ihr an die alten Geschichten.

Und zwischendurch immer wieder der Tee.

Gemeinsam malen sie sich die verschiedensten Szenarien aus. Immer irrsinniger werden ihre Pläne. In ihrer Vorstellung sind sie bewaffnet, sie stürmen Bachmairs Villa, sie zwingen ihn, seinen Bunker zu öffnen, sie fesseln ihn, lassen ihn weinend in seinem Kinderzimmer zurück. Mit dem Teddybären und der Vorratsdose rennen sie aus dem Haus. Glücklich wie Siegerinnen laufen sie nebeneinander durch Bachmairs Park. In ihrer Vorstellung scheint die Sonne.

Sie haben keine Geheimnisse voreinander. Sagen, was sie denken. Bis es hell wird, reden und lachen sie, sie legen sich nicht hin, die Müdigkeit vergeht, sobald sie neuen Tee aufgießen und noch mehr Kokain darin auflösen. Ein paar Schlucke, dann sind sie wieder hellwach. Gerda hat keine Schmerzen, Rita und Agnes haben keine Sorgen mehr.

Es könnte ewig so weitergehen, alle drei möchten dieses Gefühl nicht loslassen. Verbundenheit, Hilfsbereitschaft, sie schmieden einen Plan, und dann besiegeln sie ihn.

Wir werden weiterfeiern, sagt Rita.
Auf Bachmairs Party. Zwanzig Uhr.

Rita wird nicht allein dort auftauchen. Ihre Freundinnen werden sie begleiten. Sie werden gemeinsam in Bachmairs Haus auftauchen und einen Weg finden, dem Teddybären den Magen auszupumpen.

Irgendwie bekommen wir das hin, sagt Gerda.
*Außerdem will ich noch einmal richtig feiern, bevor ich
abtrete.*

Agnes lächelt. Und auch Rita.
Weil da so viel Lebensfreude in Gerda steckt. So viel Mut,
obwohl die kranke Frau sich kaum noch auf den Beinen halten kann.
Vor einer Stunde noch hat Agnes ihre Mutter dabei beobachtet, wie sie im Bad war, die Tür stand einen Spalt breit offen.
Im Spiegel sah sie Gerdas schmerzverzerrtes Gesicht und wie
sie sich zwei Morphiumtabletten auf die Zunge legte. Sie hat
es Rita erzählt, weil sie sich Sorgen gemacht hat. Kurz haben
die beiden daran gedacht, Gerda davon abzuhalten mitzukommen. Aber sie lassen es bleiben, weil sie wissen, wie viel
es Gerda bedeutet. Niemand kann sagen, wie lange sie noch
leben wird. Jeder Augenblick ist ein Geschenk. Das weiß
Rita. Das weiß Gerda. Und auch Agnes.
Dann lasst uns das durchziehen, sagt sie.
Rita und Gerda nicken nur.
Dann ziehen sie sich um.

Kai Wegener (47), Facility Manager

– Warum kommen Sie zu mir nach Hause?
– Weil ich Sie trotz mehrmaliger Bemühungen im Hause Bachmair nicht angetroffen habe.
– Ich sollte nicht mit Ihnen reden.
– Aber Sie tun es trotzdem, das schätze ich sehr. Sollten Sie im Zusammenhang mit Bachmair irgendwann in Schwierigkeiten geraten, werde ich gerne ein gutes Wort für Sie einlegen.
– Warum sollte ich in Schwierigkeiten geraten?
– Sie sind sein Vertrauter, oder?
– Nein, das bin ich nicht. Ich arbeite für ihn.
– Aber Sie sitzen an der Quelle, Sie kennen das Anwesen, das Personal, Sie wissen bestens über Bachmair Bescheid. Können Sie mir etwas verraten, das ich noch nicht weiß?
– Das darf ich nicht.
– Ich weiß, Verträge verpflichten Sie zur Verschwiegenheit, aber ich verspreche Ihnen, dass nichts auf Sie zurückfallen wird. Sie werden keine Probleme bekommen. Zumindest nicht mit Bachmair. Was die Polizei betrifft, kann ich keine Versprechungen machen, solange Sie nicht kooperieren.
– Ist das eine Drohung?
– Nein. Ich appelliere nur an Ihr gutes Gewissen. Geld hin

oder her, dieser Mann wird am Ende der Geschichte mit großer Wahrscheinlichkeit ins Gefängnis gehen. Und all jene, die ihm geholfen oder ihn gedeckt haben, ebenso. Also überlegen Sie sich gut, für wen Sie das hier alles riskieren.

– Aber ich weiß doch nichts. Von seinen Geschäften habe ich keine Ahnung. Was er da unten in seinem Keller treibt, interessiert mich ebenfalls nicht. Ich wollte nie etwas damit zu tun haben, habe meine Nase nie in Sachen gesteckt, die mich nichts angehen.

– Von welchem Keller sprechen Sie?

– Er hat da ein geheimes Büro. Hinter der Wand im Weinkeller, da kommt außer Bachmair und einer ausgewählten Vertrauten, die darin sauber macht, niemand hin. Ist sein großes Geheimnis. Und das Einzige, das ich Ihnen verraten kann.

– Aber Sie sind doch der Hausmeister, oder? Kann doch nicht sein, dass Sie da keinen Zugang haben. Dass es auf dem Anwesen etwas gibt, dass Ihnen verborgen bleibt. Klingt nicht wirklich plausibel für mich.

– Facility Manager.

– Bitte?

– Ich habe zwei Studien abgeschlossen. Betriebs- und Rechtswissenschaften. Ich bin kein Hausmeister.

– Verzeihen Sie, ich wollte Sie auf keinen Fall beleidigen.

– Was wollten Sie dann? Ich verstehe wirklich nicht, warum Sie mich da mit hineinziehen. Ich mache nur meine Arbeit. Worin Bachmair auch immer verstrickt ist, ich habe nichts damit zu tun.

– Trotzdem brauche ich Informationen.

– Welche Informationen?

– Sie schreiben mir eine Liste mit Namen. Ich will wissen, wer dort ein- und ausgeht, mit wem er sich trifft, mit wem er feiert.

– Das ist unmöglich.

– Partys und Drogen. Ich will wissen, mit wem er kokst.

– Das kann ich nicht machen.

– Doch, das können Sie. Eine Ihrer ehemaligen Mitarbeiterinnen sprach davon, dass es in Bachmairs Salon regelmäßig ordentlich zur Sache geht. Ich will genau wissen, was dort passiert. Drogen, Prostitution, Gewalt? Wenn Sie ehrlich zu mir sind, gebe ich Ihnen mein Wort, dass Ihnen nichts passieren wird.

– Ich werde meinen Job verlieren.

– Das werden Sie mit großer Wahrscheinlichkeit so oder so.

– Ich war da nie dabei. Bei den Partys. Niemand vom Personal.

– Trotzdem wissen Sie Bescheid, das sehe ich Ihnen an. Also entscheiden Sie sich. Helfen Sie mir oder helfen Sie mir nicht? Sie haben zehn Sekunden.

– Na gut. Aber Sie haben die Namen nicht von mir.

– Versteht sich von selbst.

– Ich werde gegen niemanden offiziell aussagen. Ich weiß nichts von irgendwelchen Drogenpartys. Sollte man mich darauf ansprechen, werde ich alles abstreiten.

– Geht in Ordnung für mich. Ich habe hier Stift und Papier. Wir werden jetzt gemeinsam eine schöne Liste verfassen. Bitte diktieren Sie. Und lassen Sie sich ruhig Zeit, nicht dass Sie am Ende einen wichtigen Namen vergessen.

– Ich sollte das nicht machen.

– Doch, das sollten Sie.

In schönen Kleidern stehen sie vor der Tür.

Einen Augenblick lang ist Bachmair sprachlos, er ist irritiert, dass da neben Rita noch zwei andere Frauen sind. Zwei Frauen, die er nicht eingeladen hat, die er nicht kennt. Eine um die siebzig, dünn und gebrechlich, die andere schön und schlank. Beide unerwünscht.

Bachmair sucht nach Worten.

Was soll das, fragt er.

Rita sieht in seinem Gesicht, dass er nicht weiß, was er machen soll. Dass er sich fragt, ob er sie hereinbitten oder wegschicken soll. Er zögert.

Doch Rita beruhigt ihn, sagt ihm, dass er sich hundertprozentig auf sie verlassen kann. Ihre Freundinnen seien, genau wie sie, nur aus einem einzigen Grund hier. Um Spaß zu haben. Sich gehen zu lassen.

Sie umarmt ihn. Bachmair muss Ja sagen, deshalb küsst sie ihn wieder auf die Stirn. Wie in der Nacht zuvor.

Bachmair nickt.

Er gibt Agnes und Gerda die Hand, zwingt sich zu einem kleinen Lächeln. Sie bedanken sich, aber er ignoriert, was die beiden sagen. Er fragt nicht nach, wer die Frauen sind, er kann es sich leisten, unfreundlich zu sein. Er klärt sie nur über die Spielregeln auf.

Kein Wort über all das hier zu irgendjemandem.
Ist klar, sagt Rita.

Gespannt folgen sie ihm. Sie haben keine Ahnung, was sie erwartet. Sie wissen nicht, wie Bachmair feiert, ob die Gerüchte stimmen, von denen Rita erzählt hat. Ob es tatsächlich so ausgelassen wird, wie es seit Jahren im Haus hinter vorgehaltener Hand vermutet wird.

Aufregend ist es. Für Rita, aber für Gerda und Agnes noch mehr. Sie waren noch nie hier, haben diesen Luxus noch nie gesehen, sie saugen alles auf mit großen Augen. Sie blinzeln Rita zu. Grinsen. Freuen sich auf alles, was dieser Abend noch bringen wird.

Fühlt euch wie zu Hause, sagt Bachmair.
Das schaffen wir, sagt Rita.

Sie hat ihn aus dem Konzept gebracht. Sie sieht, dass er sich ihren Auftritt anders vorgestellt hat. Ganz anders.

Rita sollte neben den Nutten die einzige Frau im Raum sein. Er wollte ihr zeigen, wie wild seine Welt sein kann, er wollte sie exklusiv daran teilhaben lassen. Ein Vertrauensbeweis sollte es sein. Die Tür sollte nur für sie allein aufgehen.

Sein Salon.

Fünf oder sechs Prostituierte laufen halbnackt herum und kümmern sich um Bachmairs Gäste. Überall liegt Kokain, in enormen Mengen auf silbernen Tabletts. Niemand soll nüchtern bleiben, ein kollektiver Rausch soll es werden. Verrucht, verdorben, hier tun Männer Dinge, die sie sonst niemals tun können. Von Anfang an ist klar, dass es eskalieren wird.

Am liebsten würden die drei Frauen gehen. Doch sie bleiben.

Sie schauen sich an und geben sich wortlos ihr Einverständnis. Sie werden nicht davonlaufen, auch wenn diese fremde Welt sie beinahe erschlägt.

Sie sind angewidert und fasziniert zugleich. Alles ist anders, als sie es erwartet haben. Gerda hat auf der Fahrt von einer schönen Cocktailparty geträumt, Agnes hat gedacht, es handle sich um ein mehrgängiges Dinner. Aber was sie hier sehen, gleicht der Szenerie in einem verruchten Hamburger Nachtclub. Da sind zwar schöne Möbel und Bilder an den Wänden, teure Teppiche auf dem Boden, Dekoration wie aus einem barocken Prachtschloss und Kerzenlicht. Aber alles ist schummrig, sexuell aufgeladen, laute Musik dröhnt aus den Boxen. Männer haben Frauen auf den Schößen, hemmungslos schnupfen sie Kokain, berühren nackte Brüste.

Agnes, Gerda und Rita sitzen auf einem Sofa.

Bachmair hat ihnen Champagner gereicht. Er sieht genau, dass sich seine neuen Gäste erst an die Situation gewöhnen müssen. Prüde und verklemmt wirken sie auf ihn. Voller Scham. *Keine Sorge, niemand hier wird euch fressen*, sagt er.

Mit einem charmanten Lächeln ruft er in die Runde, dass sich noch drei weitere Gäste dem kollektiven Rausch hingeben wollen. Dass er für die Damen bürge. Niemand solle sich Sorgen machen, alle sollen sich weiterhin frei und ungehemmt bewegen.

Er hat sie alle ins Schlaraffenland eingeladen, und er sorgt dafür, dass sie schweigen, wenn sie diesen Raum wieder verlassen. Bachmair wird sich den Nutten gegenüber großzügig zeigen dafür, dass sie alles mit sich machen lassen. Er wird ihnen eine Extraration Kokain mit auf den Weg geben. Und er wird auch Rita noch einmal klarmachen, dass es besser ist, stillzuhalten. Das ist der Deal.

Auch die reichen und prominenten Freunde Bachmairs werden im Notfall lügen. Gute Männer sind es, die Champagner aus Flaschen trinken, erfolgreiche Männer, die Drogen in sich hineinschaufeln. Es gibt keine Grenzen in diesem Raum. Alles ist erlaubt. Saufen und Koksen und Ficken.

Alle Männer machen mit.

Nur einer nicht.

Er steht ganz in der Nähe der Tür. Etwas abseits, allein. Er beobachtet die Szenerie, tut so, als würde er nicht dazugehören. Als wäre es ihm peinlich, hier gesehen zu werden. Ein Mann, den Rita kennt. Der Mann, nach dem sie sich seit Tagen sehnt. Aaron Martinek.

Bachmair will ihm zeigen, dass Rita zu ihm gehört, dass er mit ihr machen kann, was er will. Rita ist sein Schmuckstück. Bachmair zwinkert ihr zu. Mit Blick auf Martinek kommt er näher und flüstert ihr ins Ohr.

Bösartig, wie aus dem Nichts kommt es.

Dein Freund vögelt auch noch andere Nutten.
Nicht nur dich, Rita.

Verletzend ist es. Was Bachmair sagt, aber auch die Tatsache, dass Aaron tatsächlich hier ist. Dass er einer von diesen Männern ist, dass er sich durch nichts von ihnen unterscheidet. Der Mann, der sie so zärtlich geküsst hat, der ihr so viele schöne Dinge gesagt hat, er ist wahrscheinlich regelmäßig zu Gast hier. Aaron Martinek schläft mit diesen Frauen, er amüsiert sich wie alle anderen. Rita war nur ein Zeitvertreib. Nichts Ernstes.

Rita ist sich sicher.

Sie starrt ihn an.

Aaron starrt zurück.

Er weiß nicht, wie er reagieren soll. Ob er zu ihr kommen und sie umarmen soll. Es ist ihm unangenehm. Peinlich berührt ist er, weil er sich schämt dafür, dass er so tut, als würde er sie nicht kennen, als hätten sie nichts miteinander zu tun.

Aaron Martinek ignoriert sie.

Er muss es tun. Bachmair will es so.

Rita redet sich ein, dass das der Grund ist für seine Zurückhaltung. Sie glaubt nicht daran, dass Bachmair ihm gesagt hat, wer sie wirklich ist. Sie will weiter an das Märchen glauben, in dem sie mit Aaron aufgewacht ist. Aaron Martinek hat nicht mit ihr gespielt. Er hat sich in sie verliebt. Ihr Gefühl sagt ihr, dass sie recht hat.

Trotzdem bleibt er weg von ihr, tut so, als wäre sie eine Fremde.

Und das kränkt sie. Mehr als sie will.

Rita versucht, es vor Agnes und Gerda zu verbergen, sie ignoriert Gerdas Aufforderungen, endlich zu ihm hinüberzugehen und mit ihm zu reden. Rita kann nicht. Auch wenn ihr nichts lieber wäre, als zu ihm zu rennen und ihn zu umarmen. Rita will Bachmair nicht schon wieder erzürnen, sie will nicht alles noch komplizierter machen, als es ohnehin schon ist. Sie will einfach nur einen Weg finden, um ungesehen ins Kinderzimmer im Keller zu gelangen. Gemeinsam mit Agnes und Gerda. Den Teddybären holen und verschwinden. Mehr will sie nicht.

Das ist der Plan. Deshalb betrinken sie sich, versuchen sich zu entspannen, es sich nicht anmerken zu lassen, dass sie das alles hier verachten. Zwei Stunden lang tun sie so, als würden sie sich amüsieren und es genießen. Sie unterhalten sich, sie ziehen das Kokain in ihre Nasen so wie alle anderen. Sie tun so, als wäre das ihre Welt, als wäre der schmierige Zahnarzt, der Rita bedrängt, eine Selbstverständlichkeit, etwas Lästiges, das man sich spielerisch vom Leib hält.

Rosenthal.

Der Mann, der Rita am Flughafen in Paris hätte verraten können. Sie hat ihn zuerst nicht gesehen, aber auch er ist da.

Ich weiß, wer du bist, sagt er.
Du bist eine verlogene Fotze. Und keine Anwältin.

Genau jetzt wäre der Zeitpunkt, dieses Gelage zu verlassen. Noch hätte Rita die Möglichkeit zu gehen. Aber sie bleibt. Versucht Rosenthal klarzumachen, dass sie keine Angst vor ihm hat. Dass sie unter Bachmairs Schutz steht.

Es wird meinem Freund Ferdinand nicht gefallen, dass Sie mich belästigen.
Er wird Sie hinauswerfen, wenn Sie Ihr blödes Maul nicht halten.

Rita pokert.

Und Rosenthal lässt von ihr ab.

Je mehr Rita im Laufe der Nacht trinkt und von dem Kokain nimmt, desto mehr vergräbt sie ihre Gefühle. Sie macht sich vor, dass es keine wirkliche Liebesgeschichte mit Aaron ist. Sonst wäre er nicht hier. In ihrem Leben gibt es ab jetzt keinen Platz für Romantik mehr. Es geht nur noch darum, heil aus dieser Sache herauszukommen.

Und deshalb wird Rita weiterlügen.

Sie wird Bachmair dazu bringen, noch einmal mit ihr nach unten zu gehen, während Gerda und Agnes die Stellung halten. Rita wird sich etwas einfallen lassen. Einmal noch nimmt sie das silberne Tablett mit dem Kokain, das vor ihr auf dem Tisch steht. Einmal noch bringt sie ihr Herz dazu, laut und wild zu schlagen. In Gedanken bemalt sie ihr Gesicht. Zwei Striche links und rechts auf ihren Wangen.

Kriegsbemalung.

Sie atmet tief ein und aus.

Dann winkt sie Bachmair zu sich heran.

Ich muss mit dir reden, sagt sie. *Aber nicht hier.*
Ich will, dass du mit mir nach unten gehst.
Nur du und ich.
Jetzt.

Elena Krievic (24), Prostituierte

– Kai Wegener hat mich zu Ihnen geschickt.
– Kenne ich nicht.
– Bachmairs Facility Manager. Klingelt da was?
– Ja.
– Und?
– Warum tut Wegener das? Warum schickt er die Bullen zu mir?
– Weil er begriffen hat, dass es mit Bachmair bald zu Ende geht.
– Schwachsinn. Mit Leuten wie Bachmair wird es nie zu Ende gehen. Die können sich kaufen, was sie wollen. Wenn es hart auf hart kommt, auch die Freiheit. Das können Sie vergessen. Die Mühe, ihm etwas anzuhängen, können Sie sich sparen.
– Lassen Sie mich mal machen.
– Ihre Entscheidung. Bei diesem Thema bin ich auf alle Fälle raus.
– Sind Sie nicht.
– Ich habe nichts verbrochen. Ich bin angemeldet und zahle meine Steuern. Wenn Sie vorhaben, mich unter Druck zu setzen oder mich zu diskriminieren, werde ich Anzeige erstatten. Ich werde bei meiner Agentur anrufen, und man wird innerhalb der nächsten dreißig Minuten einen

Anwalt hier vorbeischicken. Der wird Sie dann gerne über meine Rechte aufklären.

– Ich kenne Ihre Rechte.

– Außerdem habe ich einflussreiche Freunde.

– Es wird wohl nicht notwendig sein, sie wegen dieser Sache hier zu kontaktieren. Wäre zu viel Lärm um nichts, denke ich. Ich möchte Ihnen nur ein paar harmlose Fragen stellen.

– Ich spreche nicht über meine Klienten.

– Das verstehe ich. Deshalb möchte ich Sie für Ihre Gesprächsbereitschaft auch bezahlen. Sie bekommen fünfhundert Euro von mir, wenn Sie mit mir reden.

– Tausend. Dann sage ich Ihnen, was Sie wissen wollen.

– Das freut mich. Können wir gerne so machen. Aber was wird Ihre Agentur dazu sagen, wenn Sie plaudern? Was wird Ihr Anwalt dazu sagen? Ihre einflussreichen Freunde?

– Stellen Sie Ihre Fragen oder lassen Sie es bleiben.

– Ich will wissen, was auf diesen Partys bei Bachmair passiert.

– Ich war schon lange auf keinem dieser Feste mehr.

– Das stimmt leider nicht. Kai Wegener sagte mir, Sie wären Dauergast dort. Sie gehen quasi ein und aus bei ihm.

– Kann schon sein. Wenn Sie mir die versprochene Summe geben, fällt mir auch bestimmt wieder alles ein.

– Bitte schön.

– Zahlen Sie das aus eigener Kasse?

– Ja. Ich kann es selbst kaum fassen, dass ich das mache. Aber ich kann nicht anders, ich bin zu neugierig.

– Na, dann werde ich mich mal bemühen, ehrlich zu Ihnen zu sein. Bachmairs Partys also. Ja, es stimmt, dass ich dafür regelmäßig gebucht werde. Für die Partys, aber auch für Einzelsitzungen. Bachmair mag mich.

– Wie läuft das dort ab?

– Eigentlich alles ganz harmlos. Champagner, Koks und Nutten. Die Männer amüsieren sich, und Bachmair hat seine Freude daran, den großen Zampano zu spielen. Er genießt es, dass er sie alle von sich abhängig macht, er füttert sie mit Drogen und macht sie angreifbar, weil er ihnen im Rausch nackte Weiber auf die Schöße setzt. Ich bin mir sicher, dass er alles aufzeichnet. Die Mächtigen in dieser Stadt sind alle Wachs in seinen Händen.

– Sie sprachen von Einzelsitzungen? Er hat Sie auch schon selbst gebucht?

– Natürlich.

– Und?

– Er ist speziell.

– Wie meinen Sie das?

– Ich musste immer so tun, als wäre ich seine Mutter. Ich musste ihn halten wie ein Kind, ihm ein Gutenachtlied vorsingen. Anschließend hat er mich gefesselt. Mich geknebelt. Dann hat er mich hart gefickt.

– Er hat sie gefesselt?

– Manche stehen auf so einen Scheiß, ja.

– Hat er sie geschlagen?

– Ja. Dafür zahlt er extra. Ist nicht angenehm, aber sehr lukrativ. Bei solchen Beträgen sagt man nicht Nein.

– Hat er Ihnen wehgetan?

– Ja. Das ist der Sinn der Übung.

– Warum machen Sie das?

– Wie ich bereits sagte. Geld. Das ist der einzige Grund.

Deshalb rede ich auch mit Ihnen. Und deshalb darf mich das kranke Schwein schlecht behandeln, wenn ihm danach ist.

– Sie könnten ihn anzeigen.

– Kann ich nicht, und das wissen Sie. Er ist der Milliardär, ich bin nur die Nutte. So läuft das Spiel nun mal.

– Ich könnte Ihnen helfen.

– Ich brauche keine Hilfe. Wenn Sie also keine Fragen mehr haben, die mit mir zu tun haben, dann war's das jetzt.

– Eine letzte habe ich noch. Rita Dalek. Kennen Sie die Frau?

– Natürlich. Das ist die Putzfrau, die man abgefackelt hat.

– Woher wissen Sie davon? Dass sie seine Putzfrau war, meine ich.

– Wegener hat es mir erzählt.

– Und woher wusste er davon?

– Er hat sie eingestellt. Und eines schönen Tages saß sie plötzlich mit Bachmair im Salon und kokste mit den anderen um die Wette. Krass, oder?

– Ja, finde ich auch.

– Sie wollte wohl das große Geld machen, aber am Ende ist es ihr nicht viel anders ergangen als mir.

– Was wollen Sie damit sagen?

– Sie hat bestimmt auch Mama für ihn spielen müssen.

– Meinen Sie?

– Nichts im Leben ist umsonst.

260

Rita tut alles, um ihm zu gefallen.

Sie spielt Bachmair etwas vor. Und er glaubt ihr. Davon ist Rita überzeugt. Sie geht davon aus, dass er nicht daran zweifelt, dass sie es ernst meint. Rita gibt vor, dass sie nur daran interessiert ist, mit ihm nach unten zu gehen und diesen innigen Moment von letzter Nacht zu wiederholen.

Ich will mit dir in diesem Bett liegen, sagt sie.

Rita sagt, dass sie es spüren will. So wie vor ein paar Tagen. Diese Nähe, diese Vertrautheit mit ihm. Sie lügt ihn an. Deshalb hat er mit ihr den Raum verlassen, ohne lange zu überlegen.

Nur eine Frage hat er gestellt.

Was ist mit deinen Freundinnen?

Die sind erwachsen, hat Rita geantwortet.

Jetzt gehen sie die Treppen nach unten.

Niemand begegnet ihnen, Rita weiß, dass er allen Mitarbeitern freigegeben hat, keiner soll mitbekommen, was in dieser Nacht passiert, wer alles zu Gast ist. Erst am nächsten Morgen werden sie wieder auftauchen und saubermachen. Bachmairs Putzfrauen. Die Hausdame. Sie wird dafür sorgen, dass alles wieder so aussehen wird wie vor der Party. Niemand wird etwas erfahren. Nichts über die Prostituierten, über diese kranke Welt, in die Rita hineingefallen ist. Nichts über die angesehenen Männer, die sich nach getaner

Arbeit gehen lassen. Nichts über den Staatsanwalt, der sich oben im Salon vergnügt.

Rita macht sich nichts mehr vor.

Kein Prinz wird mit ihr in den Sonnenuntergang reiten. Kein Manfred, kein Kamal. Und auch Aaron Martinek nicht. Niemand. Rita ist allein.

Es geht nur noch darum, zu überleben.

Immer wieder hält sie es sich vor Augen, sie darf jetzt keinen Fehler mehr machen. Sie muss dieses Mal genau aufpassen, welche Zahlen er eintippt, um die Tür zu seiner Vergangenheit zu öffnen. Sie muss wissen, wie sie in diesen Raum kommt. Wie sie die Tür öffnen kann, wenn sie mit Agnes und Gerda zurückkommt, um den Teddybären zu holen.

Nur darum geht es jetzt.

Bachmair tippt die Zahlen ein.

Vier. Sieben. Null. Drei. Sieben.

Er fühlt sich unbeobachtet, Rita wiederholt die Zahlen in Gedanken, während sich die Tür öffnet. Kinderleicht ist es. Genau so wie sie es sich vorgestellt hat.

Vier. Sieben. Null. Drei. Sieben.

Schnell schaut sie weg, als er sich zu ihr umdreht.

Bachmair tritt ein, lächelt sie an, geht zum Bett. Er schlägt die Decke zurück und sagt, dass sie sich schon mal hinlegen soll. Die Tür fällt ins Schloss. Jetzt gibt es nur noch Rita und Bachmair.

In seinem Kinderzimmer von damals.

Mach es dir gemütlich, ich muss noch kurz ins Büro, sagt er.

Rita schaut ihm nach. Da ist ein weiterer Raum, von dem sie nichts weiß. Hinter der Tür, der sie das letzte Mal keine Beachtung geschenkt hat. Sie kann einen großen Schreibtisch sehen, Bildschirme, Drucker, Regale. Rita sieht, wie Bachmair sich an den Tisch setzt, etwas auf einen Zettel schreibt. Er ist einen Moment lang beschäftigt.

Rita sucht mit ihren Blicken das Zimmer ab. Weil da nichts mehr ist an der Stelle, an der der aufgeschlitzte Teddybär gelegen ist. Kein Kokain. Auch sonst nirgendwo im Zimmer kann sie das Stofftier ausmachen. Nicht am Boden, nicht in den Regalen. Bachmair hat ihn weggebracht, ihn versteckt. Vielleicht in dem Büro, aus dem seine Stimme kommt. Freundlich. Und unerwartet liebevoll.

Bachmair erscheint im Türrahmen.

Ich hole uns noch etwas zu trinken, sagt er.

Er wirft ihr einen Kuss zu. Er will, dass sie liegen bleibt.

Du rührst dich nicht von der Stelle, Rita.

Ich bin gleich wieder da.

Bachmair geht Richtung Tür.

Rita weiß nicht, was sie machen soll. Sie versteht nicht, warum er wieder geht. Es gibt bestimmt auch hier unten etwas zu trinken. Sie denkt nach. Will aufspringen. Doch bevor sie sich entscheidet, mit ihm wieder nach oben zu gehen, hat er die Tür schon geöffnet.

Bachmair lächelt sie an.

Du wirst hier nicht finden, wonach du suchst, sagt er.

Es war ein Fehler, dich mit mir anzulegen, Rita.

Dann verschwindet er.

Die Tür fällt wieder ins Schloss.

Rita rennt hin, rüttelt am Griff, sie presst panisch ihre Finger auf die Knöpfe des Displays. Sie will die Tür sofort wie-

der öffnen, sie will hinaus, Gerda und Agnes holen und so
schnell wie möglich das Anwesen verlassen.
Vier. Sieben. Null. Drei. Sieben.
Panisch presst sie ihren Zeigefinger auf das Eingabefeld.
Immer wieder gibt sie die Zahlen ein. Doch das kleine Lämp-
chen leuchtet rot.
Rita schreit.

Komm zurück. Was um Himmels willen machst du da?
Lass mich hier raus, verdammt.

Langsam versteht sie, was da vor sich geht. Dass Bachmair
nur mit ihr nach unten gegangen ist, um sie hier einzusper-
ren.
Es war ein Fehler, dich mit mir anzulegen, Rita.
Er ist wütend. Er ist ihr überlegen, will es zelebrieren. Und er
will Rita für sich allein haben. Sie spürt es. Er wird zurück-
kommen, wenn alle Gäste weg sind. Er wird sie zwingen,
Dinge zu tun, die sie nicht tun will. Ihn im Arm zu halten
wird nicht mehr reichen.
Rita weiß es.
Es genügt nicht mehr, seine Mutter zu spielen.
Ihm einen Gutenachtkuss zu geben.
Bachmair ist außer Kontrolle.
Er hat sie in seinem Bunker weggesperrt.
Rita zittert.
Sie versucht es wieder und wieder.
Vier. Sieben. Null. Drei. Sieben.
Doch nichts.
Ihr wird übel.

Der Code, um den Bunker zu verlassen, ist ein anderer als der, um ihn zu betreten. Ein Code, um hineinzukommen, und einer, um das Gefängnis zu verlassen. Nur so kann es sein. In der kurzen Zeit hätte er den Code nicht ändern können, oder doch?

Wie hat er das gemacht?

Bachmair hat wahrscheinlich bemerkt, dass Rita ihn beobachtete, während er die Kombination eingab. Er spielt mit ihr. Er zeigt ihr, wie dumm sie ist. Wie hilflos.

Mit ihren Handflächen trommelt sie gegen die Tür.

Aber Bachmair kommt nicht zurück.

Da ist kein Laut. Sie kann nichts hören.

Ihr Handy hat keinen Empfang. Es gibt keinen Ausweg.

Nur die Tür zu seinem Büro steht offen.

Rita rennt hin. Betritt es.

Auch hier sucht sie alles nach dem Teddybären ab. Kurz hofft sie noch, dass sie Erfolg hat, dass alles gut wird, doch die Ernüchterung folgt schnell. So leicht macht er es ihr nicht. Wonach sie sucht, es ist nicht da. Keine Drogen. Es gibt kein Entkommen.

Und doch kämpft sie.

Es muss eine Möglichkeit geben, diesen Raum zu verlassen, es muss hier ein Festnetztelefon geben, sie wird Gerda anrufen, Agnes. Sie werden kommen und sie hier herausholen. Rita wird nicht länger als ein paar Minuten hier eingesperrt sein, ihr wird nichts passieren. Daran will sie glauben.

Doch Rita irrt sich.

Da ist kein Telefon. Nur der Computer, die Bücher in den Regalen, Ordner, gestapelte Papiere. Noch ein geheimer Ort in diesem Haus, eine Sackgasse, der Ort, an dem Bachmair seine Geschäfte macht. Was auch immer es ist, was er hier tut, aus irgendeinem Grund will er nicht, dass seine Angestellten darüber Bescheid wissen. Niemand vom Personal soll hier herumschnüffeln. So wie Rita es jetzt tut.

Sie öffnet die Schubladen. Drückt panisch irgendwelche Zahlen und Buchstaben auf der Tastatur, sie probiert mehrmals, ein Passwort einzugeben, sie muss ins Internet, eine Kurznachricht verschicken. Doch nichts. Rita schlägt mit der Faust auf den Tisch.

Verzweifelt fällt ihr Blick auf den Zettel, den er auf dem Schreibtisch für sie hinterlassen hat. Beinahe hätte sie ihn übersehen. Eine Nachricht für sie.

Neun Buchstaben.

STIRB RITA

Wieder diese Drohung.

Rita bekommt kaum noch Luft.

Wie kann das sein? Warum weiß er davon? Was will er ihr damit sagen? Warum hat sie es nicht vorausgeahnt?

Rita zittert. Sie denkt nach. Und begreift.

Bachmair weiß Bescheid. Wahrscheinlich hat er sie beobachten lassen. Man hat ihm von dem Graffiti an der Hauswand erzählt, vielleicht war er auch selbst vor Ort. Bachmair weiß, dass die Albaner ihr gedroht haben. Er weiß, dass sie das Kokain zurückhaben wollen. Und er freut sich darüber. Er droht ihr. Zeigt ihr, dass er es ist, der die Fäden in der Hand hält. Mit diesen zwei Wörtern auf dem Papier macht er ihr klar, dass er sie töten wird, wenn sie nicht tut, was er sagt. Er, nicht die Albaner.

Er hat die Kontrolle. Er wird entscheiden, ob Rita überleben wird oder nicht. Er hat den Albaner getötet, und er kann Rita töten. Er kann sie laufen lassen, oder er kann ihr wehtun. Er kann sie beschützen, oder er kann es nicht tun.

Das will er ihr sagen.

So muss es sein, alles andere macht keinen Sinn. Dass er etwas mit dem Einbruch zu tun haben könnte, daran kann sie nicht glauben, so etwas macht Bachmair nicht. So hängen die Dinge nicht zusammen. Bachmair ist nur ein Kind, das seinen Spaß haben will. Und Rita ist das Spielzeug, das in seinem Kinderzimmer auf ihn wartet.

Die Putzfrau und der Psychopath.

Der Psychopath macht ihr Angst. Doch die Putzfrau wehrt sich.

Rita nimmt den Zettel und zerreißt ihn.

Sie denkt an Gerda, an Agnes. Sie fragt sich, was die beiden da oben treiben, ob sie bereits nach ihr suchen. Wahrscheinlich hat Bachmair ihnen gesagt, dass sie gegangen ist. Er hat ihnen vorgemacht, dass Rita sich nicht gut gefühlt und sich ein Taxi genommen hat. Er hat ihnen gesagt, dass sie gerne noch bleiben können. Doch sie haben abgelehnt, sich gewundert und sind dann gegangen. Weil sie sich Sorgen machen, aber nicht wissen, was sie tun sollen.

Rita bleibt zurück.

Niemand wird sie finden. Keiner weiß von diesem Raum. Von dieser Tür, dem Kinderzimmer, in dem sie hin- und hergeht. Das Büro, das sie durchsucht hat, existiert offiziell nicht, die Schränke, die sie öffnet, die Wände, die sie anstarrt, die Tür, die nicht aufgeht.

Immer wieder klopft sie. Schlägt mit ihrer Faust dagegen.

Vielleicht sind Gerda und Agnes ja doch noch im Haus, vielleicht kann einer der anderen Gäste sie hören, vielleicht ist einer der Köche noch im Dienst. Wenn sie nur laut genug gegen die Tür trommelt, wird man sie hören.

Daran will sie glauben.

Doch nichts davon passiert.

Rita setzt sich auf das Bett. So wie damals, als sie zum ersten Mal hier war. Sie weiß, dass es nichts bringt, sich weiter dagegen zu wehren. Sie hat verloren, es gibt keinen Ausweg. Das Einzige, das sie tun kann, ist zu warten, bis Bachmair zurückkommt. Also starrt sie weiter die Wand an. Das Bild, das da immer noch hängt.

Mutter und Kind.

Es ist ein Van Gogh, hat Bachmair gesagt.

Lange wendet Rita ihren Blick nicht ab.

Sie erinnert sich an die Kirche, in die sie immer gehen musste, als sie ein Kind war. Wie sie still in der Bank saß, den Kopf nach hinten legte und die Fresken an der Kirchendecke anstarrte. Rita erinnert sich an die Wunder, von denen der Pfarrer immer gesprochen hat. Unmögliche Dinge waren wahr geworden, man durfte daran glauben, ohne für verrückt erklärt zu werden. Blinde konnten wieder sehen, Lahme gehen, und Tote wurden wieder zum Leben erweckt. Schön war das.

Rita atmet tief ein und aus.

Und noch einmal.

Weil da plötzlich ein Lichtstrahl ist, der alles heller macht, ein Loch, das Rita mit ihren Gedanken in die Decke von Bachmairs Kinderzimmer reißt. Ein Loch, durch das sie schlüpfen und verschwinden wird. Ein Ausweg.

Sie kann ihn plötzlich sehen.

Rita versucht sich an die Geräte zu erinnern, die im Büro stehen.

Computer, Boxen, Drucker. Sie könnte aufstehen und es überprüfen, aber sie bleibt sitzen, schaut weiter den Van Gogh an.

Sie schätzt, wie groß das Bild ist.

Wie viele Zentimeter es sind. In der Länge, in der Breite.

Da war ein Drucker mit Kopierfunktion. Sie kann sich an den Deckel erinnern, den man hochheben kann. Den gleichen haben sie im Supermarkt, sie kopiert regelmäßig die handgeschriebenen Dienstpläne von Kamal, die Preisschilder für die Sonderaktionen, Rita kennt sich aus. Sie macht damit Kopien.

Eine Kopie.

Mutter und Kind.

Sie fragt sich, ob sie das Bild einfach so aus dem Rahmen nehmen kann. Ob es in den Kopierer passt. Sie spürt, wie ihre Gedanken von innen immer schneller an ihre Stirn hämmern. Wie ihr Herz immer lauter schlägt. So wie damals im Lager, als sie die Drogen gefunden hat.

Rita brennt wieder.

So wie eine Kerze auf ihrer Geburtstagstorte, die man nicht ausblasen kann.

Rita Dalek.

Noch ist es nicht vorbei, denkt sie.

Bevor sie aufsteht, geht sie in Gedanken alles durch. Sie überlegt, worauf sie achten muss, denkt an die Dinge, die schiefgehen könnten. Der Rahmen, der brechen könnte, wenn sie das Bild herausnimmt, die Druckerpatronen, die leer sein könnten. Eine Überwachungskamera, die sie aufnehmen könnte. Bachmair, der genau in dem Moment zurückkommen könnte, in dem sie das Bild in den Kopierer legt.

Sie muss schnell sein.

Kurz bleibt sie noch sitzen, dann springt sie auf. Rennt ins Büro, schaut sich um. Keine Kameras. Sie überprüft den Kopierer, hebt den Deckel, macht eine Probekopie. Genug Schwarz. Sie lässt den Deckel offen stehen, stürzt zurück ins Kinderzimmer und nimmt den Rahmen von der Wand.

Zurück im Büro versucht sie, vorsichtig die Klebestreifen zu lösen, die die Rückplatte und den Rahmen zusammenhalten. Doch das Klebeband ist alt, es lässt sich nicht abziehen. Rita nimmt ein Messer aus einer Schublade. Sie schneidet. Hebt die Rückplatte ab, nimmt das Blatt aus dem Rahmen.

Dann legt sie es in den Kopierer. Drückt den Knopf. Macht diese Kopie.

Rita nimmt sie aus dem Ausgabefach und schneidet mit der Schere die Ränder schön. Dann legt sie die Kopie in den Rahmen, gibt die Rückplatte wieder darauf und drückt sie mit Klebeband fest.

Ohne Zögern alles. Ohne etwas kaputt zu machen.

Die Papierschnipsel steckt sie ein, das Klebeband und die Schere legt sie wieder an ihren Platz. Genauso wie das Messer und das Bild. Alles sieht genauso aus wie noch vor wenigen Minuten.

Man sieht keinen Unterschied.

Mutter und Kind wieder an der Wand.

Nur eine Fotokopie ist es. Kein Van Gogh.

Rita lächelt.

Nur wenn er ganz nahe hingeht, wird er es bemerken. Wenn er direkt davorsteht, wird er sehen, dass die Struktur des Papiers eine andere ist. Aber das wird er nicht. Er wird im Bett liegen und das Bild von dort aus ansehen. So wie er es immer tut. Wenn er überhaupt hinsieht. Weil er dieses Bild auswendig kennt, jeden Strich, jeden Punkt. Bachmair wird nichts merken. Er rechnet nicht damit, dass in seinem Kinderzimmer etwas Derartiges passiert, während er weg ist. Das traut er Rita nicht zu. Dass sie etwas so Unfassbares tut. Die unbedarfte Putzfrau in dem schönen Kleid.

Und der Van Gogh.

Vorsichtig rollt sie die Zeichnung zusammen. Sie hat sie am Rücken in ihre Unterhose geschoben. Versteckt unter ihrem Kleid das Original, von dem niemand weiß. Rita wird dieses Bild mit nach Hause nehmen. Ein Bild, das Bachmair gar nicht haben darf. Raubkunst. Das Einzige, das ihm je etwas bedeutet hat. Das ihn getröstet hat, wenn er allein in seinem Bett gelegen ist und darauf gewartet hat, dass seine Mutter zu ihm kommt und ihm einen Gutennachtkuss gibt.

Liebevoll auf seine Stirn.

Schlaf gut, mein Schatz.

Dieses kranke Schwein.

Rita spuckt auf den Boden.

Sie muss hier weg.

Wenn er die Tür wieder öffnet, wird sie rennen.

Mit ihren Handflächen schlägt sie dagegen. Ohne Unterbrechung jetzt. Sie wird so lange trommeln, bis jemand sie hört. Eine ganze Stunde lang. Egal ob es sinnlos ist, was sie macht, sie hört nicht auf. Auch wenn es wehtut, wenn ihr langsam die Kraft ausgeht.

Noch eine halbe Stunde lang trommelt sie und schreit.

Dann endlich hört sie es.

Rita.

Hinter der Tür ruft jemand ihren Namen. Weil sie es sich mehr gewünscht hat als alles andere. So laut sie kann, schreit sie. *Du musst mich hier rausholen.*

Von draußen eine vertraute Stimme, wie in Watte gepackt.

Wie komme ich da rein?

Rita brüllt.

Vier. Sieben. Null. Drei. Sieben.

Dann geht die Tür auf.

Und da ist Blut.

In seinem Gesicht. Nase, Mund.

Es ist auf seinem Hemd. Es ist überall.

Rita schaut ihn an.

Danke, Aaron, sagt sie.

Ich bring dich weg von hier, sagt er.

Agnes Danner (41), Biologin

– Nehmen wir noch einen?
– Ich bin ja eigentlich im Dienst.
– Dafür trinken Sie aber ziemlich viel.
– Ich habe kaum eine andere Wahl, oder? Wie oft bekommt man als Beamter schon die Gelegenheit, mit einer so wunderschönen Frau auszugehen?
– Machen Sie mich gerade an?
– Aber nein, das war nur ein harmloses Kompliment. Ich würde Sie niemals in eine unangenehme Situation bringen.
– Was auch immer Sie vorhaben, es wäre mir nicht unangenehm.
– Es stört Sie nicht, dass ich Polizist bin?
– Ganz und gar nicht. In Ihrer Gegenwart fühle ich mich sicher. Obwohl Sie so etwas Verschlagenes haben.
– Was habe ich?
– Sie erinnern mich an Columbo. Immer freundlich, immer verständnisvoll. Sie tun so, als wären Sie völlig harmlos, aber in Wirklichkeit warten Sie nur auf eine Gelegenheit, um Ihr wahres Gesicht zu zeigen.
– Tue ich das?
– Ich bin mir sicher. Ich kenne mich mit Männern aus.
– Dann ist es ja gut, dass Sie nichts zu befürchten haben, oder?

– Genauso ist es. Ich finde es schön, dass wir beide jetzt hier sitzen. Das Leben ist nämlich so schon traurig genug. Man sollte sich keine Gelegenheit auf ein bisschen Glück entgehen lassen.

– Glück?

– Ja. Wer weiß, wo das alles mit uns beiden noch hinführt.

– Sie flirten mit mir?

– Du kannst mich gerne duzen.

– Aber wir kennen uns doch noch gar nicht so lange.

– Wie lange muss man sich denn in deiner Polizistenwelt kennen, um sich zu duzen? Ist doch nicht schlimm, oder? Wir reden ja nur.

– Na gut. Dann *Du*.

– Geht doch.

– Würde es dir etwas ausmachen, wenn wir noch einmal kurz über Bachmair reden?

– Muss das sein?

– Ja.

– Willst du jetzt mit mir ausgehen oder über den Fall reden?

– Beides.

– Bachmair ist ein Schwein. Von mir aus kannst du ihn ans Kreuz nageln.

– Warum sagst du so etwas? Hat er dir etwas getan? Und woher kennst du ihn eigentlich?

– Ich war in seinem Haus. Auf dieser Party. Ich habe es meiner Mutter ausreden wollen, aber die beiden haben darauf bestanden. Rita wollte unbedingt diese Drogen zurück. Und meine Mutter wollte ihr den Arsch retten, obwohl es ihr sehr schlecht ging an diesem Tag. Kannst du dir das vorstellen? Sie haben ernsthaft gedacht, sie spazieren da einfach rein und holen das Zeug raus.

– Moment. Warum waren die Drogen bei ihm?

– Weil Rita Dalek sie ihm gegeben hat. Dafür hat er sie in die Gesellschaft eingeführt. Sie dachte tatsächlich, dass sie diesem Dreckskerl vertrauen kann.

– Warum hätte sie denn so etwas tun sollen?

– Sie wusste nicht, wohin mit dem Zeug. Sie hätte die Drogen ja wohl kaum auf der Straße verkaufen können. Deshalb hat sie sich an den einzigen Menschen gewandt, von dem sie wusste, dass er das Zeug konsumiert. Sie hat sich mit diesem Psychopathen eingelassen. Und uns alle damit in Gefahr gebracht.

– Ich fasse zusammen. Rita Dalek hat die Drogen, die sie im Supermarkt gefunden hat, an Bachmair verschenkt. Und er hat sich dafür erkenntlich gezeigt.

– Ja.

– Die Albaner fanden heraus, wer die Drogen gestohlen hat, sie wollten ihre Ware zurück und haben Rita Dalek gedroht, sie umzubringen, wenn sie nicht liefert.

– Genau so war es.

– Rita Dalek und deine Mutter sind in der Folge zu Bachmair, um sich das Kokain zurückzuholen. Und du hast sie begleitet, um auf sie aufzupassen, richtig?

– Was hätte ich denn sonst tun sollen? Ich konnte sie ja kaum mit dieser Verrückten alleine losziehen lassen, oder? Völlig schwachsinnig war das, ich weiß. Wahrscheinlich war es das Dümmste, das ich je in meinem Leben gemacht habe. Wenn ich zu Hause geblieben wäre, wäre das alles nicht passiert.

– Was ist denn passiert?

– Es war wie im Puff. Zumindest stelle ich es mir dort so vor.

– Wie meinst du das?

– Da waren nur Männer und Prostituierte. Meine siebzig-
jährige Mutter und ich. Alkohol und Kokain. Es ist alles
völlig aus dem Ruder gelaufen. Es war völlig abartig, was
da abging.

– Und Rita Dalek?

– Die ist irgendwohin verschwunden und hat uns allein zurückgelassen. Wir wussten nicht, ob wir bleiben und auf
sie warten sollten. Ich habe keine Ahnung, was sie gemacht
hat, während diese Schweine einfach so getan haben, als
würde diese ganze beschissene Welt ihnen gehören.

– Sag mir, was passiert ist, Agnes.

– Meine Mutter.

– Was war mit deiner Mutter?

– Bachmair hat sich neben sie gesetzt und sie festgehalten.
Sie wollte mir helfen, aber es ging nicht. Er hat die kranke
Frau einfach mit Gewalt nach unten in das Sofa gedrückt
und gelacht. Er hat ihn sogar noch angestachelt.

– Wen?

– Den Zahnarzt. Er war das größte Schwein von allen. Er
wusste, wer Rita wirklich war.

– Rosenthal. Ich weiß, von wem du sprichst.

– Er hat mich in eine Ecke gedrängt, als ich von der Toilette
kam. Er hat mir wehgetan. Mein Kleid zerrissen. Wenn
dieser Staatsanwalt nicht gewesen wäre, hätte mich dieses
Schwein vergewaltigt.

– Das tut mir sehr leid.

– Diese Arschlöcher wollten ihren Spaß mit mir haben, verstehst du? Sie haben so getan, als wäre ich eine der Prostituierten.

– Der Staatsanwalt ist dazwischengegangen?

– Er hat Rosenthal von mir weggezogen. Sie haben sich geprügelt. Rosenthal ist auf ihn losgegangen, er ist völlig ausgerastet, hat Martinek mit der Faust ins Gesicht geschlagen. Mehrmals hintereinander. Er hat stark geblutet.

– Das klingt gar nicht gut.

– Bachmair hat den Zahnarzt noch angefeuert. Den anderen hat er gesagt, dass sie sich nicht einmischen sollen. Für ihn war das alles ein großer Spaß, eine gelungene Showeinlage. Der Mann ist völlig irre.

– Und was war mit Martinek?

– Er ist am Boden gelegen, Rosenthal hat noch einmal auf ihn eingetreten. Dann haben sie weitergetrunken. So getan, als wäre nichts passiert.

– Und Rosenthal?

– Der hat gelacht. Zwei Lines gezogen. Sich eine der Nutten genommen.

– Und deine Mutter?

– Bachmair hat sie losgelassen. Ich habe Martinek hochgeholfen, dann sind wir gegangen. Er hat uns zu seinem Auto gebracht, dann ist er noch mal zurück in das Gebäude. Er wollte Rita suchen. Er war überzeugt davon, dass sie noch im Haus ist.

– Und war sie das?

– Ja.

Sie laufen die Treppen nach oben.

Aaron und Rita. Durch die Eingangshalle hinaus auf den Parkplatz. Zu seinem Wagen. Ohne sich noch einmal umzudrehen, steigen sie ein und fahren los. Agnes und Gerda auf der Rückbank.

Ich bringe euch nach Hause, sagt er.
Grünbergplatz, sagt Rita.

Sie hat es einfach ausgesprochen. Hat ihm gesagt, wo sie wohnt. Die richtige Adresse, sie hat nicht gelogen, sie wird sich nicht verstellen. Egal wie er reagieren wird, sie wird ihm die Wahrheit sagen. Ob er sie hören will oder nicht. Rita ist einfach nur froh, dass Aaron sie gefunden hat und in Sicherheit bringt. Weil sie hört, was Agnes und Gerda erzählen, weil sie die schockierten Gesichter im Rückspiegel sieht. Sie erfährt, was da oben passiert ist, als Rita weg war. Was Rosenthal getan hat. Und Bachmair. Agnes sagt, dass sie fast gestorben wäre vor Angst. Dass sie diesen Rosenthal am liebsten umgebracht hätte. Verletzt ist sie, gedemütigt und wütend. Genauso wie Gerda. Sie ist schwach. Hat wieder starke Schmerzen.
Diesen Drecksack machen wir fertig, sagt sie und stöhnt laut.
Im Wagen des Staatsanwalts durch die Stadt.
Völlig aufgelöst Ritas Leben, alles, was sie sich erhofft und

gewünscht hat. Ihre Ehe am Ende, ihr Liebhaber mit blutver-schmiertem Gesicht neben sich.

Aaron Martinek.

Er schweigt. Mischt sich nicht ein, lässt die Frauen reden. Immer wieder berührt er seine Nase, seinen Kiefer, er ver-sucht das Blut abzuwischen, schaut zur Seite. Er schaut Rita an, als er an einer Ampel stehen bleibt. Ohne Worte alles. Nur seine Hand bewegt sich. Ganz vorsichtig kommt sie nä-her. Vom Schalthebel weg auf Ritas linkes Bein.

Hab keine Angst, Rita.
Ich bleibe bei dir.
Du und ich, Rita.

Es ist unglaublich. Aaron hat sie gesucht, sie vermisst, er wollte bei ihr sein. Jetzt sitzt er mit ihr in diesem Wagen, und irgendetwas sagt ihr, dass er sich nicht von ihr trennen wird in dieser Nacht.

Seine Hand. Seine Blicke.

Etwas Schönes neben alldem, was da sonst noch ist. Diese Nähe zwischen dem Elend, das sich aufgetan hat. Angst und Ohnmacht. Und so etwas wie Liebe. Aaron und Rita.

Der Staatsanwalt und die Verkäuferin.

Er hat ihr vertraut.

Und sie hat ihn angelogen.

Damit ist es also jetzt vorbei, denkt sie. Rita will nicht mehr so tun, als wäre sie eine andere, als würde sie an einem anderen Ort leben, in einem anderen Land, einem anderen Haus. Sie ist eine Krankenschwester, die seit achtzehn Jahren an einer Supermarktkasse sitzt.

Rita ist dankbar. Dafür, dass er sie vor dem bewahrt hat, was vielleicht noch passiert wäre in dieser Nacht.

Ich bin keine Anwältin, sagt sie.
Ich weiß, sagt Aaron.

Es ist still im Wagen.
Beide schweigen.
Aaron fährt.
Agnes hält Gerda im Arm.
Und Rita schließt ihre Augen.
Sie fragt nicht nach, hält sich mit ihrer Neugier zurück. Bachmair muss es ihm gesagt haben. Oder Aaron hat es auf andere Weise erfahren.
Auf alle Fälle fühlt es sich schrecklich an. Sie weiß nicht, was in seinem Kopf vorgeht, was er als Nächstes tun wird. Rita rechnet mit dem Schlimmsten und hofft gleichzeitig, dass er seine Hand nicht wegnimmt. Dass er nicht verschwinden wird, wenn sie ankommen.
Zu Hause.
Schon von der Ferne kann man es sehen. Das hässliche Hochhaus, in dem sie wohnt. Ihr Leben breitet sich gnadenlos vor ihm aus, diese traurige Gegend, in der sie seit Jahren lebt.
Aaron hält an.
Er lässt die drei Frauen aussteigen, stellt den Motor ab und begleitet sie zur Eingangstür. Er hält Ritas Hand, Agnes stützt Gerda, sie gehen voraus. Sie verabschieden sich, bedanken sich, Agnes will Gerda nach oben bringen, sie braucht ihre Medikamente. Rita bleibt mit Aaron vor dem Haus zurück.

Ohne etwas zu erwarten, sagt sie ihm alles.

Sie will keine Geheimnisse mehr vor ihm haben. Wie eine Beichte ist es. Bevor Aaron mit ihr nach oben geht, will sie, dass er weiß, wer sie ist.

Hier wohne ich.
Ich arbeite in einem Supermarkt.
Seit achtzehn Jahren schon.
Vor fünf Stunden habe ich mich von meinem Mann getrennt.
Bevor ich dich getroffen habe, war ich unglücklich.
Ich habe in einem Bananenkarton Kokain gefunden.
Zwölfkommafünfundsiebzig Kilogramm.
Ich habe es mit nach Hause genommen.
Weil ich dachte, dass alles besser wird.
Aber nichts wurde besser.
Alles geht kaputt.
Nur du nicht.

Das ist es, was sie sich wünscht. Dass Aaron sich nicht in Luft auflöst. Dass alles, was sie für ihn empfindet, nicht auseinanderbricht.

Sie schweigt und schaut ihn an.

Er küsst sie.

Fährt mit ihr im Aufzug nach oben.

Sie sperrt die Wohnungstür auf.

Aaron schaut sich um, sieht, wie sie lebt. Vor ihm das Sofa, auf dem Manfred sich die letzten zwanzig Jahre lang betrunken hat. Die Küche, in der Rita schon für Theo gekocht hat. Das Bett, auf dem Rita gesessen ist, als der Albaner vor ihren Augen erschlagen wurde. Nichts bleibt ihm verborgen. Aaron schaut sich alles in Ruhe an.

Wir müssen deine Wunden versorgen, sagt Rita.
Das Blut abwischen.
Vielleicht sollten wir dich zu einem Arzt bringen.
Nein, sagt er.

Er steht vor dem Badezimmerspiegel und wäscht sich. Kurz schreit er auf, er beißt die Zähne zusammen, versucht zu lächeln, ihr vorzumachen, dass es nicht so schlimm ist. Doch Rita wehrt ab, sie weiß, dass er Schmerzen hat, sie will ihm helfen, seine Wunde zu versorgen. Sie sorgt sich. In Unterwäsche steht sie neben ihm.
Vertraut wie in Paris.
Rita hat sich das Kleid ausgezogen. Sie musste das Van-Gogh-Bild in Sicherheit bringen, es in einer Schublade verschwinden lassen. Es ist das Einzige, das sie vor Aaron versteckt.
Das Bild, das sie von Bachmairs Wand genommen hat.
Noch verschweigt sie es. Dass sie einen Plan hat. Dass sie diesem kranken Schwein zeigen will, dass sie stärker ist, als er gedacht hat. Rita will, dass Bachmair weiß, dass er das nicht mit ihr machen kann. Nicht mit ihr, und nicht mit Gerda und Agnes.
Und auch mit Aaron nicht.
Vorsichtig nimmt Rita ein Handtuch und macht es nass, ganz langsam und liebevoll tupft sie Aarons Gesicht ab. Sie kümmert sich um ihn, und er lässt es zu. Er geht nicht weg, er bleibt, schaut sie einfach nur an. Rita freut sich. Mehr als

über alles andere, was in den letzten zwanzig Jahren passiert ist. Am liebsten würde sie es laut hinausschreien, was sie fühlt. Sie ist glücklich in diesem Moment.

Neben ihm in der Küche jetzt.

Sie trinken Wasser aus demselben Glas.

Aaron wird hier übernachten.

Er wird neben ihr einschlafen.

Nachdem er sie berührt hat. Und sie ihn.

Mit Bedacht nimmt er wieder ihre Hand und zieht sie den Gang entlang ins Schlafzimmer. Sie stehen da und umarmen sich. Streichen mit ihren Händen über ihre Rücken. So als würde etwas heilen, das kaputt war.

Bist du dir sicher, dass du das immer noch willst, fragt sie.

Jetzt erst recht, sagt er.

Dann ziehen sie sich aus.

Nackt legen sie sich hin.

Küssen sich.

Lange.

Verwoben miteinander.

Bis sie einschlafen Arm in Arm.

Im Dunkel zu zweit.

Rita und Aaron.

Auch am Morgen immer noch Haut an Haut.

Aneinandergeschmiegt.

Sie kleben aneinander, lassen sich nicht los, seit einer Stunde schon liegen sie einfach nur da und halten sich. Beide wollen nicht aufstehen, nicht zurückgehen in ihre Leben, sich voneinander trennen. Sie wollen keine Entscheidungen tref-

fen müssen. Verträumt so tun, als wären sie wieder in Paris.
Oder irgendwo anders auf der Welt. Dort, wo niemand sie
findet.
Wunderschön ist es, aber schwer. Weil Rita voller Zweifel ist.
Weil sie nicht weiß, was Aaron denkt. So gerne möchte sie in
seinen Kopf kriechen und nachsehen, während er mit seinen
Fingern sanft über ihren Rücken streicht.
Sie ist überzeugt davon, dass er das nicht durchhalten wird.
Dass es nur ein kleiner Ausflug in ihre kleine Welt ist, den er
macht. Egal wie sehr sie sich bemühen wird. Aaron wird sie
alleinlassen. Er wird gehen.
Zurück zu seiner Frau.

Was ist mit ihr, fragt sie.
Wen meinst du, fragt er.
Deine Frau, antwortet Rita.

Aaron beginnt von ihr zu erzählen. Als wäre er fast dankbar,
dass Rita endlich nach ihr fragt. Dass er darüber sprechen
kann. Alles, was ihn beschäftigt, kränkt und bedroht. Wie
eine Lawine ist es, die sie losgetreten hat, es sprudelt nur so
aus ihm heraus. Er sagt ihr, dass er sein Leben hasst. Dass er
seine Frau verachtet. Dass das Leben mit ihr die Hölle für
ihn ist.
Josephine.
Wie er ihren Namen ausspricht.
So als würde er sich ekeln vor ihr, als hätte er Angst, sie
könnte irgendwo hinter ihm lauern und ihn dafür bestrafen,
dass er einen Fehler gemacht. Dass er sie betrogen hat.

Ich werde dich auf die Straße setzen, Aaron.
Ohne mich bist du nichts.
Ich werde dich kaputt machen, Aaron.
Du wirst mich anflehen, dass du zurückkommen kannst.
In dein schönes Leben, auf das du gerade scheißt, Aaron.
Du bist ein Dummkopf.

Aaron beschreibt Rita, wie sie ist. In vielen Details das Bild einer Fremden.
Josephine.
Wie sie ihn demütigt, ihn verachtet, ihm jeden Tag zu verstehen gibt, dass er ohne sie nichts wert ist.
Staatsanwalt Aaron Martinek. Ein Häufchen Elend, ein bequemer Drecksack, der sich im Luxus eingenistet hat, ein Emporkömmling, der alles dafür tut, um seinen Status nicht zu verlieren.
Josephine schreit ihn wieder an. So wie sie es gestern erst getan hat.

Es ist alles weg, wenn du dich jetzt nicht zusammenreißt.
Dein schönes Leben in meinem wundervollen Haus.
Keine Annehmlichkeiten mehr, kein Personal, keine
schönen Autos mehr.
Ich werde dir alles nehmen, wenn du nicht tust, was ich dir
sage.
Also benimm dich, Aaron.
Du bist ein Nichts.

Josephine verachtet ihn. Und doch besteht sie darauf, dass er bleibt. Dass er ihre Drohungen ernst nimmt. Sie will ihn nicht verlieren, weil Aaron ihr die Türen öffnet, die ihr sonst verschlossen bleiben. Er kennt Leute, die für sie wichtig sind. Alles kann so bleiben, wie es ist, wenn er gehorcht.

Abhängigkeit ist es. Nach dreißig Jahren Ehe ist da nur noch ein Haufen Dreck, mit dem er sich zudeckt. Kein schönes Wort, kein Gefühl, keine Nähe.

Ich will nicht mehr, sagt er.

Weil er nicht mehr kann, schon so lange nicht mehr mit ihr leben möchte.

Und weil sich plötzlich alles so leicht anfühlt. Neben Rita im Bett. Verborgen im elften Stock eines Hochhauses.

Ich werde sie verlassen, sagt er.

Egal wie hoch der Preis dafür ist. Egal ob nichts mehr übrig bleibt von dem, was Josephine ihm ermöglicht. Egal ob er Schulden hat, sich nichts mehr leisten kann, wenn er geht.

Ein romantischer Gedanke ist es, der ihn antreibt, der ihn all das sagen lässt.

Aaron möchte neu anfangen.

Mit Rita.

Schau dich hier mal um, sagt sie. *Das funktioniert nicht, Aaron.*

Doch, das wird es, sagt er.

Sie genießt es, dass Aaron laut träumt, aber sie sieht es nicht. Rita schüttelt den Kopf. Auch wenn sie nichts lieber tun würde, als ein Leben mit ihm zu leben, legt sie ihm ihren Zeigefinger auf den Mund. Sie bittet ihn, damit aufzuhören. Rita will diesen Moment nicht kaputt machen. Weil es vielleicht der letzte ist.

Rita saugt alles in sich auf. Sie möchte für immer mit ihm hier liegen bleiben. Nicht reden müssen. Glücklich mit ihm sein. Doch sie weiß, dass das nicht geht.

Aaron verrennt sich.

Du hast keine Ahnung, wer ich bin, sagt sie.
Dann erzähl es mir, sagt er.

Und Rita erzählt. Alles jetzt. Sie lässt nichts aus. Sagt ihm die ganze Wahrheit. Obwohl sie weiß, dass Aaron Staatsanwalt ist, gesteht sie ihm, dass sie ein Verbrechen begangen hat. Mehrere.

Aus irgendeinem Grund fürchtet sie sich nicht vor seiner Reaktion, insgeheim hofft sie vielleicht sogar darauf, dass er alles beendet. Dass Aaron die Polizei anrufen und sie verhaften lassen wird. Tief in ihrem Inneren betet sie dafür, dass er sie in Sicherheit bringt. Sie vor dem beschützt, was bald passieren wird.

STIRB RITA

Immer noch ist sie überzeugt davon, dass es keine leeren Drohungen waren. Rita weiß, dass es keinen Ausweg gibt. Dass eine romantische Liebesgeschichte sie nicht vor dem Untergang retten wird.

Lass es gut sein, sagt sie und lächelt ihn an.
Du weißt genauso gut wie ich, dass das nirgendwo hinführt.
Unsere Geschichte ist hier zu Ende, Aaron.

Josephine Martinek (54), Kunsthändlerin

– Sie wissen, von wem ich spreche?
– Von der Frau, mit der Aaron ein Verhältnis hatte. Aber ich habe eigentlich keine Lust, meine Zeit damit zu verschwenden und mich mit Ihnen über diese armselige Figur zu unterhalten.
– Es wird Ihnen wohl nichts anderes übrig bleiben, ich muss ein Verbrechen aufklären.
– Aber ich kannte diese Frau ja gar nicht. Reden Sie mit Aaron, nicht mit mir. Er kann Ihnen garantiert mehr sagen als ich. Er war es schließlich, der sie gevögelt hat.
– Auch er ziert sich.
– Ich ziere mich nicht, was erlauben Sie sich? Ich möchte Ihnen nur klarmachen, dass ich mich in nichts hineinziehen lassen werde. Aaron ist für all das verantwortlich, er war es, der eine falsche Entscheidung getroffen hat.
– Wie meinen Sie das?
– Er hat beschlossen, auf all das hier zu verzichten.
– Sie lassen sich also von ihm scheiden?
– Ist bereits erledigt. Die Papiere sind unterzeichnet.
– Er hat zu mir gesagt, dass er es bereut, Sie betrogen zu haben. Er hat versucht, mir glaubwürdig zu vermitteln, dass ihm Ihre gemeinsame Ehe wichtig ist, dass er Sie nicht verlieren möchte.

– Die Einsicht kommt leider zu spät. Er hat sich mit einer Putzfrau eingelassen. Er hat mich gedemütigt. Das war ein Fehler. Hätte ihm klar sein müssen, dass das so ausgeht.

– Woher wissen Sie, dass Rita Dalek Putzfrau war?

– Bachmair hat es mir erzählt.

– Wann?

– Kurz nachdem man sie umgebracht hat. Irgendetwas muss ihn ordentlich gegen meinen Ex-Mann aufgebracht haben, er hat mir die ganze Geschichte brühwarm erzählt.

– Was hat er Ihnen erzählt?

– Dass Aaron mich mit seiner Putzfrau betrogen hat. Dass sie in einem Supermarkt gearbeitet hat. Bachmair hatte sichtlich Freude daran, Aarons kleines Geheimnis zu lüften.

– Ihr Mann behauptet, dass er keine Ahnung davon hatte, wer Rita Dalek wirklich war.

– Ex-Mann.

– Von mir aus. Rita Dalek hat vorgegeben, Anwältin zu sein, und ihr Ex-Mann hat ihr geglaubt. Das hat er zumindest versucht, mir weiszumachen.

– Ihm ist das zuzutrauen, ja. Dass er völlig blind in sein Verderben gerannt ist. Ohne an die Konsequenzen zu denken. Das passt zu ihm.

– Aber er ist immerhin Staatsanwalt. Er müsste doch etwas gemerkt haben, oder? Es kann doch nicht sein, dass er sich einfach so hat hinters Licht führen lassen.

– Natürlich kann das sein. Aaron ist nämlich nicht besonders schlau. War er nie. Er ist ein Versager. Aus heutiger Sicht ist es mir unbegreiflich, wie ich es so lange mit ihm aushalten konnte.

– Bachmair hat nicht nur Ihren Ex-Mann getäuscht. Er und Rita Dalek haben allen etwas vorgespielt. Am Ende auch Ihnen.

– Mir?

– Auch Sie sind auf den Schwindel hereingefallen. Rita Dalek hat Sie genauso getäuscht wie alle anderen.

– Was reden Sie denn da? Aaron war es, der seine Menschenkenntnis aufgrund seiner durcheinandergeratenen Libido über Bord geworfen hat, nicht ich. Ich bin dieser Frau nie begegnet.

– Falsch.

– Wie bitte?

– Sie lügen.

– Was tue ich? Sie sollten jetzt besser still sein. Das geht zu weit.

– Ich verstehe, dass das jetzt hart für Sie sein muss. Für eine Frau wie Sie muss das wohl den absoluten Kontrollverlust bedeuten. Sie haben begriffen, dass Ihnen ein Fehler unterlaufen ist. Sie haben es nicht kommen sehen, sind genauso darauf hereingefallen wie Ihr Mann.

– Sind Sie noch ganz bei Trost?

– Ihr ehemaliger Mann hat sich nicht damit zufriedengegeben, Sie zu betrügen. Er ist noch einen Schritt weitergegangen, er hat Ihnen seine Geliebte auch noch vorgestellt.

– Hören Sie auf damit.

– Die beiden haben Theater für Sie gespielt. Sehr amüsant eigentlich.

– Entweder Sie kommen jetzt zum Punkt, oder ich lasse Sie hinauswerfen.

– Erinnern Sie sich noch an dieses Essen, diesen Abend, an

dem ein Mann zu Ihnen an den Tisch gekommen ist und sich übergeben hat? Muss eine ziemliche Sauerei gewesen sein. Ich bin mir sicher, Sie haben das alles noch genau vor Augen, stimmt's?

– Ja. Aber was hat das mit der Geliebten meines Mannes zu tun?

– Die Frau, die mit Ihnen am Tisch saß, war Rita Dalek.

– Wie bitte?

– Sie saßen mit der Geliebten Ihres Mannes am Tisch.

– Das ist völliger Schwachsinn. Das war eine Kundin, die mir Aaron vorgestellt hat. Es gab im Laufe der Jahre immer wieder interessante Menschen, mit denen er mich zusammengebracht hat und mit denen ich dann ins Geschäft gekommen bin. Diese Frau war eine Sammlerin. Einen Dalí wollte sie haben. Eine äußerst sachkundige Person, die genau gewusst hat, wovon sie spricht. Das war doch keine Supermarktverkäuferin.

– Sie irren sich.

– Und Sie sind ein Idiot. Ein ignoranter Besserwisser. Sie und mein Mann, Sie würden sich bestimmt bestens verstehen.

– Idiot?

– Ja.

– Haben Sie das jetzt wirklich gesagt?

– Tun Sie doch nicht so überrascht. Ist bestimmt nicht das erste Mal, dass jemand Sie so nennt. Das müssten Sie doch gewöhnt sein, wenn Sie herumlaufen und solchen Unsinn verbreiten.

– Sie wissen, dass ich für die Polizei arbeite, oder?

– Das haben Sie sich trotzdem verdient. Sie hören nämlich

nicht zu. Sie ignorieren einfach, was ich sage. Wenn Sie sich so benehmen, müssen Sie damit rechnen, dass Gegenwind aufkommt.

– Es ist Ihnen unangenehm, oder? Deshalb reagieren Sie so.

– Was um Himmels willen sollte mir unangenehm sein?

– Dass Sie sich geirrt haben. Dass Ihr Mann Sie getäuscht hat. Dass er Sie nicht nur betrogen, sondern Ihnen Bachmairs Putzfrau auch noch als Kunstexpertin verkauft hat. Eine Kassiererin hat Ihnen erfolgreich vorgemacht, vom Fach zu sein. Muss wirklich bitter sein, wenn man so verarscht wird. Vor allem für so jemanden wie Sie.

– Sie überspannen den Bogen.

– Finden Sie?

– Wenn Sie jetzt nicht gehen, werde ich Ihren Vorgesetzten anrufen. Ich werde mich über Sie beschweren.

– Tun Sie das. Ich würde Sie aber vorher noch gerne etwas fragen. Eine letzte Sache. Sie antworten mir, dann verschwinde ich.

– Was denn noch?

– Wissen Sie etwas über den Van Gogh?

– Welchen Van Gogh?

– *Mutter und Kind.*

– Sagt mir was.

– Haben Sie das Bild schon einmal gesehen?

– Nein.

– Sie haben also keine Ahnung, wo das Bild ist?

– Nein, warum sollte ich? Mit Van Goghs habe ich noch nie gehandelt.

– Dann bin ich beruhigt.

– Warum sind Sie beruhigt?

– Es handelt sich nämlich um Raubkunst. Damit zu handeln wäre strafbar. Sollte Ihnen das Bild jemand angeboten haben, müssten Sie das melden.
– Das ist mir klar. Aber wie gesagt.
– Sie wissen von nichts.
– Genau so ist es.

Rita isst Austern.

So als hätte sie das schon Hunderte Male getan. Genussvoll schlürft sie. Kurz schließt sie ihre Augen und zeigt, wie sehr sie es genießt.

Mit Josephine und Aaron in diesem Restaurant.

Rita redet über Dalí, ihre Liebe zum Surrealismus, leidenschaftlich schwärmt sie, während Ritas Freundin aus dem dritten Stock sich wahrscheinlich krümmt vor Schmerzen und sich nur noch mit Morphium am Leben hält.

Gerda.

Der aktuelle Schub könnte der letzte sein. Rita weiß es.

Gerda weint. In dem Haus, in dem bis vor Kurzem auch der Mann gewohnt hat, der jetzt auf den Tisch zukommt. Der Obdachlose, der sich den Weg in das Luxusrestaurant bahnt, der Verrückte, der sich zielstrebig ihrem Tisch nähert. Manfred.

Rita, sagt er. *Komm mit mir nach Hause.*
Ich weiß nicht, wer das ist, sagt sie.

Man versteht ihn kaum. Manfred lallt, verschluckt die Wörter in seiner Wut. Auch wenn es ihr leidtut, sie verleumdet ihn. Rita bleibt in ihrer Rolle.

Und Manfred übergibt sich.

Er kotzt direkt vor ihnen auf den Boden. Er schockiert sie.

Aaron, Josephine, Rita und alle anderen.

Niemand hat damit gerechnet. Mit diesem Geruch, der ihnen

plötzlich in die Nase steigt, mit der Hektik, die ausbricht. Kellner, die Manfred mit Gewalt von dem Tisch wegziehen, ihn aus dem Restaurant werfen. Kellner, die putzen und sich entschuldigen.

Ein paar Minuten lang herrscht Chaos. Dann beruhigt sich alles wieder.

Sie wechseln den Tisch. Glaubhaft überzeugt Rita Josephine davon, dass der Mann, mit dem sie so lange verheiratet war, nichts mit ihr zu tun hat. Dass sie eine andere ist. Eine Bekannte ihres Mannes. Sie möchte nur ein Bild kaufen, einen Dalí.

Weil Aaron weiß, dass Josephine mehrere davon besitzt.

Vertrau mir, hat er gesagt. *Josephine ist gierig. Wir wiegen sie in Sicherheit, Rita. Zeigen ihr, dass du vom Fach bist.*
Sie wird dir vertrauen, Rita.
Josephine wird dir aus der Hand fressen.

Und er hatte recht. Wie einfach es ist. Nur zwei Stunden hat Rita gegoogelt, ihren Text gelernt, dann hat sie sich ein Kleid angezogen und sich zu Josephine an den Tisch gesetzt. Rita ist eine Sammlerin, der man alles verkaufen kann, ein leichtes Opfer für Aarons Frau, eines von vielen, mit denen ihr Mann sie schon zusammengebracht hat. Eine Hand wäscht die andere.

So hat Aaron es sich ausgedacht.

Er sollte Josephine sagen, dass er sie bei der Käuferin in höchsten Tönen gelobt hat. Dass er Rita davon überzeugt hat, bei ihr zu kaufen.

Zufrieden sitzt er neben den beiden Frauen und hört zu.
Josephine schöpft keinen Verdacht. Niemals würde sie auf
die Idee kommen, dass Aaron zu so etwas fähig wäre. Dass
er vor ihren Augen eine andere Frau bewundern würde, da-
für dass sie so souverän ist, dass sie ohne Zögern immer wei-
ter in Josephines Welt eindringt, sie mit schwindelerregender
Leichtigkeit täuscht.
Rita ist wie ein warmer Sommerregen, der alle überrascht.
Sie spielt die Rolle mit Leidenschaft.
Obwohl sie keinen Tee getrunken hat, gelingt es ihr.
Weil Gerda ihr gesagt hat, dass sie es auch so kann.

Du brauchst das nicht, Rita. Weil du stark bist.
Du gehst da jetzt hin. Verkaufst ihr dieses verdammte Bild.
Eine Million. Und die Albaner bekommen ihr Geld zurück.
Sechs Kilogramm und eine Million.
Wenn die Albaner die Hälfte des Kokains zurückhaben
und die Hälfte des verlangten Geldes, werden sie dich in
Ruhe lassen.
Dann wird alles gut.
Tu es einfach.

Rita hat sie geküsst zum Abschied.
Sie hört Gerdas Stimme, während Aaron beginnt, über den
Van Gogh zu sprechen. Ihre Freundin, die nicht mehr lange
leben wird. Sie bestärkt Rita, weiterzumachen.
Er schenkt Wein nach und flüstert.
Niemand soll es hören. Ein Geheimnis ist es, das Aaron und
Rita mit Josephine teilen wollen. Die Geschichte dieses Bil-
des.

Aaron erzählt, dass Ritas Großvater das Bild aus dem Krieg mitgebracht hat. Von einem unbezahlbaren Schatz spricht er, während Rita daran denkt, wie sie am Morgen nach der Party mit dem Lift in den dritten Stock gefahren ist. Wie sie in Gerdas Wohnung gekommen ist, nachdem Aaron sich von ihr verabschiedet hat. Mit einem breiten Grinsen hat sie den Van Gogh mit einem Klebestreifen an die Kühlschranktür geklebt.

Bevor sie mit Aaron darüber gesprochen hat, hat sie es Agnes und Gerda erzählt.

Was sie in Bachmairs Keller gemacht hat. Dass sie verzweifelt nach dem Teddybären gesucht hat und dass ihr dabei die Idee mit dem Bild gekommen ist. Mit Freude hat sie berichtet, dass jetzt eine billige Fotokopie in dem Rahmen steckt. Dass sie Bachmair gelinkt hat.

Die drei haben gelacht wie Kinder, die jemandem einen lustigen Streich gespielt haben. Kinder, die noch ein ganzes Leben vor sich haben. Obwohl der Krebs schon unerträglich laut aus Gerda herausgeschrien hat, haben sie so getan, als wäre er nicht da. Als gäbe es nur ein Ziel. Ritas Leben zu retten.

Im Bett lagen sie.

Vor zwei Stunden noch hielten sie Gerdas Hände.

Rita die Linke, Agnes die Rechte.

Schön war es. Wie verbunden sie waren. Trotz der Schmerzen.

Den ganzen Nachmittag lang haben sie Gerda nicht losgelassen.

Daran denkt Rita jetzt.

Traurig lächelt sie.

Wollen Sie mir den Van Gogh verkaufen, fragt Josephine.
Ich kenne Sammler, die sehr viel Geld dafür bezahlen
würden.
Sie überraschen mich mit dieser Frage, sagt Rita. *Das Bild*
ist mir sehr wichtig. Ich hänge sehr daran.

Kurz wehrt Rita ab, verneint. Sie zeigt Josephine, dass es keinen Grund dafür gibt, das Bild zu verkaufen. Wie ein Zufall sieht es aus, eine Gelegenheit, die sich plötzlich ergibt. Josephine hat Feuer gefangen, brennt plötzlich. Der Dalí ist kein Thema mehr, sie will diesen Van Gogh. Sie bringt Rita dazu, ihr ein Foto zu zeigen. Ein Foto, das Rita vor zwei Stunden in Gerdas Küche mit dem Handy aufgenommen hat. *Mutter und Kind.*
Josephine ist begeistert. Sie sagt, dass sie auch die anderen Zeichnungen von Van Gogh kennt. Drei dieser Bilder hat er geschaffen, von diesem hier weiß aber niemand. Derselbe Stil, Kohle auf Papier. Da ist Begeisterung in ihrer Stimme, sie will wissen, wie lange das Bild schon in Ritas Besitz ist, ob sie es sehen kann, sie bohrt nach, wiederholt es. Sie macht Rita ein Angebot.

Wollen Sie mir das Bild verkaufen?
Ich kann es morgen prüfen lassen.
Ich könnte ihnen siebenhunderttausend dafür bezahlen.
Eine Million, sagt Rita.

Der Fisch hat angebissen. Hängt am Haken. Er zappelt.
Aaron bestellt noch eine Flasche Wein. Liebevoll küsst er seine Frau auf die Wange. Rita lächelt Josephine an, steht auf,

geht zur Toilette. Auch wenn es ihr schwerfällt, lässt sie die beiden allein.

Aaron wird seine Frau bestärken, ihr gut zureden, sich für Rita verbürgen. Man könne sich garantiert auf sie verlassen, wird er zu ihr sagen. Wie vereinbart wird er Josephine versichern, dass Rita schweigen wird. Er könne alles vertraglich regeln, niemand würde von diesem Deal erfahren. Josephine solle sich diese Gelegenheit nicht entgehen lassen, sie könne das Bild um ein Vielfaches weiterverkaufen.

Aaron wird sie dazu bringen, das Bild zu kaufen, während Rita in der Toilette den Lippenstift nachzieht und Agnes anruft.

Geht es ihr besser, fragt sie.

Agnes schweigt.

Kein Wort sagt sie.

Stille.

Dann legt Rita auf.

Geht zurück an den Tisch.

Ihr Mann kann das Bild morgen bei mir abholen, wenn Sie wollen.
In zwei Tagen fahre ich zurück nach Brüssel.
Bis dahin müssen Sie sich entscheiden.
Ich wünsche Ihnen beiden noch einen schönen Abend.

Rita verabschiedet sich.

So schnell sie kann, fährt sie nach Hause.

In ihrem wunderschönen Kleid stürmt sie in Gerdas Wohnung.

Doch sie kommt zu spät.

Gerda atmet nicht mehr.

Mit geschlossenen Augen liegt sie im Bett.

Sie sieht aus, als würde sie schlafen, friedlich und still.

Rita sieht, dass es vorbei ist.

Lange schaut sie sie an.

Sie sitzt am Bettrand und hält Gerdas Hand. Rita weint.

Bleibt die ganze Nacht lang bei ihr.

Rita legt sich zu Gerda ins Bett. Starrt die Decke an.

Bis es hell wird und die Sonne wieder in den Raum fällt.

Rita streicht sanft mit ihren Fingern über Gerdas Wange.

Dann geht sie zu Agnes in die Küche.

Sie frühstücken.

Man hört nur das Klappern der Teller, das Geräusch, wenn das Messer ein Brötchen durchschneidet, der Filterkaffee, der nach unten tropft.

Zwei Frauen, die schweigen. Weil sie es noch nicht fassen können. Dass Gerda sie nie wieder zum Lachen bringen wird. Die Familienrichterin, die ihrem Leiden erlegen ist, erlöst von ihren Schmerzen. Gerda Danner. Nach langer schwerer Krankheit von uns gegangen. Eine letzte Liebeserklärung auf der Totenanzeige wird bleiben.

In Liebe und Freundschaft, Agnes und Rita.

Der Bestatter wird kommen und Gerda abholen, man wird sie in einem Transportsarg durch das Treppenhaus nach unten tragen, zum letzten Mal wird man ihr die Haare waschen, man wird ihr ihr Lieblingskleid anziehen, und man wird sie vergraben. Wenn Agnes sich endlich entscheidet, die Nummer zu wählen, die Rita herausgesucht hat.

Der Bestattungsunternehmer, der sich damals auch um Theo gekümmert hat. Er wird ihnen beistehen, den Termin für die

Beerdigung koordinieren und sich auch um alles Weitere kümmern.

Das Telefon liegt auf dem Küchentisch.

Rita fragt sich, warum Agnes zögert. Worauf sie wartet.

Rita möchte ihr diese Aufgabe abnehmen, doch Agnes wehrt ab.

Noch nicht, sagt sie.

Agnes zögert den Moment hinaus, in dem man ihr Gerda wegnehmen und sie fortbringen wird. Irgendetwas hält sie davon ab, die Dinge in die richtigen Bahnen zu lenken. Alles, was Gerda noch gesagt hat, bevor sie gestorben ist. Dinge, von denen Rita nichts weiß.

Ein Geschenk, das Gerda ihrer Freundin noch machen will.

Etwas, das Agnes Angst macht. Wozu sie sich erst überwinden muss. Etwas, worüber sie noch länger nachdenken muss, bevor sie es ausspricht.

Bevor sie Rita einweiht.

Agnes verschweigt etwas, Rita weiß es. Deshalb lässt sie ihr Zeit. Drängt sie nicht. Schaut aus dem Fenster. Dorthin, wohin Agnes schaut.

Dann vibriert das Telefon auf dem Tisch.

Aaron.

Rita drückt ihn weg, sie will jetzt nicht mit ihm reden, ihm nicht sagen müssen, dass Gerda tot ist. Sie will jetzt nicht über den Van Gogh nachdenken, über Josephine, sie will zuerst wissen, was Agnes denkt, was sie vorhat. Sie will sich um Gerda kümmern, alles in die Wege leiten.

Doch das Telefon vibriert wieder. Und noch einmal.

So lange, bis Agnes nickt.

Willst du nicht wissen, was los ist, fragt sie.

Rita drückt den Knopf. Stellt auf Lautsprecher. Sie hören, wie aufgeregt Aaron ist, wie sich seine Stimme fast überschlägt, weil er so schnell redet.
Informationen, die wie Blitze in Ritas Kopf einschlagen.

Josephine kauft das Bild.
Sie hat es prüfen lassen.
Sie will es unbedingt. Bezahlt eine Million.
Unfassbar ist das.
Aber Bachmair. Er sucht dich. Er dreht völlig durch, Rita.

Bachmair erträgt es nicht, dass Aaron ihm sein Spielzeug weggenommen hat. Dass er Rita aus seinem Keller geholt hat. Bachmair besteht darauf, dass Rita zurückkommt. Er wird dafür sorgen, dass sie im Gefängnis landet, wenn sie nicht macht, was er sagt.
Er hat sie in der Hand.
Bachmair sagt, dass Aaron untergehen wird. Dass er die Albaner auf ihn und Rita hetzen wird.
Aaron hat Angst. Rita hört es. Spürt es.
Es tut mir leid, dass ich dich da mit hineingezogen habe, sagt sie.
Aaron wehrt ab. Er will sie beruhigen, er versichert ihr, dass er all das freiwillig macht, dass es sich richtig anfühlt und er sich zum ersten Mal seit Langem wieder spürt. Er sagt, dass er weiß, wie irrsinnig das alles ist. Dass er sich auf all das einlässt. Aber er will nicht zurück, er will mit Rita nach einer Lösung suchen.
Wir schaffen das, sagt er.
So gerne würden sie beide auf einen Knopf drücken und ver-

schwinden. Weggehen miteinander. Keine Angst haben müssen.

Du musst das nicht für mich tun, sagt Rita.
Doch, ich muss, sagt Aaron.

Dann schweigen sie beide.
Weil sie nicht mehr wissen, wie es weitergehen soll.
Rita nicht. Aaron nicht.
Nur Agnes weiß es.
Sie lächelt.

Agnes Danner (41), Biologin

– Ich weiß nicht, ob mir das hier guttut.
– Regelmäßiger Sex ist auf alle Fälle gesund, du solltest dir keine Sorgen machen, Agnes.
– Eine Affäre mit einem Bullen ist nicht das, was ich mir gewünscht habe.
– Aber unsere Treffen sind doch schön, oder?
– Irgendwie fühlt es sich nicht gut an, wie sich das alles entwickelt hat. Wir sollten das hier nicht zu groß werden lassen. Vielleicht ist es am besten, wenn wir es schnell wieder beenden.
– Aber warum denn?
– Du bist Polizist, und ich bin Verdächtige in einem Mordfall. Das fühlt sich nicht gut an für mich. Seit vier Tagen kommst du hier an, und jedes Mal denke ich es mir. Er war nur aus einem einzigen Grund hier. Der Bulle macht seinen Job.
– Unsinn, du bist doch keine Verdächtige.
– Doch, das bin ich. Und das ist auch der einzige Grund, warum du mich abgeschleppt hast. Du hast mich in der Kneipe ausgequetscht und abgefüllt, dann hast du die Situation schamlos ausgenützt.
– Ich habe dich doch nicht abgeschleppt. Wenn ich mich richtig erinnere, warst du es, die mich geküsst hat. Und du

hast es ziemlich genossen. So wie ich. Warum sollten wir also nicht ein bisschen Spaß miteinander haben?

– Weil du mir nicht traust.

– Warum sollte ich dir nicht trauen?

– Ich spüre das.

– Ach, komm schon, Agnes.

– Immer wieder fängst du mit dieser verdammten Geschichte an. Ich kann nicht mehr. Will nicht mehr darüber reden.

– Du hast mir aber noch nicht alles erzählt.

– Doch, das habe ich.

– Ich weiß noch immer nicht, was nach der versuchten Vergewaltigung in Bachmairs Haus passiert ist. Was habt ihr dann gemacht? Du, deine Mutter, Rita Dalek.

– Du verhörst mich schon wieder.

– Ich verhöre dich doch nicht.

– Doch, genau das tust du. Während wir nackt im Bett liegen. Dein Job muss dir ganz schön wichtig sein, sonst würdest du nicht riskieren, gleich von mir hinausgeworfen zu werden.

– Ich weiß, dass hier etwas nicht stimmt, Agnes. Und ich werde herausfinden, was es ist. Du wirst es nicht ewig vor mir geheim halten können.

– Was um Himmels willen?

– Was wirklich passiert ist.

– Und dazu ist dir jedes Mittel recht. Du schläfst mit mir, nur um an Informationen zu kommen.

– Ich würde das anders formulieren, aber wenn du es unbedingt so unromantisch sehen willst, von mir aus.

– Warum kannst du mir nicht einfach glauben? Die ganze

Situation ist doch ohnehin schon schwierig genug für mich. Ich wurde da in etwas hineingezogen, das eigentlich nichts mit mir zu tun hat. Rita Dalek ist tot, und meine Mutter ist irgendwo am anderen Ende der Welt.

– Ich mache dir einen Vorschlag.

– Welchen?

– Du sagst mir die Wahrheit, und dann vergessen wir das alles. Egal was es ist. Du redest, und ich werde dich in Ruhe lassen.

– Spinnst du?

– Und wenn ich es dir verspreche, dass ich nichts unternehmen werde? Egal was ich erfahre. Dir wird nichts passieren.

– So etwas kannst du mir nicht versprechen.

– Doch, das kann ich. Ich bin der leitende Ermittler in diesem Fall.

– Und was, wenn ich dich anlüge?

– Ich mache diesen Job schon sehr lange. Glaub mir, ich weiß, wenn jemand lügt.

– Und? Habe ich bereits gelogen?

– Natürlich hast du das.

– Und an welcher Stelle der Geschichte?

– Du machst das sehr geschickt, finde ich. Du spickst deine Lügen mit Wahrheit, das macht es etwas schwierig für mich, aber ich denke, ich durchschaue dich.

– Dann ist es ja gut. Wenn du so schlau bist, müssen wir ja nicht mehr miteinander reden.

– Ich habe das Puzzle noch nicht ganz fertig, ein paar wichtige Details fehlen mir noch. Zum Beispiel würde ich gerne wissen, was mit dem Zahnarzt passiert ist.

- Was soll denn das jetzt?
- Rosenthal. Was habt ihr mit ihm gemacht?
- Was sollen wir mit ihm gemacht haben? Keine Ahnung, was du von mir willst.
- Er ist tot.
- Wie bitte?
- Er wurde umgebracht.
- Was redest du da?
- Ich bin mir sicher, dass du Bescheid weißt.
- Gar nichts weiß ich. Du bist ja völlig irre.
- Danke für das Kompliment.
- Dieses verdammte Schwein wird ermordet, und du erzählst mir das einfach so nebenbei? Sagst kein Wort, gestern nicht, heute nicht. Du schläfst mit mir, und dann kommt das einfach so aus dem Nichts. Es war wirklich ein Fehler, mich mit dir einzulassen.
- Bist du nicht froh darüber, dass er tot ist? Das hast du dir doch gewünscht, oder?
- Du hast sie ja nicht mehr alle. Er war zwar ein kranker Drecksack, aber das heißt noch lange nicht, dass ich will, dass er stirbt.
- Ich frage mich, wie das sein kann. Warum die Albaner ihn auf seinen Zahnarztstuhl gefesselt haben. Warum sie ihn gefoltert und ihm am Ende eine Plastiktüte über den Kopf gestülpt und erstickt haben.
- Folter?
- Ja.
- Was wollten sie von ihm?
- Wie gesagt, ich dachte, dass ich das von dir erfahre.
- Warum von mir?

- Weil er dich beinahe vergewaltigt hat.
- Und?
- Er war Rita Daleks Zahnarzt. Außerdem hat er gewusst,
  wer sie wirklich war. Ihr alle drei hattet mit ihm zu tun.
  Außerdem hat man Kokain bei ihm gefunden. Sechs Kilo-
  gramm, nach denen die Albaner wohl gesucht haben.
  Herr Rosenthal hatte das Zeug aber sehr gut versteckt. Er
  war wohl zu gierig, wollte den Herrschaften unter keinen
  Umständen geben, was sie von ihm verlangten. Deshalb
  musste er sterben.
- Sechs Kilogramm Kokain? Wie kann das sein?
- Das habe ich mich auch gefragt.
- Du musst mir glauben. Ich weiß wirklich nicht, was da los
  ist. Ich kann dir nicht helfen, ich möchte nur, dass das alles
  endlich vorbei ist.
- Du lügst, Agnes.
- Wenn du das so siehst, ist es wohl wirklich besser, wenn
  du jetzt gehst.
- Du weißt, warum die Drogen in seiner Praxis waren, du
  weißt es ganz genau.
- Ich habe dir nichts mehr zu sagen.
- Du musst keine Angst haben, Agnes.
- Ich habe keine Angst. Und weißt du auch, warum? Weil
  ich nichts getan habe.
- Jemand hat den Albanern einen Tipp gegeben.
- Einen Tipp?
- Jemand hat ihnen gesagt, dass Rosenthal das Kokain hat.
  Irgendjemand wollte, dass er seine Strafe bekommt.
- Du unterstellst mir also tatsächlich, dass ich etwas damit
  zu tun habe?

– Ja. Ich denke, dass er die Drogen von euch bekommen hat. Die Frage ist nur, wofür.

– Von uns?

– Von wem sonst? Deine Mutter, Rita Dalek und du, ihr wart die Einzigen, die von den Drogen wussten. Und Bachmair natürlich, aber der wäre wohl kaum so großzügig gewesen.

– Es reicht. Genug geredet. Ich möchte, dass du gehst. Sofort.

– Aber jetzt wird es doch erst richtig spannend. Das Ende der Geschichte naht. Du könntest es einfach hinter dich bringen, ich kann mir vorstellen, dass es auf Dauer sehr belastend sein kann, mit so vielen Lügen zu leben.

– Warum lässt du es nicht gut sein?

– Ich kann nicht.

– Und warum nicht?

– Weil ich im Gegensatz zu dir finde, dass Rita Dalek ein guter Mensch war.

– Ernsthaft? Wegen dieser Verrückten machst du dieses ganze Theater?

– Ja.

– Du stellst dich auf ihre Seite, obwohl du weißt, was sie gemacht hat? Warum?

– Ich habe meine Gründe.

– Du kanntest sie nicht. So unschuldig, wie du denkst, war sie nicht.

– Wer sagt, dass ich sie nicht kannte?

– Du redest wirres Zeug.

– Außerdem denke ich, dass kein Mensch so viel Pech im Leben verdient hat.

– Ich dachte, du bist Polizist und kein Seelsorger. Ist doch nicht deine Aufgabe, dir darüber Gedanken zu machen, wie das Glück auf dieser Welt verteilt wird.

– Vielleicht ja doch.

Sie bringen Gerda nach unten.

Es schaut so aus, als hätte die kranke alte Frau einen schlechten Tag. Sie kann sich kaum auf den Beinen halten, die Schmerzen sind unerträglich, deshalb sitzt sie im Rollstuhl.

Ich hasse dieses Ding, hat Gerda immer gesagt.

Sie wollte nicht darin herumgefahren werden. Bis zum Schluss hat sie sich beharrlich dagegen gewehrt. Auch wenn ihr an manchen Tagen bereits nach hundert Metern die Kraft ausgegangen war und nur die Schmerzmittel sie noch auf den Beinen hielten. Gerda war stolz und stur. Nur ganz selten benutzte sie ihn.

Den ihr verhassten Rollstuhl, der jetzt wie ein Geschenk ist.

Agnes und Rita. Auch wenn es ihnen schwerfiel, sie haben es einfach getan. Sie haben Gerda hochgehoben, ihr den Pyjama ausgezogen, sie hübsch gemacht. Sie mussten die Totenstarre brechen, mit Gewalt haben sie ihren Körper bewegt, die Beine, die Arme. Sie zogen Gerda ein Kleid an, einen Mantel, setzten ihr einen Hut auf, eine Sonnenbrille. Dann hoben sie Gerda in den Stuhl. Jeder Handgriff war selbstverständlich. Gemeinsam haben sie beschlossen, diesen Weg zu gehen, nicht daran zu zweifeln, ob er richtig ist. Agnes hat es vorgeschlagen, und Rita hat darüber nachgedacht und zugestimmt. Weil Agnes gesagt hat, dass Gerda es so wollte. Nach langem Zögern hat Agnes erzählt, was passiert ist, während Rita mit Aaron und Josephine in dem Restaurant saß.

Gerda hat Morphium genommen.
Sie wollte unbedingt, dass es passiert, während du nicht da bist.
Sie hatte Angst, dass du sie davon abhalten willst, Rita.
Sie hat mich angefleht, dass ich ihr helfe.
Sie wollte es keine Stunde länger mehr ertragen.
Sie wollte dir helfen, Rita.
Das war alles ihre Idee.

Rita hat geweint. Aber sie hat keine Fragen gestellt.
So sehr hatte sie es sich gewünscht, Gerda noch einmal zu sehen. Aber ihre Freundin hat anders entschieden. Einmal mehr vertraut Rita darauf, was Gerda gesagt hat.
Zum zweiten Mal lädt Rita nun eine Leiche in ihren Wagen.
Zum zweiten Mal fährt sie aus der Garage und tut so, als wäre es das Normalste auf der Welt. Nichts kann ihnen passieren.
Im schlimmsten Fall geben sie vor, auf dem Weg zum Bestatter zu sein, vollkommen verwirrt, weil ein geliebter Mensch sich für immer verabschiedet hat.
Agnes und Rita.
Sie fahren durch die Stadt. Gerda auf der Rückbank, es sieht aus, als würde sie schlafen. Agnes macht das Radio an.
David Bowie. *Heroes.*
Es ist Mittag, und im Kofferraum liegen die restlichen sechs Kilogramm Kokain aus der Vorratskammer. Aber auch das macht den beiden Frauen keine Angst. Zu viel ist passiert, es kann nicht schlimmer werden.
Rita sieht im Rückspiegel, wie Gerdas Kopf hin- und herwackelt.
Rita ist angriffslustig, traurig, aber auch wütend, sie will die

Fäden in die Hand nehmen. Sie will Gerda diesen letzten Wunsch erfüllen. Egal wie bedrohlich das alles ist, wie wahnwitzig.

Es geht nur noch darum, nicht zu sterben.

Nicht kaputt geschlagen zu werden.

So wie Kamal.

Rita denkt daran, dass sie ihn immer noch nicht im Krankenhaus besucht hat. Ihr schlechtes Gewissen plagt sie seit Tagen. Sie ist dafür verantwortlich, dass er zusammengeschlagen wurde, dass er leidet, dass sein Leben nie mehr so sein wird, wie es war.

Weil sie beschlossen hat, sich zu nehmen, was sie gefunden hat, weil sie mehr wollte, als ihr zusteht, muss Kamal jetzt in einem Krankenhausbett liegen und sich fragen, ob Rita verrückt geworden ist.

Zu Recht.

Niemand hätte je damit gerechnet, dass sie zu alldem fähig sein würde. Am allerwenigsten sie selbst.

Dass sie den Wagen jetzt vor Rosenthals Praxis parken, grenzt an Irrsinn, dass sie den Rollstuhl aus dem Kofferraum holen, das Kokain unter dem Sitz verstauen, dass sie Gerda bei helllichtem Tag aus dem Wagen heben und sie ganz selbstverständlich in seine Praxis rollen.

Rita hat ihn angerufen. Sie hat Rosenthal dazu gebracht, an einem Sonntag in die Praxis zu kommen.

Rita hat ihm klargemacht, dass es eine einmalige Chance ist, mit einem Schlag das große Geschäft zu machen. Wenn er sich darauf einlässt, wird er es nicht bereuen. Sechs Kilogramm Kokain hat sie ihm versprochen. Eine ganze Winternacht.

Was wollt ihr dafür, hat er gefragt.
Das erfährst du, wenn wir da sind, hat Rita gesagt.

Rosenthal, das Schwein.
Ob Agnes ihm wirklich wieder begegnen will, hat Rita sie gefragt. Ob sie sich sicher ist.
Agnes hat genickt.
Er wird dafür bezahlen, was er mit mir gemacht hat, hat sie gesagt.
Ritas Zahnarzt.
Er macht ihnen die Tür auf, starrt auf den Rollstuhl, starrt auf die schlafende Gerda, er grinst, verhöhnt sie bereits mit dem ersten Satz, den er ihnen entgegenwirft. Er wirkt selbstsicher. Es schaut so aus, als würde er sich freuen, dass Agnes wieder vor ihm steht. Noch hat er keine Ahnung, was die Frauen wirklich von ihm wollen, er scheint nichts zu befürchten. Da ist nur dieser Dreck, der aus seinem Mund kommt.
Rosenthal genießt es. Er demütigt sie.

Ich wusste, dass du es dir anders überlegst.
Du willst, dass ich es dir besorge, richtig?
Euch allen dreien?
Der Alten auch?

Die Alte schweigt.
Und auch Agnes sagt nichts. Rita weiß, dass sie nichts lieber tun würde, als über ihn herzufallen, ihn zu Boden zu werfen, seinen Kopf auf die Steinfließen zu schlagen. Sie bleibt ruhig. Rita bringt Rosenthal mit einem Nicken dazu, voraus ins Behandlungszimmer zu gehen. Sie schiebt den Rollstuhl, stellt

ihn vor Rosenthals Schreibtisch. Sie erklärt ihm, was sie von ihm wollen, während er Platz nimmt und seine Beine auf den Tisch legt.

Immer noch grinst Rosenthal. Immer noch scheint er es für einen Scherz zu halten, was Rita sagt. Weil er nicht glauben will, dass die Frau im Rollstuhl tot sein soll.

Wollt ihr mich verarschen, fragt er.
Wo ist das Kokain? Und was wollt ihr wirklich?

Rita setzt Gerda die Sonnenbrille ab.

Sie bewegt Gerdas Kopf, der bis eben noch nach unten gekippt war. Sie hebt Gerdas Kinn, zeigt ihm den offen stehenden Mund.

Rosenthal nimmt die Beine vom Tisch, er springt auf, schreit.

Raus hier. Seid ihr wahnsinnig.
Was soll das? Ich will, dass ihr sofort verschwindet.
Nehmt die Leiche und haut ab.
Drecksweiber.

Aber die Drecksweiber rühren sich nicht vom Fleck.

Setz dich wieder hin, sagt Rita.

Agnes holt das Kokain aus dem Ablagefach des Rollstuhls und legt es auf den Schreibtisch. Sechs Päckchen. Eines nach dem anderen legt sie vor Rosenthal hin.

Wir wollen nur ein Röntgenbild, sagt sie.

Dann gehört das alles dir.

Sonst sagt Agnes nichts. Rita ist es, die ihm erklärt, wie es ablaufen wird.

Sie werden Gerda jetzt zur Röntgenkammer rollen, gemeinsam werden sie Gerda aus dem Stuhl heben, den Kopf fixieren und die Spange in den Mund stecken, die die Zunge nach unten drückt, und Rosenthal wird das Röntgengerät bedienen. Anschließend wird er das Bild entwickeln und es in Ritas Akte legen. Ihr Name wird auf dem Röntgenbild stehen.

Rita Dalek.

Rosenthal wird die Aufnahme rückdatieren, ein Datum von vor ein paar Monaten in den Computer eingeben. Er wird so tun, als wäre es das Gebiss von Rita, von dem er ein Bild gemacht hat, er wird das Patientinnenblatt anpassen, Kronen und Füllungen vermerken.

Dann werden sie Gerda wieder gemeinsam in den Stuhl heben. Agnes und Rita werden für immer verschwinden. Rosenthal wird die Tür hinter ihnen schließen, und er wird keine Fragen mehr stellen. Er wird in Kokain baden, sich ganz seiner Sucht hingeben können. Und wenn sie kommen, um ihn nach Ritas Akte zu fragen, wird Rosenthal schweigen. Kein Wort wird er sagen. Zu niemandem.

Hast du das verstanden, fragt Rita.

Rosenthal nickt.

Er starrt das Kokain an.

Noch bevor er getan hat, wozu man ihn bringen will, denkt Rosenthal wahrscheinlich bereits daran, was er mit den Drogen machen wird. Bestimmt erinnert er sich an die prall mit Kokain gefüllten Schalen auf Bachmairs Party, er malt sich aus, dass er jetzt seine eigenen füllen kann. Auf seinem Schreibtisch liegt genug Zeug, um die halbe Stadt auf eine Line einzuladen. Rita sieht es in seinen Augen, dass er an all die Menschen denkt, die vor ihm niederknien werden, weil er jetzt der Gönner sein wird. So wie Bachmair wird er es genießen, dass sie sich um ihn scharen, seine Nähe suchen. Die Frauen, die alles mit sich machen lassen werden, was er will. Gier treibt ihn an, der bevorstehende Rausch, der Wunsch, eines der Pakete sofort aufzureißen und das weiße Pulver einfach zu fressen.

Es ist offensichtlich. Rosenthal brennt.

Deshalb tut er es. Er will Rita, Agnes und die Leiche so schnell wie möglich wieder loswerden. Sie sollen das Kokain dalassen und verschwinden. Deshalb macht er das Bild.

Es ist zwar schwierig, doch es funktioniert. Die Leiche in Position zu bringen, den Kopf. Sie strengen sich an, quälen sich. Agnes und Rita halten Gerda fest, und Rosenthal drückt auf den Knopf. Dann öffnet er die Datei auf seinem Computer. Er löscht Dinge, gibt neue ein.

Alles passiert genau so, wie Gerda es sich ausgedacht hat.

Ritas Freundin.

Agnes' Mutter.

Friedlich sitzt sie wieder in ihrem Rollstuhl.

Auf dem Weg zu Ritas Wagen.

Zufrieden schaut sie aus.

Aaron Martinek (58), Staatsanwalt

– Warum treffen wir uns hier?
– Weil ich noch ein paar Dinge mit Ihnen besprechen muss.
– Aber warum gerade am Friedhof?
– Weil ich dachte, dass Sie sehen wollen, wo sie beerdigt wurde.
– Vielleicht sollten Sie nicht zu viel denken.
– Sie haben diese Frau geliebt. Zumindest vorübergehend. Hatten Sie in den letzten Wochen nie das Bedürfnis, sich von ihr zu verabschieden? Ihr Grab zu besuchen?
– Nein, das hatte ich nicht.
– Warum nicht?
– Ich sagte Ihnen bereits, dass ich die Beziehung beendet habe, bevor Rita starb. Warum hätte ich also hierherkommen sollen? Für mich war die Sache erledigt.
– Vielleicht haben Sie sich ja doch falsch entschieden.
– Wie soll ich das verstehen?
– Vielleicht wäre es besser gewesen, Sie wären mit Rita Dalek zusammengeblieben. Dann hätte sich möglicherweise alles in eine andere Richtung entwickelt. Vielleicht wäre die Geschichte dann ja gut ausgegangen.
– Ich habe keinen blassen Schimmer, wovon Sie reden.
– Ich habe mit Ihrer Frau gesprochen.
– Schön für Sie.

– Sie hat mir erzählt, dass sie sich von Ihnen hat scheiden lassen. Ging ziemlich schnell, würde ich sagen. Muss ein ziemlicher Schlag für Sie gewesen sein, oder?

– Darüber möchte ich nicht reden.

– Es tut mir sehr leid für Sie, dass alles so gekommen ist.

– Muss es nicht. Wahrscheinlich habe ich das bekommen, was ich verdient habe.

– Soll ich ehrlich sein?

– Nur zu.

– Ihre Frau ist mir nicht sonderlich sympathisch. Sie hat hässliche Dinge gesagt. Sie hat Sie einen Versager genannt. Das muss Sie bestimmt sehr kränken, oder?

– Ich kann es Ihnen gerne noch einmal sagen. Mein Privatleben geht Sie nichts an. Bitte respektieren Sie das.

– Verzeihen Sie mir, dass ich so hartnäckig bin, aber ich kann nicht anders. Ich bin immer noch davon überzeugt, dass Sie etwas mit der Sache zu tun haben. Alles, was ich in den letzten Wochen in Erfahrung bringen konnte, lässt keinen Zweifel mehr offen.

– Ich habe Ihnen doch schon gesagt, was ich weiß. Mir ist nicht klar, was Sie noch von mir wollen. Ich habe Rita Dalek nicht umgebracht, Sie verschwenden wirklich Ihre Zeit.

– Das macht nichts. Zeit habe ich genug. So wie Sie jetzt auch. Ich habe gehört, dass Sie sich zur Ruhe setzen wollen. Das ist schade. Wie ich gehört habe, waren Sie immer einer, dem die Gerechtigkeit sehr am Herzen gelegen ist.

– Sie müssen mir keinen Honig ums Maul schmieren. Von mir aus können Sie tun, was Sie nicht lassen können, ich habe nichts mehr zu verlieren. Stellen Sie mich ruhig an den Pranger, bringen Sie mich mit dem Tod dieser Frau in Verbindung, wenn Sie unbedingt wollen. Es wird aber nichts daran ändern, dass ich unschuldig bin.

– Das glaube ich Ihnen ja.

– Aber?

– Es geht darum, dass ich mir nicht mehr ganz sicher bin, ob das alles hier wirklich passiert ist.

– Verstehe ich nicht.

– Es könnte sein, dass Rita Dalek exhumiert wird. Ich überlege mir, das in die Wege zu leiten.

– Sie soll exhumiert werden? Aber warum denn?

– Es schaut so aus, als hätten wir bei unseren Ermittlungen einen schweren Fehler begangen.

– Welchen Fehler?

– Es hat mit einer Freundin von Rita Dalek zu tun. Gerda Danner, Familienrichterin. Sie kennen sie vielleicht?

– Sagt mir nichts.

– Sie haben sie bei einer von Bachmairs Partys kennengelernt. Es handelt sich um die Mutter der Frau, die beinahe vergewaltigt wurde und der sie dankenswerterweise geholfen haben.

– Ach ja. Das war unschön.

– Sie erinnern sich also?

– Natürlich. Auch an die ältere Dame. Ich wusste nicht, wer sie war, mir ist nur aufgefallen, dass sie in keinem guten Zustand war.

– Genau das ist der springende Punkt. Können Sie sich vorstellen, dass jemand, der Krebs im Endstadium hat, plötzlich beschließt, ans andere Ende der Welt zu fliegen, um sich dort in die Sonne zu legen?

– Eher nicht.

- Wenn man Agnes Danner glauben soll, ist ihre Mutter irgendwo in Südamerika. Ich bin mir aber ziemlich sicher, dass das eine Lüge ist. Ich habe mit den Ärzten von Frau Danner gesprochen, und sie halten es für nahezu ausgeschlossen, dass jemand in ihrem Zustand solche Strapazen auf sich nehmen kann.
- Was kümmert Sie das? Diese Frau hat doch nichts mit der Sache zu tun.
- Doch, das hat sie. Und ich gehe davon aus, dass Sie darüber Bescheid wissen.
- Das tue ich nicht.
- Trotzdem werden wir das Grab öffnen müssen.
- Aber warum denn? Niemand hätte etwas davon. Vor allem Rita Dalek nicht. Sie hat genug durchgemacht, finden Sie nicht auch?
- Das hat sie. Trotzdem muss ich noch ein paar Dinge mit ihr klären.
- Rita ist tot.
- Ist sie das?
- Ihr Name steht doch auf dem Grabstein, oder?
- Das tut er, ja. Aber ich denke nicht, dass das richtig ist.
- Die Albaner haben sie betäubt, in den Wagen gesetzt und angezündet. Bestimmte Dinge muss man auch in Ihrem Beruf nicht hinterfragen, wenn alles so offensichtlich ist.
- Finden Sie? Dazu fällt mir etwas ein, was ich Sie schon seit Längerem fragen wollte.
- Ich höre.
- Glauben Sie an die Liebe, Herr Martinek?
- Warum wollen Sie das wissen?
- Weil es doch genau darum geht, oder?

– Liebe ist nicht mein Thema, wie Sie ja zwangsläufig mitbekommen haben. Ich habe meine Frau betrogen, und sie hat sich deshalb von mir scheiden lassen. Sie hat mich aus dem Haus geworfen, in dem ich die letzten dreißig Jahre gelebt habe. Und meine ehemalige Geliebte wurde umgebracht. Ich würde sagen, Sie suchen sich einen anderen Gesprächspartner, wenn Sie über die Liebe reden wollen.

– Ich hatte gehofft, dass Sie mir doch noch verraten, was ich wissen möchte. Dass Sie weich werden.

– Tut mir leid, dass ich Ihnen nicht weiterhelfen konnte.

– Und wo wollen Sie jetzt hin?

– Ich werde Urlaub machen. Mich irgendwo zurückziehen.

– Wo?

– Sie verstehen sicher, dass ich Ihnen das nicht verraten werde, oder? Eines möchte ich Ihnen aber trotzdem noch sagen.

– Und das wäre?

– Rita Dalek.

– Was ist mir ihr?

– Sie war ein feiner Mensch. Sie hat niemandem etwas getan. Sie sollten sich wirklich überlegen, ob sie die Toten nicht einfach ruhen lassen.

– Sollte ich das?

– Ja.

Gerda brennt.

Ritas Wagen steht auf einem leeren Parkplatz am Waldrand. Weit und breit ist da kein Mensch. Keiner, der das Feuer löscht, in dem Gerda sich gerade auflöst. Mit Klebeband haben Rita und Agnes sie am Beifahrersitz festgebunden. Alles sieht so aus, als wäre es eine Hinrichtung. Als würde Rita in dem Wagen sterben.

Die Albaner haben sie bei lebendigem Leib verbrannt.

Weil sie nicht getan hat, was sie von ihr verlangt haben. Rita hat die Drogen nicht zurückgegeben, die sie gestohlen hat, die Albaner haben ihre Drohung wahrgemacht.

Es ist das traurige Ende einer Geschichte.

So hat Gerda es sich ausgedacht. Das war der Plan, dem Rita zugestimmt hat. Sie hat diesen Ausweg gesehen, von dem Agnes gesprochen hat, diesen Spalt im Zaun, durch den sie schlüpfen kann, wenn sie alles richtig machen.

Deshalb sind sie mit der Leiche wieder durch die Stadt gefahren, vom Zahnarzt zum Stadtrand, wieder ist nichts passiert, niemand hat sie daran gehindert, das Unmögliche zu tun.

Agnes und Rita haben sie noch geküsst, bevor sie Gerda mit Benzin übergossen und die Grillanzünder auf die Reifen gelegt haben. In Gedanken hat sich Rita von ihr verabschiedet, sie hat Gerda ein letztes Mal umarmt, sie ein letztes Mal reden hören.

Mach dir keine Sorgen, Rita.

Ich hätte mich ohnehin verbrennen lassen.

Das hier ist umsonst, das Krematorium hätte Geld gekostet.

Hör auf, dir Vorwürfe zu machen, Rita.

Du ziehst das jetzt durch.

Ihr zündet mich an und verschwindet.

Dann holst du dir das verdammte Geld und steigst in den Zug.

Tu es einfach, Rita.

Ganz langsam hat Gerda zu brennen begonnen, jetzt steht der Wagen in Flammen. Ein Feuerball auf dem Parkplatz. Weit genug entfernt von den Bäumen, es kann nichts passieren. Sie haben den Platz gut gewählt, hier wird so schnell niemand vorbeikommen, sie werden weit weg sein, wenn man den Wagen entdeckt, wenn die Feuerwehr kommt, um den Brand zu löschen. Von Gerda wird nichts mehr übrig sein.

Nur noch Knochen.

Und Zähne.

Es wird funktionieren.

Rita betet dafür, während sie rennt.

Durch den Wald, Richtung Bahnhof laufen sie. Zu Fuß, kein Auto. Wenig befahrene Straßen, keine öffentlichen Verkehrsmittel, sie vermeiden es, gesehen zu werden. Beide tragen Kapuzenpullover, beide schweigen.

Erst am Bahnhof wechseln sie wieder ein Wort. Rita kann es immer noch nicht fassen, was sie getan haben. Das Röntgenbild beim Zahnarzt, die Leiche, die sie zweimal quer durch die Stadt gefahren haben, und Gerdas Gesicht, das in den Flammen verschwunden ist.

Zu den Schließfächern, sagt Agnes.

Rita folgt ihr.

Weil dort das Geld liegt, das Josephine bezahlt hat. Das Geld, das Aaron für sie dort hinterlegt hat. Kurz bevor Rita jetzt in den Zug steigt, steckt sie den Schlüssel in das Schloss und öffnet das Fach. Rita nimmt einen Rucksack heraus, öffnet den Reißverschluss. Wirft einen Blick hinein und lächelt Agnes zufrieden an.

Dann laufen sie Richtung Bahnsteig.

Sie haben noch ein paar Minuten, bis der Zug abfährt.

Ein Regionalzug in die Schweiz. Dann ein Schnellzug nach Paris.

Die beiden Frauen verabschieden sich.

Alles scheint gut zu sein.

Rita rechnet nicht damit.

Mit dem, was Agnes sagt.

Was sie tut.

Ganz plötzlich kommt es.

Gib mir den Rucksack, sagt Agnes.

Rita versteht es nicht. Diesen Blick. Was Agnes von ihr will.

Du sollst mir das verdammte Geld geben, sagt sie.

Sie meint es ernst.

Wie aus dem Nichts kommt es.

Aber du hast doch deinen Anteil bereits, sagt Rita.

Ich will alles, sagt Agnes.

Die fünfhundert, die sie schon vorher in Agnes' Wohnung deponiert haben, und auch die fünfhundert in dem Rucksack, mit dem Rita sich in den Zug setzen will.

Agnes lässt keinen Zweifel offen, dass sie alles dafür tun wird, um zu bekommen, was sie will. Agnes droht. Die bösen Sätze sprudeln nur so aus ihr heraus, aus heiterem Himmel sagt sie, dass sie dafür sorgen wird, dass Rita ins Gefängnis geht. Und auch Aaron. Man wird Rita einsperren, wenn sie das Geld nicht bekommt. Agnes wird alles erzählen, sie wird lügen, die Geschichte so verformen, dass es am Ende nur noch einen Schuldigen gibt.

Rita Dalek.

Sie begreift es nicht. Starrt auf die Bahnhofsuhr.

Drei Minuten hat sie noch.

Steig jetzt in diesen beschissenen Zug, sagt Agnes.
Sonst werde ich es den Beamten dort drüben erzählen.
Alles, was du getan hast, Rita.

Rita nickt.

Und Agnes nimmt ihr den Rucksack ab.

Wortlos steigt Rita in den Zug.

Und fährt ab.

Agnes Danner (41), Biologin

– Ich habe schlechte Nachrichten für dich, Agnes.
– Was willst du denn noch?
– Ich weiß jetzt, was ihr gemacht habt.
– Gar nichts weißt du. Deshalb bist du auch hier. Weil du völlig im Dunkeln tappst. Du denkst, dass ich einknicke, wenn du mir noch länger auf die Nerven gehst, aber das kannst du vergessen. Ich muss mich jetzt um andere Dinge kümmern. Die Möbel hier müssen auf den Sperrmüll, die hässlichen Tapeten müssen runter, und auch den Teppichboden werde ich rausreißen.
– Du renovierst? Was wird deine Mutter dazu sagen, wenn sie zurückkommt?
– Das soll nicht deine Sorge sein. Also, sag schon, was du noch von mir willst. Ich ertrage dich nicht länger.
– Es geht um dieses Bild.
– Welches Bild?
– Dachte ich mir, dass du so tun wirst, als wüsstest du von nichts. Aber ich kann dir gerne auf die Sprünge helfen. Das Bild hat unserem Freund Bachmair gehört. So wie es aussieht, hat man es ihm gestohlen. Er ist ziemlich aufgebracht. Er hat mich angerufen, mich angewiesen, dass ich ganz inoffiziell dafür sorgen soll, dass das Bild zu ihm zurückkommt. Klingelt da was?

- Nein, absolut nicht.
- Es handelt sich um einen Van Gogh. Ist wohl ziemlich wertvoll.
- Ich kenne mich mit Kunst nicht aus.
- Aaron Martineks Frau aber schon. Sie handelt damit.
- Dann solltest du mit ihr reden, nicht mit mir.
- Wessen Idee war es? Ritas? Deine? Martineks?
- Keine Ahnung, was du meinst.
- War Martinek auch in den Plan mit dem Zahnarzt eingeweiht?
- Was für ein Plan denn?
- Das Röntgenbild.
- Keine Ahnung, wovon du redest.
- Hat er auch davon gewusst, dass du Rosenthal die Albaner auf den Hals gehetzt hast? Hat er versucht, dich davon abzuhalten?
- Du hast zu viel Fantasie.
- Das alles hat mit Fantasie nichts zu tun. Das ist die Wirklichkeit, Agnes. Und deshalb solltest du mir jetzt genau zuhören. Du hast nämlich zwei Möglichkeiten. Entweder du tust, was ich dir sage, oder ich werde dich verhaften. Ich werde die Kollegen anrufen, und wir werden dich direkt von hier ins Untersuchungsgefängnis bringen.
- Was willst du von mir?
- Zuerst einmal das Geld.
- Welches Geld?
- Das Geld, dass du Rita Dalek am Bahnhof abgenommen hast.
- Was redest du jetzt schon wieder?
- Ich sagte dir doch, dass ich Bescheid weiß. Die Überwa-

chungskameras am Bahnhof, ich hatte da so ein Gefühl.
Es war zwar eigentlich aussichtslos, was ich mir vorgenommen hatte, aber die Mühe hat sich gelohnt. Das Filmmaterial war Gott sei Dank noch nicht gelöscht worden, ich habe Unmengen an Videos gesichtet, bin die ganze Nacht lang vor dem Monitor gesessen. Bin fast verzweifelt. Aber am Ende habe ich euch beide entdeckt. Zwei Frauen mit Kapuzenpullis. Wie sie zu den Schließfächern rennen, dann mit einem Rucksack zum Bahnsteig. Knallscharfe Bilder sind das. Man kann das Geld auf dem Video ganz deutlich sehen, wenn Rita Dalek den Reißverschluss öffnet. Das Strahlen in ihrem Gesicht. Für eine Tote sieht sie verdammt gut aus.

– Du bist ein Arschloch, weißt du das?

– Ich denke, das ist Ansichtssache. So oder so darf ich dich jetzt darum bitten, mir das Geld auszuhändigen. Alles, Agnes. Jeden einzelnen Euro, ich weiß, um wie viel es sich handelt.

– Warte doch erst mal. Ganz langsam. Wir können über alles reden.

– Können wir nicht. Für dich ist das Spiel zu Ende. Also, mach schon. Du hast zwei Minuten.

– Du bist ein korruptes Schwein.

– Auch das ist Ansichtssache. Aber darüber müssen wir beide uns ja nicht mehr unterhalten. Erzähl mir lieber, warum du das getan hast. Warum hast du ihr das Geld abgenommen? Der Plan war doch gut. Jeder hätte ein Stückchen vom Kuchen abbekommen.

– Ich habe ihr ermöglicht, das Land zu verlassen. Ich habe ihr geholfen. Habe alles für sie riskiert. Das Geld steht mir zu.

- Leider, Agnes. Dir steht es nun wirklich nicht zu.
- Was weißt du schon?
- Du hast noch eine Minute. Dann lege ich dir Handschellen an.
- Du kannst mich mal.
- Das Geld, Agnes. Du willst doch nicht wirklich dafür ins Gefängnis gehen? So gierig bist du dann doch wieder nicht, oder?
- Drecksbulle.
- Deine letzte Chance, Agnes. Fünf, vier, drei zwei, eins.
- Da hast du dein Scheißgeld.
- Oh, wie schön. Ich danke dir.
- Geh jetzt, bitte.
- Eine Sache noch. Wenn du dich ein weiteres Mal kooperativ zeigst, werde ich einfach verschwinden, dir wird nichts passieren, versprochen.
- Was willst du denn noch?
- Du wirst mir jetzt sagen, wo ich die beiden finden kann.
- Ich weiß nicht, wo sie sind.
- Dann bleibt mir nichts anderes übrig, als in der Zentrale anzurufen. Bedeutet zwar ziemlich viel Papierkram für mich, aber wenn du mir keine Wahl lässt, dann wird mir wohl nichts anderes übrig bleiben. Wobei ich wirklich nicht ganz verstehe, warum du die beiden noch schützen willst. Rita Dalek war dir doch von Anfang an völlig egal. Genauso wie deine Mutter.
- Lass meine Mutter aus dem Spiel.
- Sie hat ihr Leben lang zu viel gearbeitet, oder? Sich nie sonderlich um dich gekümmert? Die familiären Probleme der anderen waren immer wichtiger, stimmt's? Deshalb

bist du auch nach England. Wahrscheinlich bist du nur
zurückgekommen, weil du etwas erben wolltest. Du hast
das Geld gerochen. Ist doch so, oder?

– Bitte geh jetzt.

– Sag mir, wo sie sind, dann bin ich weg.

– Lass mich bitte in Ruhe. Ich kann nicht mehr.

– Wo sind sie, Agnes?

– In Paris.

– Wo genau? Sie hat dir bestimmt gesagt, wo du sie erreichen kannst, oder?

– Ja.

– Dann schreib es für mich auf.

– Du bist widerlich.

– Ich weiß.

Wieder gehen sie Hand in Hand.

Sie machen endlose Spaziergänge, liegen zusammen im Bett und spüren sich. Sie sind gierig, wollen nachholen, was sie verpasst haben in den letzten Wochen, in den letzten Jahren. Sie wachen gemeinsam auf, schlafen gemeinsam ein. Ganz nah sind sie sich.

Rita und Aaron.

Auch wenn sein Geld nicht allzu lange reichen wird, sind sie glücklich. Rita wird arbeiten gehen, unterhalb des Radars bleiben.

Sie wird nur eine Illegale mehr sein in dieser Stadt.

Schon bald wird sie wieder putzen gehen, wahrscheinlich wird sie wieder im Hause reicher Leute unterkommen, sie wird verlässlich sein und höflich, sie wird nicht auffallen. Keinen Kontakt zu ihrer Vergangenheit herstellen. Rita wird verschwunden bleiben.

An Aarons Seite, solange es geht.

Weil sie es nach wie vor kaum glauben kann.

Dass der Staatsanwalt sich wegen ihr strafbar gemacht hat.

Aaron hat sein altes Leben weggeworfen, um ein neues mit ihr zu beginnen. Er hat alles zurückgelassen. Josephine, das Haus, in dem er gelebt hat, die teuren Autos, seinen Beruf, das Ansehen, das er genoss. Er hat alles weggeworfen. Nur um mit ihr zusammen zu sein.

Es ist unglaublich, aber wahr, dass er tatsächlich nachgekommen ist. Dass er plötzlich dastand am Bahnsteig. Mit Tränen in den Augen hat Rita zugesehen, wie er aus dem Zug gestiegen ist.

Aaron Martinek.

Er hat sie in den Arm genommen, genau so wie er es versprochen hatte.

Ein paar Wochen nach ihrem Tod haben sie sich wieder geküsst.

Und zwar dort, wo alles begonnen hat.

In diesem Hotel am Montmartre.

In Paris.

Wunderschön war es. Ist es immer noch.

Noch glauben sie daran, dass alles gut ausgehen wird.

Sie reden sich ein, dass das Glück weiter auf ihrer Seite ist.

Irgendwie werden sie es schaffen. Sie werden neue Dokumente für Rita besorgen, in ein paar Monaten schon werden sie mit einem Frachter von Spanien aus nach Südamerika übersetzen.

So malen sie es sich aus.

Eine gemeinsame Zukunft in bunten Farben.

Immer noch träumen sie davon.

Weil sie noch nicht bemerkt haben, dass sie verfolgt werden.

Seit zwei Tagen schon schaut ihnen jemand dabei zu, wie sie verliebt durch diese Stadt schlendern. Sie bekommen nicht mit, dass sie beobachtet werden. In keiner Sekunde rechnen sie damit, dass alles enden wird. Hier in diesem Café im Quartier Latin.

Wir sehen uns gleich, sagt Aaron.

Rita lächelt ihn an.

Drückt seine Hand.

Vielleicht zum letzten Mal.

Bis gleich, mein Lieber.

Aaron küsst sie.

Und geht.

Kurz nur will er sich hinlegen, ein Mittagsschläfchen machen, während Rita weiter auf dem kleinen Platz sitzen bleiben und dem geschäftigen Treiben zusehen will. Alltag in Paris. Ein Liebespaar, das sich für ein paar Stunden trennt. Sie winken sich noch einmal zu.

Dann verschwindet Aaron in der Menge.

Er kann nicht mehr sehen, wie ein Mann auf Rita zukommt.

Wie er vor dem Tischchen, an dem sie sitzt, stehen bleibt.

Wie er sie anspricht. Sich ohne Aufforderung zu ihr setzt.

Aaron sieht nicht, wie sie eine Unterhaltung beginnen.

Und wie sich Rita plötzlich die Hand vor den Mund hält.

Weil sie weiß, dass es vorbei ist.

Für immer.

Rita Dalek (53), Verkäuferin

– Sie?
– Sie erinnern sich an mich, Rita?
– Natürlich erinnere ich mich an Sie. Ist zwar schon ziemlich lange her, aber mein Gedächtnis funktioniert noch einwandfrei.
– Das ist schön zu hören.
– Nur Ihr Name fällt mir nicht mehr ein.
– Mein Name ist nicht wichtig. Wichtig ist nur, dass es Ihnen gut geht.
– Ja. Es geht mir tatsächlich gut. Sehr gut sogar.
– Sie wissen gar nicht, wie sehr mich das freut.
– Unglaublich, dass wir uns nach so vielen Jahren mitten in Paris über den Weg laufen. Ein wirklich schöner Zufall, dass wir uns hier begegnen.
– Wir könnten zwei Gläser Weißwein bestellen und auf unser Wiedersehen anstoßen.
– Ich weiß nicht so recht. Um diese Zeit trinke ich für gewöhnlich nicht. Außerdem muss ich mich gleich wieder auf den Weg machen, mein Freund wartet im Hotel auf mich.
– Ich denke, Herr Martinek wird lernen müssen, auch ohne Sie auszukommen.
– Wie bitte? Was haben Sie da eben gesagt?

– Er ist Staatsanwalt und weiß deshalb auch, wann ein Fall nicht mehr zu gewinnen ist. Wann man loslassen muss.

– Was reden Sie denn da? Woher kennen Sie ihn?

– Insgeheim hat er bestimmt damit gerechnet, dass ich irgendwann hier auftauchen werde.

– Woher wissen Sie, wer mein Freund ist? Was geht hier vor?

– Herr Martinek hat Ihnen doch bestimmt von mir erzählt.

– Warum hätte er das tun sollen? Er hat doch keine Ahnung, wer Sie sind.

– Doch, das hat er. Ich habe mich in der letzten Zeit mehrmals mit ihm getroffen. Wir haben sehr aufschlussreiche Gespräche miteinander geführt.

– Wären Sie vielleicht so freundlich, mich endlich aufzuklären.

– Sie erinnern sich, dass ich bei der Polizei war, als wir uns damals kennengelernt haben?

– Ja.

– Das bin ich immer noch. Mittlerweile aber bei der Mordkommission.

– Nein. Bitte nicht.

– Doch, Rita. So schließt sich der Kreis. Ich bin der leitende Ermittler in Ihrem Fall.

– Das kann nicht sein. Sagen Sie mir bitte, dass das nicht wahr ist.

– Es ist mir ähnlich ergangen wie Ihnen jetzt, als ich Ihren Namen zum ersten Mal nach so langer Zeit wieder gehört habe. Ich war genauso entsetzt. Und sehr betroffen, als ich erfahren habe, dass Sie tot sind. Rita Dalek. Die Krankenschwester, die meinen Vater gepflegt hat. Ich wusste sofort, um wen es ging. Mir ist alles wieder eingefallen. Alles, was Sie damals für uns getan haben.

– Sie sind hier, um mich zu verhaften?

– In erster Linie bin ich hier, um Ihnen zu sagen, dass ich froh bin, dass Sie noch leben. Die Leute, mit denen Sie sich eingelassen haben, verstehen nämlich keinen Spaß. Wenn Sie Ihren Tod nicht vorgetäuscht hätten, würden Sie jetzt wohl tatsächlich in einem Sarg liegen.

– Ich kann das alles nicht glauben.

– Es tut mir leid, Rita.

– Das war's jetzt also für mich?

– Noch nicht ganz. Es ist mir wirklich wichtig, dass ich noch einmal ganz in Ruhe mit Ihnen reden kann. Ich habe nämlich nie vergessen, dass Sie damals Grenzen überschritten haben, nur um zu helfen.

– Ich habe nur meine Arbeit gemacht. Damals im Krankenhaus und auch all die Jahre im Supermarkt. Ich wollte nie jemandem etwas Böses tun, das müssen Sie mir glauben. Es ist einfach alles passiert.

– Ich weiß. Ich habe versucht, Ihre Geschichte so gut wie möglich zu rekonstruieren. Ich kann mir mittlerweile ein gutes Bild von allem machen.

– Es war falsch, was ich getan habe. Und ich habe es von Anfang an gewusst. Ich hätte den Fund sofort melden müssen. Aber ich wollte unbedingt daran glauben, dass ich es hinbekomme. Dass sich endlich etwas ändert.

– Das war keine leichte Aufgabe. Am Ende wäre wohl jeder daran gescheitert, so eine große Menge Drogen zu Geld zu machen. Und damit ungeschoren davonzukommen.

– Sie können sich das vielleicht nicht vorstellen, aber es

war der einzige Weg, den ich noch gesehen habe. Als das Kokain im Lager vor mir lag, wusste ich, dass das die letzte Chance ist, die ich in meinem Leben noch bekommen werde. Die letzte Chance auf ein bisschen Glück.

– Sie hatten es nicht leicht. Zuerst Ihre Eltern, dann das mit Ihrem Sohn. Er muss wohl kurz nach dem Tod meines Vaters gestorben sein, oder?

– Ja. Theo. Das war vor ziemlich genau einundzwanzig Jahren.

– Ein Kind zu verlieren ist bestimmt das Schlimmste, was einem im Leben widerfahren kann. Es tut mir leid, dass Ihnen das passieren musste. Und auch, dass Sie damals aufgehört haben, auf der Station zu arbeiten. Sie waren eine großartige Krankenschwester.

– Kann schon sein. Aber wen interessiert das noch?

– Mich. Ich habe später noch oft an Sie denken müssen. Und daran, wie friedlich mein Vater eingeschlafen ist. Ich bin Ihnen immer noch sehr dankbar dafür. Mehr als Sie es sich vielleicht vorstellen können.

– Das müssen Sie nicht sagen.

– Doch, das muss ich. Sie haben sich damals strafbar gemacht. Und Sie haben es nur für ihn getan. Für mich. Ohne etwas dafür zu erwarten. Sie haben dafür gesorgt, dass mein Vater nicht mehr leiden musste. Es wäre noch ewig so weitergegangen, wenn Sie ihm nicht geholfen hätten zu gehen.

– Ich habe nur meinen Job gemacht.

– Sie wissen, dass das nicht stimmt. Wenn es nach dem Gesetz gegangen wäre, wäre ich wahrscheinlich noch ein weiteres Jahr lang jeden Tag zu Ihnen auf die Station ge-

kommen, um ihm dabei zuzusehen, wie er jämmerlich
verendet.

– Niemand sollte leiden müssen. Nicht so, wie er es getan
hat.

– Ich weiß noch, wie oft er mich um Hilfe angefleht hat. Und
wie oft ich damit gehadert habe, dass ich nichts für ihn tun
konnte. Obwohl ich ihm alles zu verdanken hatte.

– Ich kann mich noch sehr gut an ihn erinnern.

– Er war ein so wunderbarer Mensch und Vater. Ich bin
froh, dass ich endlich die Gelegenheit habe, Ihnen so zu
danken, wie es mir angemessen scheint.

– Das ist schön, dass Sie das sagen. Trotzdem scheint das
Schicksal grausam zu sein, uns so wieder zusammenzu-
führen. Hier in dieser Stadt. Nach allem, was passiert ist.
Damit habe ich nicht gerechnet.

– Sie glauben an das Schicksal?

– Ja.

– Das ist schön. Vielleicht würden Sie mir aber trotzdem
noch eine Frage beantworten, bevor wir das hier beenden?

– Fragen Sie.

– Dieser Albaner, den Sie in Holland auf die Autobahn geworfen haben, haben Sie ihn umgebracht?

– Nein, das habe ich nicht.

– Es war Bachmair, oder?

– Ja.

– Was ist passiert?

– Ich habe ihn nur niedergeschlagen. Er ist bei mir eingebrochen, hat nach dem Kokain gesucht, ich habe ihn überrascht. Aber er war nur bewusstlos, das schwöre ich. Ich
habe ihn gefesselt und Bachmair um Hilfe gebeten. Er ist

dann gekommen und hat den Albaner vor meinen Augen getötet. Er hat so lange mit dem Aschenbecher auf seinen Kopf eingeschlagen, bis er nicht mehr geatmet hat. Bachmair ist ein Psychopath.

– Ich weiß.

– Eher hätte ich damit gerechnet, dass er hier auftaucht, und nicht Sie. Dieser Mann ist unberechenbar.

– Den Eindruck habe ich auch. Deshalb verspreche ich Ihnen, dass ich mich um Bachmair kümmern werde. Wahrscheinlich bekommen wir ihn wegen Beamtenbestechung dran. Außerdem gehe ich davon aus, dass wir einen Teil des Kokains, das Sie aus dem Supermarkt entwendet haben, bei ihm finden werden. In ein paar Tagen bekommen wir eine richterliche Anordnung für eine Hausdurchsuchung. Alles Weitere ist dann nur noch eine Frage der Zeit.

– Das beruhigt mich.

– Gut. Dann wäre da nur noch eine allerletzte Sache.

– Welche?

– Das Bild, das Sie Bachmair gestohlen haben.

– Sie sind wirklich gut informiert.

– Ich nehme meine Arbeit sehr ernst.

– Aarons Frau hat es mir abgekauft. Für sehr viel Geld.

– Eine Million, oder?

– Ja.

– Und Sie wissen, wo das Geld ist?

– Agnes Danner hat es. Die Tochter meiner besten Freundin. Sie hatte es wohl nötiger als ich.

– Hatte sie nicht. Das Geld ist nämlich in dieser Tasche hier.

– Aber …

– Ich möchte, dass Sie diese Tasche jetzt an sich nehmen.
– Was reden Sie denn da?
– Sie sollen das Geld nehmen und sich ein schönes Leben machen.
– Sie machen sich über mich lustig, oder?
– Ganz im Gegenteil. Ich freue mich mit Ihnen.
– Sie sind also gar nicht hier, um mich zu verhaften?
– Nein.
– Aber wie kann das sein?
– Das ist ganz einfach, Frau Dalek. Sie sind eigentlich tot, oder? Folglich kann dieses Gespräch hier auch nie stattgefunden haben.
– Ich verstehe nicht.
– Ich war erst kürzlich an Ihrem Grab. Gemeinsam mit Ihrem neuen Lebensgefährten. Ein feiner Mensch übrigens. Richten Sie ihm bitte liebe Grüße von mir aus.
– Aber Sie sind doch Polizist. Warum machen Sie das?
– Wie gesagt. Sie haben mir geholfen, jetzt helfe ich Ihnen.
– Aber das können Sie doch nicht tun.
– Doch, ich kann. Sehen Sie das hier als Entschädigung an für alles, was Ihnen im Leben zugestoßen ist. Niemand wird nach Ihnen suchen, keiner außer mir und Agnes Danner kennt die ganze Geschichte.
– Aber sie weiß, dass ich noch lebe.
– Frau Danner wird in ihrem eigenen Interesse schweigen. Glauben Sie mir, wir können jetzt und hier gemeinsam einen Schlussstrich unter die ganze Sache ziehen.
– Das ist verrückt.
– Was halten Sie davon, wenn wir noch ein schönes Glas Weißwein miteinander trinken?

– Ja, das sollten wir.

– Wir könnten auf Ihre Freundin Gerda anstoßen. Sie beide scheinen sich sehr gut verstanden zu haben.

– Das haben wir.

– Sie haben das alles ziemlich geschickt eingefädelt. Der Zahnarzt, das brennende Auto, die Weltreise, die Gerda Danner unbedingt noch machen wollte. Passt alles wunderbar zusammen.

– Das war ihre Idee. Gerda wollte, dass ich glücklich bin.

– Jetzt sind Sie es, oder?

– Ja.

– Das Schicksal scheint also doch nicht ganz so grausam zu sein, wie Sie vorhin noch dachten. Mit dem Geld in dieser Tasche können Sie noch einmal ganz von vorne anfangen.

– Danke.

– Sie brauchen sich nicht zu bedanken.

– Aber ich weiß nicht, was ich sonst noch sagen soll.

– Sie müssen nichts mehr sagen, Rita.

Sollte diese Publikation Links auf Webseiten Dritter enthalten,
so übernehmen wir für deren Inhalte keine Haftung,
da wir uns diese nicht zu eigen machen, sondern lediglich auf
deren Stand zum Zeitpunkt der Erstveröffentlichung verweisen.

 Dieses Buch ist auch als E-Book erhältlich.

Verlagsgruppe Random House FSC® N001967

2. Auflage
Copyright © 2019 by btb Verlag
in der Verlagsgruppe Random House GmbH
Neumarkter Str. 28, 81673 München
Covergestaltung: semper smile, München
Satz: Uhl + Massopust, Aalen
Druck und Einband: CPI books GmbH, Leck
Alle Rechte vorbehalten.
Printed in Germany
ISBN 978-3-442-75783-1

www.btb-verlag.de
www.facebook.com/btbverlag

Bernhard Aichner

Bösland

Thriller

448 Seiten, btb 71921

Sommer 1987. Auf dem Dachboden eines Bauernhauses
wird ein Mädchen brutal ermordet. Ein dreizehnjähriger Junge
schlägt sieben Mal mit einem Golfschläger auf seine Mitschülerin
ein und richtet ein Blutbad an. Dreißig Jahre lang bleibt diese
Geschichte im Verborgenen, bis sie plötzlich mit voller Wucht
zurückkommt und alles mit sich reißt: Der Junge von damals
mordet wieder…

**»Schwebt wie ein Schmetterling, das Buch, und schlägt zu
wie Muhammad Ali.«**
DIE WELT

**»Ein sehr spannender und vor allem sehr eigenwilliger
Thriller.«**
Sebastian Fitzek

btb